KB169561

문지방을
넘어서

문지방을

넘어서

윤수경 지음

생각 많고 고독한

내향인이

문지방을 넘어 만난

평안과 즐거움

폭스코너

프롤로그

'내향인'은 어떤 사람을 말할까? 정확한 뜻을 알기 위해 국어사전을 검색해보았다.

내향(內向) 1. 안쪽으로 향함.
2. 마음의 작용이 자신에게만 향함.

국어사전에는 '내향'이라는 어휘 아래 '내향적'이라는 어휘도 있다.

내향적(內向的) 1. 안쪽으로 향하는.
2. 성격이 내성적이고 비사교적인.
3. 외면적인 면보다는 내면적인 면을 추구하는.

그렇다면 '내향인'은 마음이 밖이 아닌 안, 즉 자신에게 향하고 내적인 면을 추구하는 내성적이고 비사교적인 사람을 일컫겠다.

이렇게 뜻을 찾아보니 더 확실해진다. 나는 내향인이다.

나는 혼자 있는 것이 좋다. 정말 편안한 사이가 아닌 사람들과의 만남과 대화는 꺼려진다. 불편한 다수의 (외향인처럼 보이는) 사람들과 왁자지껄한 곳에서 함께 있다 보면 금방 방전되어버린다. 고속 충전을 위해서 화장실과 전화를 핑계로 자주 들락거리거나 군중 속의 고독을 누릴 수 있는 구석 자리를 차지하려고 눈치를 살핀다. 이런 모임이 끝나고 돌아오는 길이면 어정쩡한 표정만 짓고 있다가 해야 할 말도 제대로 못한 것이 생각나 뒤통수가 무거울 때가 많다. 자려고 누우면 반대로 하지 말았어야 할 말들을 지껄인 것이 떠올라 부끄러움에 이불킥을 하곤 한다. 잘 놀다 온 것 같아도 피곤하기만 하다.

그래서 타인과의 만남보다 집이나 점찍어놓은, 집처럼 편안한 장소에서 책 속 인물들을 만나는 것이 오히려 즐거울 때가 많다. 외출할 때도 가방 안에 책이 들어 있으면 같이 다닐 친구를 부를 필요가 없다. 물론 외로움을 느낄 때도 있다. 하지만 편안하지 않은 사람들 속에서 느껴지는 공허함에 비하면 가끔씩 찾아오는 외로움쯤이야.

이렇다 보니 나는 장소에 대해서도 너그러운 편이 못 된다. 내게는 장소도 사람과 비슷해서 외향인을 닮은 장소와 내향인을 닮은 장소가 있다. 말해 무엇할까. 나는 그중 나를 닮은 장소를 찾아다닌다. 외향인을 닮은 장소에 가면 수많은 외향인들에 둘러싸인 것과 같은 상태가 되어버리니. 그래서 내게 적합한 장소인지 검증이 안 된 곳에 가야 할 때는 흔쾌한 마음이 되지 못한다. 새로운 곳에 가면 다음에 이곳에 올 때 짱박힐 수 있는 장소를 찾아 기억해두기도 한다. 한마디로 어디서든 외향인 세상에서 대피할 곳을 만들어두는 것이다.

그렇다면 내가 살고 있는, 우리 사회에서 내향인은 어떤 존재로 인식되고 있을까? 우리 사회가 가지고 있는 내향인에 대한 시선은 대형서점에 가보면 알 수 있다. 먼저 자기계발 코너로 가볼까? 내향인은 자기 발전을 스스로 저해하는 사람이다. 자신이 내성적이고 비사교적인 사람이라면 웅크리고 있지 말고 적극적이고 활발한 외향인들의 습관을 배우라고 한다. 그래야만 성공할 수 있다면서. 이번엔 심리학 코너. 여기에서 내향인은 왠지 안쓰러운 사람이다. 많은 책들이 이렇게 말한다. "내향인이어도 괜찮아요. 당신 자신을 안아주세요."

내향인에 대한 시선은 내향인 자녀를 둔 부모들을 보면 더 실감하게 된다. 내향적인 아이를 둔 부모들은 자신의 자녀가 외향적인 아이들에 둘러싸여 불리한 입장에 처할까봐 늘 노심초사다. 외향적인 아이들처럼 활동적인 사람이 되라고 다그친다. 그래서 스피치 학원엘 보내고 각종 운동을 시켜 성격을 바꾸려고 한다. 내향인들은 어린 시절부터 참 고단하다.

나는 용감한 내향인이 못 되기에 이런 사회에서 나의 내향성을 잘 드러내지는 못했다. 내향인임을 드러냈을 때, 내게 향할 응원이라는 명분의 간섭과 참견을 견디기 힘들 것 같았기 때문이다. 그래서 나의 사회생활과 다양한 관계들은 둥글둥글했다. 한마디로 '모나 보인다'는 소리를 듣지 않으려고 내향인임을 열심히 감추어왔던 것. 때로는 내향적이 아니라는 것을 증명해 보이기도 했다. 내 주위에는 언제나 상당수의 사람들이 있었고, 나는 늘 그들과 좋은 관계를 유지하려 '노력'했다. 모임이 있으면 가능한 한 빠지지 않았다. 그들의 울고 웃는 마음속 이야기들을 진심으로 경청하려 애썼다. 가끔은 나 자신도 무슨 말을 하고 있는지 모르는 말들을 쏟아내며 모임을 이끌기도 했다.

별나다는 소리를 듣지 않기 위한 노력은 일터에서도 유지되었다. 어쩔 수 없이 혼자 있을 수 없는 업무시간 외에도 시시껄렁한 이야기로 떠들썩한 회식이나 관심 없는 이야기에도 장단을 맞추어야 하는 커피타임에서도 마찬가지였다. 외향인으로 가면을 써야 할 때마다 어디론가 숨어버리고 싶었지만 결근, 땡땡이, 칼퇴 등의 뺀질거림은 내 캐릭터가 아니었다.

말했다시피 나는 내성적이고 비사교적인 내향인이다. 그러니 외향인에게 적합하게 만들어져 있는 사회구조, 관습, 인식 속에서 둥글둥글하게 맞추어 지내다 자주 녹초가 되곤 했다. 이렇게 에너지가 바닥난 날에는 겨우 집에 돌아와 가방을 내팽개쳐두고 천천히 심호흡을 했다. 그러면 그제야 평화가 스며든다. 바람이 빠져 납작해진 풍선이 서서히 부풀어 오르는 장면을 떠올리면 내 상태와 비슷하려나.

문제는 나에게 이런 날들이 가끔 찾아오는 특별한 날이 아니었다는 것이다. 이렇게 겨우겨우 버텨야 하는 날들이 자주 이어졌고, 당연히 사는 게 즐거울 리 없었다. 심신이 (티는 나지 않지만) 시나브로 너덜너덜해져가니 만나는 사람도, 찾는 곳도 점점 축소되었다. 바깥은 내 에너지를 빼앗을 준비가 되어 있는 외향인들의 세상이요, 나의 내향성이 편안함을 느끼지 못하는 사람과 장소는 크고 작은 상처를 주는 살얼음판으로만 생각되었으니.

그런데 이런 내가 문지방을 넘어서면서 진정한 편안함을 얻게 되었으니, 이런 아이러니가 없다. 하지만 분명한 사실이다. 문지방을 넘어 시작된 여행은 사람과 장소에 까칠한 내향인인 나에게 충만함과 평화로움을 안겨주었다.

여행이 선물해준 것은 이뿐만이 아니다. 여행은 내향인이니까 어쩔 수 없다고 생각한 고독의 다른 면을 알려주었다. 여행길에는 나도 몰랐던 고독의 깨알 같은 즐거움이 있었다. 그리고 고독하기 때문에 얻을 수 있는 뜻밖의 소득이 있었다.

비록 스쳐 지나간 것이긴 해도 여행길에 마주친 소소한 만남들은 정다웠다. 그들과의 눈 맞춤은 일상에서 자주 겪는 많은 사람들의 간섭과 참견보다 훨씬 따뜻했다. 길에서 건네는 그들의 짧은 인사는 진짜 인사였다. 그들이 묻는 안부는 용무 앞에 상투적으로 붙이는 말이 아닌 진심 어린 걱정이었다.

문지방을 넘어 길을 나선 나는 그 어느 때보다 즐거운 내향인이었다.

당신은 어떤 사람인가? 당신이 문지방 너머보다 내 집, 내 방, 내 침대에서 혼자 있는 시간이 편한 내성적인 사람이라면 나는 당신에게 우리가 잘 하지 못하는 오지랖을 한번 부려보려 한다.

일단, 문지방을 넘어보시라.

문지방을 넘어서 겪었던 나의 경험이, 당신이 문지방을 넘는 계기가 되길 바란다. 내가 얻은 재미와 평화를 당신도 얻었으면 좋겠다. 그렇게 우리만의 동병상락(同病相樂)을 만들면 좋겠다.

혹시 우리가 여행지에서 만나게 된다면 서로 동병상락하는 내향인 여행자임을 알아보고 살가운 인사를 나눌 수 있을까. 우리의 살가운 인사가 어떤 것인지는 당신도 잘 알 것이다. 아는 척, 친한 척은 절대 안 된다는 것을.

2019년 여름

윤수경

차례

프롤로그 5

1 나는 내향인?

내향성이 만든 나의 이력 19
부끄러워요 26
내향인의 취미 34
당신이 싫어서가 아니에요 42
깊고 은밀하게 54
친척울렁증 61
오지랖, 참을 수 없는 얄팍함과 어려움 68
갖고 싶은 초능력 76
내향인의 공간 82
어둡고 슬픈 사람 90
시간 도둑 97
쌍년과 달걀요리 103
시발 비용 109

2 문지방을 넘어서

공항 — 이방인이 되었을 때 알 수 있는 것들 119

서점 — 생각 많은 사람들의 보물섬 138

길 — 걸어도 걸어도 길은 이어지고 155

극장 — 영화관, 아니 극장 예찬 177

야구장 — 9회 말 투아웃이 있다 188

고궁, 밤 — 잃어버린 낭만을 찾아서 199

도서관 — 좋은 할머니가 되고 싶은 꿈 211

길2 — 길에서 만난 사람들, 장르는 로맨스? 226

온천 — 급하게 충전이 필요할 때 250

카페 — 카페와 커피가 만드는 신비한 케미스트리 261

문지방을 넘는 것만으로, 무작정의 효과 274

3 계속 이대로 나답게

파랑새는 없지만 있다 287
무쓸모대잔치 293
All men are islands VS No man is an island 303
잉글리시맨 인 뉴욕 310

1

나는 내향인?

내향성이 만든 나의 이력

내향인은 타고나는 것일까? 아니면 만들어지는 것일까? 나는 과학자도 심리학자도 아니니 이 물음에 정확하고 논리적인 답을 할 수는 없다. 내향인이라고 자부하는(아무리 생각해도 내향인이라는 건 자부할 일이 아닌 것 같지만) 나도 내게 내향인의 면모가 드러난 것이 언제부터였는지 기억나지 않는다. 기억나지 않으니 아마도 내향인은 '본투비'인 것으로 생각이 기울기도 하지만 "언제부턴가 성격이 바뀌었어요"라는 말을 하는 사람들이 많은 걸 보면 '본투비 내향인'이 그리 신빙성은 없는 것 같다.

내향인이 타고나는 것인지, 만들어지는 것인지는 사실 내게 그리 중요한 문제는 아니다. 그것보다는 언제부터인지 모르지만 내향인이라는 것을 자각하고 난 후부터 생각의 방향이 어떤 흐름을 타게 되었는데, 나는 그 흐름을 주목할 필요를 느꼈다. 이를테면 이런 식이다. 좋은 일이 있으면 '내향인이라서 그래', 나쁜 일이 있어도 '내향인이니 그렇지 뭐' 이렇게 일의 결과를 내향적인 성격 덕 혹은 탓을 하게 되는 흐름. 이거야말로 귀에 걸면 귀걸이, 코에 걸면 코걸이인 걸 알면서도 이런 생각의 흐름이 자주 나타나니 생각을 안 들여다볼 수가 없다. 그러니 나에겐 내향인이라서 생각이 많은 것인지, 생각이 많아서 내향인이 된 것인지가 내가 타고난 내향인인지, 만들어진 내향인인지보다 더 중요한 질문이다. 맞다. 나는 참으로 생각이 많은 내향인이다.

생각이 많은 내향인은 자기 안으로 굴을 파고들어가는 것이 전공인지라(글을 쓰면서 이 전공이 십분 발휘되겠지) 나는 내가 내향인인 근거를 찾아보기로 했다. 내가 내향인임을 증명하는 사례들이야 굴비 자루처럼 엮어낼 수 있지만, 그것은 누가 봐도 내 주관일 가능성이 클 테니 근거로서 적당하지 않다(나는야 논리적인 내향인!). 그래서 누가 봐도 최대한 객관적인 근거들을 찾아보기로 하고 한참 생각해보니, 한참 생각할 일이 아니었다. 내 이력이야말로 내가 어떤 사람인지를 보여주는 객관적인 자료가 아니던가. 어떤 사람에 대해 알아보려면 먼저 이력을 뒤져보는 법. 누구나 그러하듯 나도 이력의 한 줄 한 줄마다 구구절절 사연이 어려 있지만 그건 다 차치하고, 그저 '팩트'로만 나의 이력을 되짚어보았다. 그리고 다다른 결론, 나는 객관적으로도 내향인이 맞구나.

나는 지금까지 네 가지 직종에서 일했다. 내가 마음먹고 달려든 일도 있고, 어쩌다 보니 어느새 그 일을 하고 있게 된 경우도 있다. '인생 모른다'란 말이 들어맞는 인생은 생동감은 있으나 고단한 법이다. 학교를 졸업하고 지금까지 밥벌이로든, 자아실현으로든 어지간히 고군분투한 건 인정하고 싶다.

사회생활이라고 말할 수 있는 이십여 년 동안 네 가지 직종에서 일했다고 하면 나 스스로도 어떤 평가를 내려야 할지 잘 모르겠다. 도래하는 4차 산업혁명 시대에 맞추어 자신의 재능을 변화 발전시킨 앞서가는 사람이라고 해야 할까. 아니면 아내와 아기가 죽었을 때도 묵묵히 역을 지킨 영화 속 철도원 정도는 아닐지언정 한 분야에서 꾸준히 커리어를 쌓으며 방망이를 깎지 못했으니 얄팍한 끈기에 부끄러워해야 할까.

만능재주꾼도 아니면서 직종을 몇 차례나 바꾼다는 것은 어지간히 고된 일이다. 물론 직종과 직종 사이에 작은 연결고리는 있었으니 생판 낯선 일이었던 건 아니었다. 요리를 하다 가수가 된다든가 하는 식의 월장(越牆)은 아니라는 말이다. 그렇다고 직종과 직종 사이를 가볍게 건넌 것은 아니었다. 폴짝폴짝 다음 돌을 밟는 대신, 천천히 무겁게 발을 떼면서 일을 바꾸는 이유가 정당한가 따졌다. "이래서 바꿨어요" 하며 세상이 납득할 만한 나름의 명분을 가지려 애썼다. 세상은 내가 직종을 바꾸든 말든 관심이 없었지만, 그래도 나로서는 명분을 갖는다는 게 중요했다. 새로운 일을 열심히 해보려는 구실이 되기 때문이다. 덕분에 어디서든 공동체에 폐를 끼치지 않았고 내 몫의 일은 감당해왔다고 자부한다.

그럼 왜 직종을 바꿔온 거냐고? 처음 바꾸었을 때는 어려움을 구체적으로 예상하지 못해서 그렇다 쳐도, 그 뒤로는 '인간의 욕심은 끝이 없고 같은 실수를 반복한다'는 어리석은 습관이 작용한 것일까. 생각해보면 일을 바꾸게 된 이유는 한두 가지가 아니며 매번 상황도 제각기 달랐다. 이유를 간단히 퉁칠 수는 없겠다. 하지만 모든 경우에 공통점이 하나 있었다. 바로 나의 내향성이 발휘된 결과라는 점.

한 직종에 오래 있을 때 겪어야 하는 여러 상황들이 자주 버겁게 느껴졌다. 경력이 쌓이고 일에 대해 아는 내용이 많아질수록 자연스럽지 않은 모습으로 앞에 나서야 할 때가 생겼다. 동료들과 같이 있는 시간이 길어질수록 친밀감에 걸맞은 행동을 보여야만 했다. '나' 홀로 사색하며 만들어내는 일보다 누구의 눈치를 보며, 누구에게 보란 듯이, 누구와 함께 으쌰으쌰 완성해내야 하는 일들은 불편했다. 보람도 즐거움도 희미해져갔다. "사회생활이 원래 그래"란 말은 고민에 빠진 사람에게는 폭력적일 때가 있다. 격려나 위로랍시고 건네는 말이 체념을 강요하는 것처럼 들리고 더 맥

빠지게 만든다. 그런데 나는 이 어쭙잖은 위로를 스스로에게 하면서 마음을 다독였다. '사회생활은 원래 이렇고 누구나 다 이렇게 살아'라면서. 하지만 고민의 층이 켜켜이 쌓이면 어쭙잖은 위로는 임시방편일 뿐이다. 나처럼 생각이 많은 사람에게는 급조한 위로의 효과가 더더욱 오래가지 않는 법이니까. 그러니 이럴 때 마침 맞게 그만둘 계기가 생기면! 가령 회사가 망할 기미가 보인다든지, 실연의 슬픔을 극복할 시간이 필요하다든지 하는, 옳다구나 하는 계기 말이다. 나는 기다렸다는 듯이 사직서를 썼다.

그러고는 내향적인 내 성격에 보다 적합한 일을 찾았다. 물론 사회생활이 마음먹은 대로만 되는 건 아니니 내 입맛에 딱 맞는 일이 찾아지진 않았다. 오히려 이전보다 더 못한 상황에 처해, '이러려고 내가 그 고민을 했나' 자책한 적도 여러 번이었다. 하지만 확실한 건 일을 찾을 때 "나 이런 곳에서 일해요"를 자랑스럽게 보여주는 목걸이 이름표 같은 것을 기준으로 삼진 않았다는 사실. 가벼운 주머니를 생각하면 한편으론 한숨이 새어 나오기도 하지만, 그래도 내게 1순위가 아니니 어쩔 수 없는 노릇이다. 나는 내향적인 내가 덜 불편한 직종이 우선이었다. 마음이 편안한 것이 먼저였다.

내향성에 기반한 선택이 이제까지의 이력과 지금의 나를 만들

었다. 그렇다고 지금 완벽하게 내게 어울리는 자리에 도착한 것은 아니다. 여전히 좀 더 내향성이 안전하게 확보되는 일을 하고 싶다. 여럿보다는 몇몇이, 몇몇보다는 혼자 할 수 있는 일, 생각이 많은 특성이 강점이 될 수 있는 일, 거대하고 화려해서 여러 사람들이 따르는 것보다 자잘하고 밋밋해도 누군가에게는 그 무엇보다 즐거움을 줄 수 있는 일을 하고 싶다.

내가 생각이 많아서 내향인이 된 것인지, 내향인이라서 생각이 많아진 것인지는 잘 모르겠다. 닭이 먼저인지 달걀이 먼저인지도 순서를 가리지 못했으니 내 문제야 영구 미제로 남겨두어도 아무 문제 없을 것이다. 엎어치나 메어치나 내가 '생각이 많은 내향인'이라는 결론은 변함이 없다. 그리고 나는 그런 '나의 내향성'을 지키려고 애쓰는 내향인이다.

부끄러워요

나는 부끄러움이 많다. 나에 대해 아주 잘 아는 사람들은 내가 부끄러움이 많다는 것을 알고 있다. 나에 대해 조금 아는 사람들은 "네가 부끄러움이 많아?"라며 의아해하겠지만, 그들에게 내가 부끄러움이 없어 보였다면 부끄러움을 보여주는 것이 부끄러워 과장된 행동을 한 것을 부끄러움이 없는 사람이라고 이해한 것일 테다.

내가 부끄러움이 많다는 것은 신체적 증상으로도 확인할 수 있다. 부끄러움과 신체적 증상을 엮으려면 별명 이야기부터 해야 할 것 같다. 학창시절 나에게도 몇 가지 별명이 있었다. 그중 내가 나에게 지어준 유일한 별명이 있었으니, 바로 이름마저 뜨거운 '불난볼'이다.

눈치챘겠지만 이 별명은 툭하면 얼굴이 빨개지는 내 볼 때문에 생긴 것이다. 부끄러워지면 심장박동이 빨라지는 사람이 있고 얼굴에 식은땀이 송글송글 맺히는 사람도 있다고 한다. 내 경우엔 볼이다. 부끄러우면 바로 볼이 뜨거워지며 조금씩 조금씩 열이 오르다 마침내 불타오르게 된다. 지금처럼 화장으로 한 겹 막을 덧씌우지도 못하는 학창시절에는 이 불타오름의 강도가 심했다. 친구들은 겨울이 되면 손이 시리다며 내 볼이 난로인 양 손을 쬐기도 했으니. 그럴 때 나의 대처 방법이라곤 고작 차가운 철 필통을 볼에 갖다 대는 것뿐이었다. 녹슨 철 필통이 내 피부에 그리 좋은 영향을 주진 않았겠지만, 그래도 뜨거운 기운을 어느 정도 가라앉혀주었다. 그래서 나는 필통 두 개를 양손에 들고 볼을 문지르는 모습을 자주 연출했다. 친한 친구는 등교하자마자 아직 찬 기운을 머금고 있는 자신의 필통을 내 책상에 무심하게 올려놓곤 했다.

지금도 부끄러워지면 볼이 뜨끈해지는 신호가 오는 건 여전하다. 하지만 어른이 되었으니 볼이 빨개져도 표정과 화장으로 얼마간 가릴 수 있게 되었다. 불난볼이라는 별명은 추억의 별명이 되었다. 갱년기 증상이라는 볼 빨개짐이 어릴 때부터 있었으니 이제 곧 닥칠 진짜 갱년기에 볼이 화끈거려도 이게 부끄러워 그런 것인지, 갱년기라서 그런 것인지 구별이 쉽지 않을지도 모르겠다.

별명으로 만들 만큼 잦았던 내 부끄러움은 예상한 지점에서는 당연히, 예상하지 못한 지점에서는 뜻밖에 불쑥불쑥 찾아왔다.

내가 어색한 웃음을 지으며 부끄럽다는 말을 할 때면 주위 사람들의 반응은 '뭘 이런 걸 부끄러워하냐'인 경우가 많다. 그런데 안타깝게도 나에게는 그 '뭘 이런 것'들이 모두 부끄러움의 대상이다.

'뭘 이런 것'들 중 몇 가지를 이야기해보자면, 먼저 내 '이름'이 있다. 나는 누군가 내 이름을 부를 때마다 부끄러워 멈칫하게 된다. 나만 아는 찰나의 '멈칫'이다. 이 부끄러움은 누군가 나를 찾고 있고, 나를 바라본다는 사실이 어색해서가 아니며(물론 그래서 부끄러울 때도 있다), 내 이름이 불렸을 때 나에게 집중되는 시선들이 부담이 되어서도 아니다(당연히 그래서 부끄러울 때도 있다). 이름으로 인한 부끄러움은 보다 근원적인 것이다. 그저 내 이름이 부끄러운 것이다.

아버지가 지어주신 이름인 '윤수경'이 백 퍼센트 마음에 들었던 것은 아니다. 그렇다고 '삼순이'의 마음이 십분 이해될 만큼 내 이름이 불만인 것도 아니다. 그런데 나는 내 이름이 누군가에게 한 자씩 불릴 때면 그 짧은 찰나에 '생각'이란 것을 한다. '내 이름은 왜 윤수경인 것일까', '윤수경이란 이름은 정말 내 이름인 걸까' 등등 온갖 생각을 하게 되면서 부끄러워진다. '윤'과 '수'와 '경'이라는 이름 석 자가 서로 찰싹 달라붙어 있지 못하고 태국산 쌀알처럼 알알이 흩어지며 그렇게 불려온 사십여 년 세월이 무색하게 어색하기만 하다. 마치 처음 만난 사람과 이제부터 바로 부부의 연을 맺고 살아야 할 것 같은 당혹감이 생기는 듯하다고 할까. 자, 너의 이름은 '윤수경'이란다. 이제부터 친하게 지내렴. 이소라의 노래 〈Track9〉의 '나는 알지도 못한 채 태어나 날 만났고 내가 짓지도 않은 이 이름으로 불렸네'란 가사가 딱 내 생각 같다. 그러니 부끄러울 수밖에.

근원적인 것부터 부끄러움의 대상이 되니 작은 일들에 부끄러워지는 건 당연한 순서. 나의 사소한 부끄러움은 칭찬을 잘 받아내지 못하는 것에서도 찾아볼 수 있다. 특출한 능력이 없는 터라 큰 상을 받거나 이름을 만방에 드날린 적이 없어 내가 큰 칭찬에 어떻게 반응하게 될지는 잘 모르겠다. 어쩌면 그때는 너무나 자연스럽게 "여러분의 사랑과 칭찬이 저를 이 자리까지 오게 했습니다" 하며 거들먹거리게 되려나. 아마도 큰 칭찬에 대한 반응은 이번 생에 알 수 없을 테니 거들먹거리는 상상도 나쁘지 않다.

이번 생에 내가 받은 칭찬들은 대개 소소한 것들이다. 예를 들면 아침 출근길에 만난 동료가 "오늘 머리 컬이 자연스럽네.", "못 본 신발이네, 새로 산 거야? 예쁘다.", "얼굴 좋네. 어제 좋은 일 있었어?" 같은 외모에 관한 칭찬이거나, 고민이 있는 친구와 대화를 하는데 친구가 내가 해준 말에 위안이 되었다는 듯 고개를 끄덕여주는 정도. 이럴 때면 거들먹은 고사하고 역시나 부끄러움이 시작된다.

잠깐, 이런 게 칭찬이라고? 아니라는 건 나도 알고 당신도 알 것이다. 이것은 그저 '리액션'이다. 출근길에 만난 동료는 나를 보고 의례적인 인사를 건넸을 뿐이다. 좋게 말하면 내 기분을 배려한 것일 테고, 솔직히 말하면 그동안 쌓아온 사회성의 자연스런 표출일 것이다. 내 위로를 들은 친구가 고개를 끄덕인 것은 뭐 말할 필요도 없이, 보통 그러는 거니까.

이런 소소한 리액션에도 빨개질 준비를 하는 내 볼의 온도를 느끼면서, '조선시대 여인들은 장옷이 있어 참으로 편했겠구나' 생각하곤 한다. 장옷이 없는 나는 그저 어색한 미소를 지으며 그들의 칭찬에 손사래를 친다. 손사래라니!

어차피 그들도 별 의미 없이 던진 말이니 나 또한 별 의미 없이 받아치면 되는데 말이다. "오늘 내 머리 컬이 좀 자연스럽긴 하지?", "신발 고르느라 힘들었어!", "어제 푹 잤더니 화장이 잘 받았나?" 왜 이렇게 말을 못하는 건지! 한번 발동 걸린 부끄러움은 쉽게 가라앉지 않아서, 결국 어색한 상황을 낳아버린다. 상대가 별생각 없이 건넨 인사에 부끄러워하니 내가 그들의 말을 진심으로 받아들인 셈이 되고, 그러니 나는 진짜로 머리 컬이 자연스럽고 신발이 예쁘고 오늘 낯빛이 만족스럽다고 여기는 사람이 되어버리는 것이다.

'뭘 이런 것'들에 포함되는 일들은 이 밖에도 여럿 있다. 이전에는 부끄러웠던 일들이 어느 날부터는 전혀 부끄러워지지 않기도 하고, 새로운 부끄러움이 나타나기도 한다. 내가 달라지듯이 부끄러움도 달라지나 보다.

'뭘 이런 것'들에 부끄러워하니 참 피곤한 사람이구나 싶지만 그래도 나는 부끄러움을 모르는 사람보다는 피곤하게 부끄러워하는 사람이 더 낫다고 생각한다. 부끄러움을 모르면 타인에게 해를 끼칠 수 있지만 부끄러움이 많으면 자신은 피곤해도 타인에게 피해는 주지 않으니 말이다. 역사적으로 나라를 팔아먹거나 큰 사기를 치고 심지어 많은 사람을 죽음에 몰아넣고도 떵떵거리며 산 사람들의 예는 많다(맞다, 당신이 지금 생각하는 그 사람들!). 이렇게 부끄러움 따위는 엿 바꿔 먹었나 싶은 사람이 있으면, 늘 반대편에는 심하게 부끄러워하는 사람이 있다. 나라가 망한 현실이 부끄러워 목숨을 내려놓거나 주위 사람들이 죽어 나가는데 자신은 이전과 다름없는 일상을 보내는 것이 부끄러워 거리로 나가 주먹을 쳐들었던 사람들. 우리는 그런 부끄러움을 알았던 사람들 덕분에 지금을 살고 있다.

역사를 훑지 않더라도 오늘 하루도 부끄러움을 모르는 사람과 부끄러움에 몸 둘 바 모르는 사람을 동시에 만나는 일은 어렵지 않다. 지하철을 타면 임신부석에 당당히 앉아 이어폰도 끼지 않고 동영상을 보고 있는 쩍벌남이 있는가 하면, 노약자석임에도 "죄송합니다"라고 말하며 자리에 앉는 아기 엄마가 있다. 약속 시간보다 한두 시간 늦는 것은 코리아 타임이라며 대수롭지 않게 여기는 사람이 있는가 하면, 아무리 친한 사이라도 오 분 늦은 것에 미안해하며 정중히 사과하는 사람이 있다.

부끄러워하는 사람들은 나의 행동으로 생길 수 있는 상대방의 불편과 불쾌를 헤아리는 사람들이다. 어쩌면 사회는 부끄러움을 아는 사람들의 부끄럽지 않으려는 노력으로 제대로 굴러가는 것일지도 모르겠다. 나는 부끄러움이 많은 사람이니 사회의 나쁜 일원은 아니지 않을까. 과도하게 '뭘 이런 것들'까지 부끄러워하고 있으니 피곤한 사람인 건 인정해야겠지만 말이다. 피곤하더라도 부끄러움을 전혀 모르는 사람보다는 과도하게 부끄러워하는 사람인 것이 다행이다.

물론 과도한 부끄러움으로 상대방을 난처하게 만든다면 이 또한 부끄러운 일이니 고쳐야 할 부분은 있다고 생각한다. 부끄러울 때 어떻게 대처해야 할까 종종 생각해보지만 부끄러움의 양상이 계속 변화하므로 방법을 잘 모르겠다.

아니, 생각한 방법이 있기는 하다. 부끄러움은 어떤 반응이므로 그걸 없애는 가장 좋은 방법은 반응할 일을 만들지 않으면 되는 것이다. 한마디로, 혼자 있으면 되잖아! 다행히도 내가 나를 어색해하며 북 치고 장구 치고 하지는 않으니 가능하면 나를 혼자인 상태로 두면 부끄러울 일이 많이 줄어들겠지.

생각해낸 방법이 부끄러워 볼이 빨개져버렸다.

내향인의 취미

내향적인 사람들의 취미에는 공통점이 있는 것 같다. '혼자'라는 단서가 붙어도 어색하지 않게 즐길 수 있는 취미라는 것. 취미가 뭐냐는 질문에 많은 사람들이 답하는 여행이나 영화 감상을 내향적인 사람이 답할 땐 '혼자 여행', '혼자 영화 보기'가 될 수 있고, "집에서 그냥 가만히 있어요"라는 취미인지 아닌지 애매한 답(나는 이것 역시 훌륭한 취미라고 생각한다. 이걸 즐길 수 있는 사람은 흔치 않기 때문이다) 또한 외향적인 사람들에게서 듣기는 어려울 테니까 말이다.

나 또한 그렇다. 나의 취미도 '혼자'가 붙어 어색하지 않은 것들이다. 내 취미는 특별한 것이 아니다. (혼자) 여행, (혼자) 영화감상, (독서는 기본적으로 혼자다) 독서. 이 세 가지가 나를 즐겁게 하는 것들이다.

나의 취미도 다른 사람들의 취미와 다르지 않게 (나에게만 유구한) 역사와 (나에게만 눈물겨운) 사연을 가지고 있다. 역사와 사연을 품고 있으니 우리는 사람과는 이별해도 취미와는 이별하지 않는다. 누군가의 취미가 된다는 것은 이렇게 대단한 일이다. 혼자 여행하고, 혼자 영화 보고, 책을 읽는 나의 취미에 새겨진 몇몇 장면을 생각하면 지금도 기분이 말랑말랑해진다. 취미를 즐기며 좋아서 신바람 난 모습이 귀엽고 그걸 하겠다고 공을 들이는 모습이 기특하기도 하다. 좋아하는 것을 하는 사람의 모습은 언제나 평화롭다.

첫 번째 장면은 '종점여행'이다. 성인이 되어서야 혼자 여행을 하고 있지만 지금도 여자 혼자 하는 여행이 마음 편하지는 않다. 혼자 여행해본 여성들은 잘 알겠지만 여자 혼자 여행을 하려면(남자가 혼자 여행하는 것에 비해) 준비할 것도, 미리 알아볼 것도, 걱정되는 것도 많다. 그러니 어릴 적에 '혼자 여행하는 소녀'는 당연히 꿈꿀 수 있는 게 아니었다. 그때는 내가 혼자 여행하는 것을 좋아하게 될 거란 생각조차 하지 못했다. 그러나 끼는 못 속인다고 그때도 나름대로 가끔 혼자 여행을 했었으니(그때는 그게 여행이라고는 생각하지 않았지만) 바로 '종점여행'이었다.

종점여행은 말 그대로 버스의 종점을 도는 여행이다. 나는 '135

번'과 '522번' 버스를 타고 종점여행을 했다(지금은 서울에 이 번호의 버스가 없다). 내가 살았던 마포구에서 135번을 타고 종점인 세검정을 지나 돌아오고, 522번을 타고 종점인 어린이대공원을 지나 돌아오는 것이 내 종점여행의 코스였다. 나는 비가 오면 비가 온다고 종점여행을 했고, 속상하면 속상하다고 종점여행을 했다. 당연히 기분 좋은 날도 이유를 붙여 종점여행을 했다. 친한 친구들과 죽이 맞아 몇 번 같이 타기도 했지만, 종점여행은 대부분 나 혼자였다.

버스에 올라타 맨 뒷자리에 앉으면 승하차하는 사람들과 창밖 풍경이 다 보여 좋았다. 버스가 정류장에 멈추어 서면 버스에 타는 사람들 하나하나의 표정을 보며 그들의 하루를 상상하기도 하고 창밖으로 보이는 상점의 간판을 보다가 재미있는 이름을 발견하면 혼잣말로 작게 빙고를 외치기도 했다.

종점여행의 백미는 비 오는 날이었다. 비 오는 날 버스를 타고 목적지 없이 가다보면 '울 준비가 되었나요?'의 상태가 되어 창문에 머리를 기댄 지 얼마 지나지 않아 눈물이 줄줄 흘렀다. 속상한 일이 있어 버스를 탄 경우라면 울 수도 있겠지만 딱히 슬픈 이유가 없어도 눈물이 났다. 비와 버스 안에 흐르던 음악과 창밖 사람들 모두가 다 나에게는 슬픔이었다. 나는 슬픈 영화를 보는 관객이었다. 한창 싱그러울 나이에 이런 우중충함이라니. 하지만 사춘

기의 널뛰는 감정을 이렇게 푼 것이 나름 개성 있었다고 생각한다. 감수성이 풍부한 소녀는 감정이 풍부한 어른이 되었으니 내게는 그때가 우중충하게 기억되지 않는다. 지금 하고 있는 나 홀로 여행을 들여다보면 어릴 적 종점여행과 닮은 점이 많다. 여행의 범위만 넓어졌을 뿐 여행하는 모습과 생각은 거의 비슷하기 때문이다. 누군가 나의 '나 홀로 여행'의 기원을 묻는다면 나는 '종점여행'이라고 답할 것 같다.

두 번째 장면은 '만홧가게'이다. 어릴 적에 만화 좋아하지 않은 사람이 얼마나 될까 싶지만, 나의 만화 사랑은 조금 달랐다. 만홧가게까지 포함한 만화 사랑이었으니까. 나는 만화 보는 것도 좋았지만 만홧가게 가는 것도 그만큼 좋았다. 좋아하는 만화의 후속작이 나왔다는 소식을 듣고 만홧가게로 '다다다다' 달려가는 내 모습은 지금 생각해도 벅차다. 달리기를 좋아하지 않았던 내가 '다다다다' 달려가다니 얼마나 기다렸으면 그랬을까 싶다. 눈이 하얗게 쌓여 '다다다다'가 '다~다~다~~다'가 될 때도 만홧가게에 가는 마음은 급했다. 다리가 마음을 따라가지 못해 어정쩡하게 내려갔던 내리막길이 아직도 생생하다. 기다리던 만화를 읽을 수 있는데 빨리 가지 못해 안타까운 그때의 내가 부럽기도 하다. 설렘은 자주 맛볼 수 있는 게 아니니까.

나는 만홧가게의 냄새와 소리도 좋아했다. 만홧가게에서 나는 냄새는 헌책방에서 나는 냄새와는 묘하게 달랐다. 기본적으로 책 냄새를 좋아하긴 하지만 만홧가게에는 책 냄새에 만화책을 열렬히 사랑하는 사람들의 냄새가 섞여 있어서 더 진한 냄새가 났다. 만화를 사랑하는 사람들에게서 풍기는 냄새는 시간이 가는 줄 모르는 몰입의 냄새였다. 이야기에 푹 빠진 사람들이 내뱉는 숨 냄새, 그들의 손에 들려 있는 과자 냄새, 긴장감에 배어 나오는 땀 냄새, 옷과 손에 옅게 남은 담배 냄새 같은 것들이 구수한 종이 냄새와 뒤섞여 만홧가게의 냄새를 만들었다. 나는 이 냄새를 맡으면 읽고 있는 만화가 훨씬 재미있게 느껴졌다.

내가 다니던 만홧가게는 만화 코너 옆에 작게 오락실도 있었는데, 오락실에서 들려오는 소리가 만홧가게의 영상을 완성했다. 오락실에서 그 당시 유행한 게임 '보글보글'의 음악이 쉬지 않고 흘러나와 읽고 있는 모든 만화책의 배경음악이 '보글보글송'이 되었다. 아무리 비극적인 내용의 만화도 배경음악은 다 보글보글이었는데 그게 싫지 않았다. 여자 주인공과 남자 주인공이 천년의 헤어짐을 앞두었을 때 보글보글의 강물이 흘렀고, 남자 주인공이 여자 주인공의 칼에 비극적인 죽음을 맞았을 때도 그들을 지켜보던 새들은 보글보글을 노래했다. 나는 죽어버린 주인공을 보고 비통한 마음으로 집에 가면서는 보글보글의 멜로디를 흥얼거렸다. 내 입에서 나오는 보글보글은 애절했다. 지금도 그때 읽었던 만화를 생각하면 보글보글 음악이 머릿속에서 자동으로 재생된다.

만화와 만홧가게를 같이 좋아한 것이 책과 어울리는 장소를 찾아가 독서를 하는 지금의 취미로 이어진 듯하다. 이 책은 숲이 좋은 공원에서 읽자, 이 책은 나무가 보이는 카페에 가서 읽자, 바닷가에 가니 이 책을 가져가자 등등 장소와 책을 결합해서 생각하는 것이 아마도 만홧가게를 좋아할 때부터 생긴 습성이 아닐까.

(나에게만) 유구한 역사와 (역시 나에게만) 눈물겨운 사연이 있다 해도 '혼자 하는 취미'에 장점이 없다면 이렇게 오래 지속하진 않았을 것이다. 혼자 하는 취미의 가장 큰 장점은 감상에 푹 젖을 수 있다는 거다. 물론 때로는 감상을 같이 나누고 싶을 때도 있다. 영화를 보고 나와 영화에 대해 같이 이야기하고, 책을 읽고 서로의 생각을 주고받고, 여행을 가서 아름다운 경치를 함께 보면 행복하기도 하다.

하지만 나는 혼자일 때 영화와 책, 경치를 온전히 감상하게 된다. 영화와 나 사이에 그 누군가가 없으니 영화를 감상하기 전, 중, 후 모두 나에겐 그 영화뿐이다. 책과 여행도 마찬가지다. 그럴 때 감상은 더 세밀해지고 나는 그 영화, 그 책, 그 여행을 더 사랑하게 된다. 나는 이런 감상의 몰입이 너무 좋다. 영화 시작을 알리

며 주위가 깜깜해질 때, 재미있을 것 같은 책의 첫 장을 넘길 때, 공항이나 터미널을 빠져나와 여행지와 첫 대면을 할 때. 혼자라는 조건이 오롯이 대상에 집중하게 만든다. 이제부터 시작되는 감상에서 영화, 책, 여행 외에 다른 그 무엇과 교집합을 찾을 필요는 없다. 감상에도 연습이 필요하다. 그래야 좋은 감상자가 될 수 있다. 탄탄한 근육을 누가 만들어주지 않듯이, 혼자 감상하는 연습은 좋은 감상자가 되기 위한 감상의 근육을 만들어준다고 생각한다.

혼자 취미를 즐기다보니 어느새 혼자 놀기 대마왕이 되었다. 그래서 즐겁지만, 가끔 쓸쓸함이 찾아오기도 한다. 그런데 머쓱하게도 나는 이 쓸쓸함도 혼자 하는 취미로 돌려막을 때가 많다. 혼자 여행 가서 쓸쓸하면 여행지에서 혼자 영화를 보러 가고, 혼자 영화를 보고 나와 쓸쓸하면 좋아하는 카페에 가서 혼자 책을 읽는다. 혼자 책을 읽다 쓸쓸하면 좋아하는 골목이라도 혼자 걸어본다. 이것은 부정의 부정은 강한 긍정이라는 법칙과 같은 것일까. 쓸쓸함에 쓸쓸함을 더하면 어느새 잘 보낸 하루가 된다. 이쯤 되니 나는 진짜 혼자 놀기 대마왕이 맞는 것 같다.

당신이 싫어서가 아니에요

"넌 왜 그렇게 싫은 사람이 많니?"

어릴 적 텔레비전을 보며 인물평을 하고 있는 나에게 아빠가 자주 하셨던 말씀이다. 아빠는 연예인을 보고 입에서 나오는 대로 지껄이는 나를 보며 저러다 불만만 가득한 비뚤어진 사람이 되지 않을까 걱정하셨던 것 같다. 쟤는 눈이 이상해서 싫어, 쟤는 지난번 드라마에서 ○○○을 괴롭혔기 때문에 싫어, 쟤는 노래를(연기를) 못해서 싫어, 쟤는 그냥 싫어, 쟤는 주는 것도 없는데 은근히 싫더라. 지금 생각해도 말도 안 되는 이유들이다. 좋은 이유는 한 가지인데 싫은 이유는 오조오억 가지란 말이 맞나 보다. 하나 마나 한 변명이지만 사실 나는 그 연예인들을 싫어한 것은 아니었다. 그냥 아무 감정도 없었다는 게 맞을 것이다. 그럼 왜 싫다고 했냐고 묻는다면 그냥 '뭔가 불만이 많던 시절'이라는 뻔한 답밖에는 할 말이 없다.

텔레비전 밖에서도 싫은 사람투성이었느냐 하면, 그건 아니다. 학교를 졸업하고 사회생활을 하면서 다종다양한 사람을 만났다. 내가 만난 사람 중에는 마음의 넓이가 태평양이어서 주위 사람들을 다 품어주는 이가 있었는가 하면, '개자식 일정 성분비의 법칙'에 따라 '이 구역의 개자식'은 본인임을 매일 선포하는 사람도 있었다. 천사와 개자식 사이에 있는 사람들은 대부분 좋은 사람들이었다(여기서 좋은 사람이란 그 시간, 그 장소에서 그저 타인에게 해를 끼치지 않으며 자기 역할을 해내는 사람 정도로 의미 짓고 싶다). 좋은 사람들 덕분에 나도 그들에게 좋은(타인에게 해를 끼치지 않으며 내 역할을 해내는) 사람이 될 수 있었을 것이다.

그런데 이 좋은 사람이 '모임', '단체' 등의 이름으로 모여 있으면 나는 겁부터 덜컥 난다. 내가 알고 있는 좋은 사람이 개인이 아닌 집단의 한 구성원이 되었을 때는 처음 만난 사람처럼 낯설다. 그래서 모임에 가면 어수룩한 눈을 하고선 모인 사람들 중에 나의 좋은 사람을 찾아 주위를 두리번거린다. 마침내 좋은 사람인 듯한 이를 찾으면 그 옆으로 가서 정말 나의 좋은 사람이 맞는지 확인하고서야 마음을 놓는다. 이 과정이 끝나야 비로소 나도 모임이나 단체의 일원이 된다. 즐겁자고 만난 건데 뭐 이렇게까지 번거롭게 구냐고? 번거롭긴 하지만 이래야 즐거워지니 어쩌겠나.

이쯤 되면 눈치챘겠지만 나는 모임, 단체 등의 이름으로 사람들이 우르르 모여 있는 것이 불편하다. 싫어한다기보다 힘들어 한다는 쪽에 가깝다. 그래서 나는 점점 모임, 단체 등의 이름으로 사람들이 모여 있는 곳엔 가능한 한 가지 않으려고 노력하게 되었다.

이 증상은 나이를 먹을수록 더 뚜렷해져갔다. 함께, 왁자지껄, 부어라 마셔라, 우리 오늘 같이 죽는 거야, 자 돌아가며 자기소개 합시다(이 말이 제일 싫다!!) 등등 언젠가 나도 외쳤던 말들이 이제는 저 멀리 추억이 되었다. 내게도 그런 시절이 있었지, 아련하기만 하다. 모임이나 단체의 일원이 되어 '자발적으로' 즐거웠던 시절은 아무래도 학교라는 틀 안에 있을 때였다. 학교라는 공동체에 소속되어 있으니 당연히 그래야 한다고 여긴 것인지, 아니면 그래도 조금은 존재하는 내 외향성이 혼신의 힘을 다해 불꽃을 태운 것인지 참 열심이었다.

'열심'이었다니 지금 생각하면 신기하기만 하다. 그때의 나는 마음속 자아가 힘들어 죽겠다고 외쳐도 알아차리지 못하고 사람들이 모여 있는 곳으로 뚜벅뚜벅, 촐랑촐랑 들어갔다. 그리고 될 수 있는 한 끝까지 사람들과 함께 했다. 졸업하고 나서는 시나브로 나의 내향적인 성향이 모습을 드러냈고 나이라는 '빽'까지 얻으니 지금은 모임이나 단체 등의 행사에는 대놓고 소극적이 되었다. 어쩌다 참석하더라도 대부분 즐겁지 않다. 가기 싫은 자리에 대한 푸념을 늘어놓는 내게 친구는 말했다. "학교 때의 엠티와 회사에서의 워크숍, 야유회가 같니? 누구는 좋아서 가니? 성향 같은 소리 하고 있다." 친구의 말이 맞을 것이다. 가기 싫다고, 참여하기 싫다고 다 내 마음대로 할 수는 없고, 최선을 다해 피할 수 있다는 것만으로도 제법 자유로운 위치에 있다는 뜻이니까.

나는 모임이나 단체 등의 이름으로 사람들이 모여 있는 곳을 왜 이렇게 힘들어하는 것일까? 우선 떠오르는 이유. 내가 좋아하는 사람이 개인적으로 만났을 때와 모임이나 단체 속에 있을 때의 모습이 다른 것을 종종 보기 때문이다. 나는 이럴 때 참으로 당혹스럽다. 사람들은 이런 모습을 '사회성의 발달'이라고 표현한다. 물론 나도 알고 있다. 개인적으로 있을 때와 여러 사람들 속에 있을 때 다른 모습이 나오는 것은 그 사람이 위선적이라서가 아니라, 그 순간에 최선을 다하기 때문이라는 걸. 하지만 그런 모습을 목격하면 당혹스럽다. 그리고 나는 이 당혹감이 싫다.

당혹감은 타인에게서만이 아니라 나 자신 때문에 더 많이 느껴진다. 모임 속에 있을 때 나는 수시로 나에게 놀란다. '너 왜 이래?' 나는 나의 사회성이 발현될 때 어른이 되었으니 사회성도 커졌다는 뿌듯함 같은 건 좀처럼 느끼지 못하고, 내가 나를 속인 것만 같아 마음이 무겁다. '재가 내가 알고 있는 윤수경이야?' 모임 속에 있는 누군가에게 나도 당혹스러움을 안겼을지도 모른다고 생각하면 부끄러워진다.

요즘은 '단체 톡방'이란 게 생겨 나의 당혹스러움은 횟수가 더 잦아졌다. 수시로 울려대는 카카오톡의 각종 단체 대화방에서는 오늘도 이런저런 대화들이 오간다. 대화들을 읽다보면 역시나 당혹스러운 순간이 찾아온다. 온라인이라 내가 그 사람의 의중을 파악하지 못한 것일 수도 있다. 온라인에서 대화하며 마음을 세밀하게 표현하려면 온전히 이모티콘에 의존해야 하는데 이게 진짜 사람의 마음을 촘촘하게 전달하기 어렵기 때문이다.

사람들은 각 대화방의 성격과 구성원의 취향에 맞게 대화를 이어간다. '~, ^^'가 난무하는 대화방에서 '~, ^^'는 마음을 표현하는 수단이 아니라 으레 붙는 문장부호가 되어버리기 일쑤다. 내가 알던 사람들이 사회성과 예의라는 명분으로 보여주는 새로운 모습에 나는 적잖이 당혹감을 느끼면서, 나 또한 대화에 동참하려고 이모티콘을 고른다. 온라인에서든 오프라인에서든 모임이나 단체에 속해 있지 않으면 이런 당혹감은 덜 느끼게 될 테니 나는 계속 반 발짝씩 뒤로 물러나고 있는 것 같다.

사람들이 모여 있는 곳이 힘든 두 번째 이유는 비밀을 공유하고 싶지 않기 때문이다. 타인의 비밀을 알게 되는 것은 무거운 일이다. 가볍게 한 귀로 듣고 한 귀로 흘릴 수 있는 사람들도 있겠지만 내 경우엔 그게 쉽지 않다. 함께 있는 사람 중에 누군가가 비밀을 털어놓는다면 무거울지언정 받아 안을 수 있다. 아무리 내 마음이 무거워도 비밀을 털어놓기까지 그 사람이 겪었을 마음속 고단함보다 무게가 더 나가진 않을 것이기 때문이다. 비밀을 알게 된다 한들, 그저 들어주는 것 외에는 큰 도움을 주지도 못한다. 그래도 그가 가진 마음의 짐이 아주 조금이라도 덜어질 수 있다면, 비밀을 공유해서 내가 갖게 되는 무거움은 가치가 있다고 생각한다.

하지만 많은 사람이 모여 있을 때 알게 되는 비밀은 이런 경우와는 꽤 다르다. 비밀의 주인공이 그 안에 없는 경우가 많기 때문이다. 나는 그 자리에 없는 사람의 무엇인가를 알게 되는 게 편안하지 않다. 좋은 일은 좋은 일대로 내가 알고 있어도 되는 건가 싶고, 나쁜 일은 더더욱 내가 알게 되는 게 미안하기만 하다. 모두의 공분을 살 만한 큰일에 대해 이야기가 도는 건 언젠가 어떻게든 들려오기 마련이니 어쩔 수 없겠다. 하지만 아주 사적인 일들을, 정작 당사자는 내가 그걸 알고 있는지 모를 텐데, 내가 알고 있다는 것이 언제나 어색하다. 그리고 그 비밀을 공유하고 있다며 같이 기뻐하거나 안쓰러워하는 그 자리의 공기가 불편하기만 하다.

어찌 보면 누군가의 비밀을 알고 싶지 않은 건 이기적인 생각일 수도 있다. 마음의 부담을 나누어 갖기 싫은 것일 수도 있기 때문이다. 내가 회피형 인간일지도 모른다는 생각도 든다. 그렇더라도 그 자리에 없는 누군가의 사적인 비밀을 공유하며 시간을 보내는 것은 가능하면 사양하고 싶다.

내가 사람들이 모여 있는 곳을 꺼리는 이유는 또 있다. 내 이야기를 하는 것이 언제나 어렵기 때문이다. 이 일은 근본적으로 학습이 되지 않는 것인지 나이를 먹어가고 다양한 사회생활을 경험한 지금도 여전히 새삼 어렵다. 어려움의 양상은 이런 것이다. 내가 사람들에게 '지금'의 나를 밝힐 때 이야기해야 할 것이 10이라고 하자. 함께 한 모임 속의 사람들 중에는 '지금'의 나에 대해 그 10을 다 알고 있는 사람이 있고, 8 정도쯤 아는 사람도 있을 것이다. 반면에 대략 5 정도 알고 있는 사람도 있고, 2 정도로 아주 조금만 아는 사람도 있을 것이다. 그리고 나에 대해 전혀 몰라 0, 그러니까 백지상태인 사람도 있을 것이다. 나는 그 사람들에게 나에 대한 이야기를 어느 수준으로 해야 할지를 모르겠다. 어느 정도의 정보를 제공해야 하는지 늘 헷갈린다.

예전에 얼마간 알고 지냈던 사람들을 오랜만에 다시 만나게 된 자리도 그렇다. 오랫동안 못 보다 만난 반가움은 잠시, 대화가 이어질수록 당혹스럽고, 쓸쓸하고, 외롭고, 부담스러운 순간들을 만난다. 아마도 나는 이만큼 달라졌는데 그들을 만날 땐 다시 과거의 내가 되어야 할 것 같은, 과거의 나와 예전으로 돌아가기 힘든 내가 뒤엉키기 때문인 것 같다. 즐겁게 추억을 좇다 현재로 돌아와 사람들 앞에서 웃고 있는 나는 그들이 알고 있는 내가 아닐 수 있는 것이, 그러면서 예전의 나인 척하는 것이 뻔뻔하다는 생각이 들 때도 있다. 사실 달라진 모습을 보이지 않아야 할 이유 같은 건 없다. 그때를 회상하는 건 그것대로 즐거우면 그뿐이고 달라진 지금의 나로 있는 걸 부끄럽거나 미안해할 필요도 없다. 변한 내가 싫다면 그 감정은 그냥 그들의 몫일 뿐. 그런데 나는 그들 앞에선 계속 예전의 나여야 할 것만 같은 생각이 들곤 하니 북 치고 장구 치는 것도 모자라 가야금, 거문고 현까지 퉁기고 있는 꼴이지 않나. 추억의 환기는 순간적으로 나를 그 시절로 데려다주어 고맙기도 하지만, 이런 대화의 끝에는 헛헛함만 남을 때가 많다. 현재 함께 공유하고 있는 것이 없으니 추억을 좇을 수밖에 없다는 사실도 쓸쓸하긴 매한가지다.

모임 안의 사람들이 다가와 "요즘 뭐 하며 지내니?", "그동안 어떻게 지냈어?", "요즘은 어때?"라고 묻는다. 나는 이런 질문들을 받을 때면 '대략 난감'이 된다. 물론 간단하게 지금의 상황을 말하면 되지만 나는 이 간단한 말 사이사이에 넣을 설명을 찾아야 할 것 같다. 아무리 생각해도 나의 요즘과 나의 지금은 그렇게 간단히 말할 수 있는 게 아닌데. 그렇다고 그 자리에서 "제가 요즘의 제가 되기까지 이러이러한 일들이 있었는데요"라는 설명을 해댈 정도로 눈치가 없지는 않다. 상대방이 그런 것까지 알고 싶을 리 없다는 건 잘 알고 있으니까. 그저 인사말을 건넨 것뿐이다. 그래서 나도 간단히 말한다. 어색한 웃음을 날리면서. "별일 없이, 잘 지내요" '별일 없이'와 '잘' 속에는 상황을 무마하려는 조급함이 있다. '별일 없이'와 '잘'에 담겨 있는 나의 스토리들을 꾹꾹 눌러 덮어버리려는 겸연쩍음도 있다.

나는 이런 식의 대화를 이어가다보면 지쳐버린다. 그 사람들과 나는 '이 정도'만 보여주어야 하는 관계가 되어버리고 모든 대화가 '이 정도'를 넘어가지 않게 유지된다. 정도를 신경 써야 하는 자리가 편안할 리가 없다. 나를 안심하지 못하게 만든다.

안심하지 못하는 자리에 있는 사람들과는 여간해선 웃음과 분노의 코드가 맞기 어렵다. 모름지기 만남이 즐거우려면 이 두 코드가 맞아야 한다고 생각한다. 상대방은 눈물을 빼며 웃고 있는데 나는 하나도 웃기지 않아 입만 웃고 있다거나, 내가 분노하는 일에 상대방은 시큰둥하다면 대화는 오래 이어지지 못하고 핸드폰 시계만 힐끔힐끔 쳐다보게 된다.

내게는 신경 쓰지 않고 기꺼이 같이 웃고 같이 화낼 수 있는 자리가 그리 많지 않다. 바탕의 상태나 무늬를 말하는 '결'이, 나는 사람 사이에서 제일 예민하게 포착된다. 나와 결이 비슷하다고 생각되는 사람들이 아니고선 쉽게 웃음과 화에 박자가 맞지 않는다. 사람들 속의 나는 자주, 그들이 웃을 땐 웃기지 않았고 내가 웃을 때 웃지 않는 그들을 보며 외로웠다. 그래서 웃음을 미소로 죽였다. 그들이 화낼 땐 왜 화가 나는지 이해되지 않을 때가 많았고, 내가 화날 때 그들이 내 화에 공감하지 못하는 것에 쓸쓸했다. 그래서 화를 미소로 죽였다. 그러니 웃음 코드와 분노 코드가 맞지 않는, 많은 사람이 모이는 자리에 의무감이 아닌 즐거움으로 참석하기란, 쉽지 않다.

웃음과 분노의 코드가 맞지 않는 사람들과는 삶을 바라보는 관점도 다를 때가 많았다. 참 신기한 일이다. 어떤 일에 웃는가, 어떤 일에 화를 내는가가 사람의 태도를 보여주니 말이다.

인생은 속도가 아니라 방향이라고들 한다. 나는 아직 이 말을 '정답'이라고 확신하기보다 '답이겠지, 답일 거야'라며 '믿고 싶어' 하는 쪽에 서 있다. 다른 사람들과의 만남은 이 믿고 싶으나 확신이 서지 않는 마음을 부추긴다. 모임에서 사람들의 대화를 듣고 있으면 인생이라는 트랙에서 그들과 다른 속도와 방향으로 다른 트랙을 돌고 있는 내가 느껴진다. 사람들에 비하면 나의 속도는 너무 느렸고 목적지도 없이 엉뚱한 방향으로 가고 있었다. 이런 생각이 들면 내 주행의 장점을 찾으며 자위해보기도 했지만 거의 대부분 내 속도와 방향이 초라하다는 생각이 들었다. 그럴 때면 나는 그저 그들의 경기를 보고 있는 관람객으로 위치를 바꿔버린다. 그들과의 대화에서 나는 구경꾼이다. 그렇다고 그들의 말에 자극받아 나의 속도와 방향을 수정하게 되지는 않았다(그랬다면 지금 내가 이렇게 살고 있지는 않겠지). 하지만 다시 평정심을 갖고 내 속도와 방향으로 내 트랙을 돌게 되기까지는 얼마간의 시간이 필요했다.

이제는 나의 속도와 방향을 바꾸려야 바꿀 수도 없기 때문에 나중에 겪게 되는 후유증이 옅어지긴 했다. 하지만 속도와 방향이 다른 사람들의 트랙을 구경하느라 내 트랙을 돌아야 할 시간을 뺏기고 싶지 않다.

어느 날부터인가 무리 속에 있는 자리에서 종종 속엣말을 하게 되었다. 아마도 사람들 속에서 겉돌 때 한 번 두 번 하던 게 횟수가 잦아진 모양이다. 속엣말을 하는 건 피곤한 일이다. 머리와 마음이 나뉘어 작동해야 하기 때문이다. 한쪽 머리와 마음은 사람들 속에 두고, 한쪽 머리와 마음은 내 속에서만 움직인다. 결이 완전히 다른 사람이 하는 말에 나는 침묵하지만 속엣말은 참지 않고 한마디 하고 있다. '그건 아닌 것 같은데요.', '제발 그런 말은 하지 마세요.', '그건 알고 싶지 않다고요.' 사람들에게 어쭙잖은 생각을 늘어놓는 나에게도 속엣말은 대꾸한다. '얼씨구, 뭐라는 거야?', '지금 누구에게 할 소리니, 너나 잘, 하, 세, 요.'

내 이야기지만, 모임이나 단체가 힘든 내향인의 고백이 유난스럽기도 하다. 하지만 어쩔 수 없는 일이다. 생겨먹은 모양이 이런 것을. 그러니 앞으로도 많은 사람이 모이는 자리를 내켜 참석하게 되지는 않을 것 같다.

마지막으로 꼭 밝히고 싶은 것은 나는 여러 사람들이 모인 자리가 힘들고 싫을 뿐이지, 사람들 개개인을 싫어하는 것이 절대 아니라는 점이다. 무리 속에 있는 나의 어색하고 불편한 모습을 보았다면 오해는 말아주기 바란다. 절대 당신이 싫어서가 아니니.

깊고 은밀하게

제목만 보고도 다 본 것 같은 생각이 드는 영화가 있다. 제목 하나만으로 온갖 이야기를 할 수 있을 것 같은 영화. 나에겐 〈목구멍 깊숙이(Deep Throat)〉가 딱 그런 영화다. 〈목구멍 깊숙이〉는 1972년 미국에서 만들어진 하드코어 포르노인데, 성에 대한 담론을 세상 밖으로 꺼내놓아 당시 미국 사회를 발칵 뒤집어 놓았다. 아무튼 제목에 취해 진짜 보았다고 착각했는지 나는 아직 이 영화를 구경도 못했으니 참으로 안타까운 일이다. 영화를 보게 되면 오히려 영화에 대한 기대(어떤 기대?)가 바래질지도 모르지만 언젠가 꼭 보고 싶기도 하다.

아무튼 내가 이 영화의 제목에 끌렸던 것은 '깊숙이'라는 어휘 때문이다. 영화에 담긴 사회적 의미를 떠나서 관계를 다루는(그것도 에로물) 영화인데 제목에 '깊숙이'라는 어휘가 쓰였으니 그 관계는 얼마나 농밀하고 촘촘할 것인가. 제목을 누가 생각했는지 영화의 성공에는 그의 공이 크지 않았을까 싶다.

영화에서뿐만 아니라 현실에서도 나는 농밀하고 촘촘한 관계를 좋아한다(이런 관계를 치정이 얽힌 사이에서만 가능한 것으로 생각한다면 당신은 드라마나 영화를 너무 많이 본 것이다). 물론 이런 관계는 쉽게 만들어지지 않는다. 많은 시간을 함께 보내고 그 시간에 걸맞은 우여곡절을 함께 겪었다 해도 농밀함과 촘촘함은 자연스러운 결과물이 아니다.

농밀하고 촘촘해서 점도가 진한 관계는 어떻게 만들어지는 것일까. 내 생각에 그건 대화의 양상에 있는 것 같다. 대화가 얼마나 깊고 은밀하냐가 관계의 점도를 결정한다. 점도는 깊을수록, 은밀할수록 진해진다. 은밀하고 진한 대화는 당연히 둘 사이에서 만들어지기 쉬우니 많은 사람보다는 소수의 사람, 소수의 사람보다는 둘이 있는 것을 더 좋아하는 내향인에겐 이런 관계를 만드는 것이 조금은 수월하지 않을까. 아니, 내향인이니까 이런 관계만 남는다는 쪽이 맞으려나.

둘이 은밀하고 깊은 대화를 나눌 때 느껴지는 즐거움은 어떤 쾌감보다 강하다. 오가는 찰진 대화는 무엇보다 쫄깃하다. 깊고 은밀한 대화를 나누고 있을 때 둘 사이에 흐르는 긴장감은 휴대폰 시계 보는 것도 잊게 만든다. 깊고 은밀한 대화의 다른 매력은 대화 중에 상대의 비언어적·반언어적 습관을 볼 수 있다는 것이다.

웃긴 얘기를 할 때 보이는 잇몸, 놀란 이야기를 들었을 때 올라가는 두 손, 화난 이야기를 하면서 움켜쥐는 주먹, 이야기에 집중할수록 기울어지는 상체와 번갈아 꼬는 다리.

빨리 알려주고 싶은 얘기는 급하게 말하고, 은밀한 이야기는 낮은 목소리가 되며, 야한 부분에선 눈빛이 게슴츠레해진다. 대화의 내용에 따라 상대는 표정으로 희로애락을 보여주는데 그 미세한 차이로 그의 마음을 읽는 것도 깊고 은밀한 대화에서만 가능하다. 좋아하는 사람이 자신의 이야기를 최선을 다해 전하려는 모습은 사랑스럽다. 술이 들어가야 말을 할 수 있다는 것은 술을 마시며 나오는 비언어적·반언어적 모습을 만들어 이야기를 이어가겠다는 뜻일 수도 있다. 그러니 진짜 깊고 은밀한 대화에는 술이 꼭 필요하지는 않다. 술은 필수 조건이 아니다.

이런 대화를 가능하게 만드는 힘은 어디에서 나올까? 당연히 상대에게 애정이 있어야 한다. 좋아하지 않는 사람과 대화는 무슨. 그리고 대화의 내용에서 내비치는 각종 감수성이 서로 맞아야 가능할 것이다. 타자를 바라보는 시선이 만들어내는 감수성(이를테면 '노키즈존에 대해 어떻게 생각하나요?', '미투 운동에 대해서 어떻게 생각하나요?'에서 갈라지는 감수성), 스토리를 받아들이는 감수성(이를테면 판타지 영화를 보고 '저게 말이 돼?' 홍상수 감독의 영화를 보고 '영화 속 일상은 우리의 일상과 전혀 다른데?' 따지는 데서 갈라지는 감수성), 우선

하는 가치가 무엇인지에 따른 감수성(이를테면 식당에서 주문한 음식이 잘못 나왔을 때 내 시간과 종업원의 난처함 중 먼저 신경 쓰이는 것이 무엇인지에서 갈라지는 감수성) 등이 맞지 않으면 대화를 오래 이어가고 싶은 생각이 사라진다. 상대의 말에서 무언가에 대한 혐오가 읽히면 대화의 매력은 떨어진다. 상대도 마찬가지일 것이다. 내 말에서 은연중에 내가 가진 혐오와 편견이 보였다면 나라는 대화 상대에 대해 다시 생각하게 될 것이다.

깊고 은밀한 대화가 가능한 상대는 서로가 하는 말에 대한 이해도가 높다. 주어와 서술어를 생략해도 알아채는 센스가 늘어가며, '어, 거시기, 그' 등 지시대명사만 말해도 그 안에 들어 있는 온갖 서사를 이해할 수 있다. "어" 하면 "아" 하는 핑퐁 같은 대화는 그야말로 신선놀음이라서 도끼 썩는 줄 모른다.

이런 대화는 의도적으로 만들어질 수는 없다. 둘 사이이기 때문에, 그만큼 자신을 편하게 드러낼 수 있으므로 자연스럽게 이루어지는 것이다. 서로가 가진 상대에 대한 이런 이해가 나는 그렇게 다정할 수가 없다. 대화가 끝나고 나면 운우지정을 나눈 어젯밤 못지않게 서로가 애틋해진다. 대화를 마치고 집에 돌아가는 길은 뿌듯하다. "즐거운 하루였어"는 이럴 때 하는 말이다.

아쉽게도 이런 깊고 은밀한 대화를 나누는 횟수는 점점 줄고 있

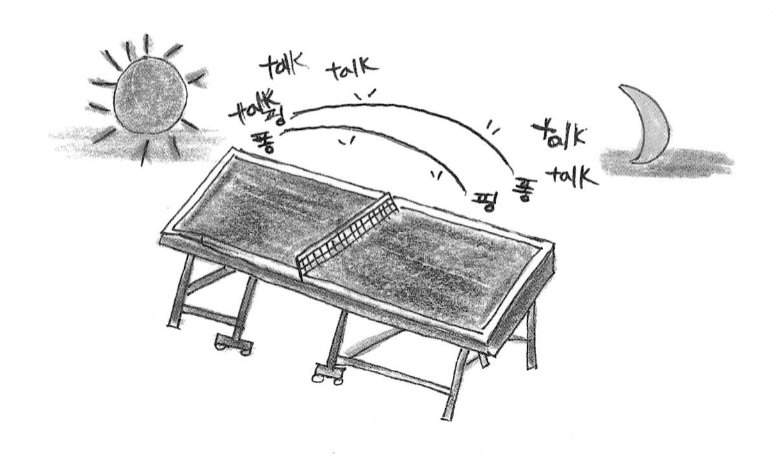

다. 나와 농밀하고 촘촘한 관계를 맺고 있어 깊은 대화가 가능한 (슬프게도 얼마 되지 않는) 사람들과 얼굴을 맞대고 대화하려고 해도 내 상황과 상대의 상황이 복잡할 때가 많다. 잠깐의 만남도 쉽지가 않다. 통화하면 되지 않느냐고 묻는다면 그것도 서로의 시간이 맞아야 할 수 있는 일이니 마찬가지 아니냐며 까다로운 내 성격이 나오고야 만다. 무엇보다 나는 전화로 오래 이야기하면 왠지 모르게 몸이 힘들다. 체력이 더 달릴 뿐만 아니라 할 말이 줄줄 나오지도 않는다(새벽까지 전화를 붙들고 있다가 전화기를 들고 잠들던 때가 있긴 했다. 연애의 맛이 한창일 때. 사랑의 힘은 정말 위대하다).

불행 중 다행으로 대화는 꼭 사람과의 사이에서만 가능한 것이 아니다. 사람을 못 만난다면 다른 대상을 찾으면 된다. 자신에게 특별한 그 무엇은 다 대화의 상대가 될 수 있지 않을까. 누군가에겐 반려동물, 누군가에겐 반려식물, 누군가에겐 미세먼지 없는 하늘, 누군가에겐 라이너스가 들고 다니던 담요처럼 애착이 생긴 물건일 수도 있다. 정신 나간 거 아니냐고? 마음이 맞지 않는 사람과 형식적인 이야기만 오가는 대화를 하며 시간 죽이는 것보다는 이쪽이 훨씬 나을 것 같다. 정신 나간 것 같다 해도 나라면 담요랑 이야기하는 쪽을 택하겠다.

내게도 그런 대상이 있다. 내가 좋아하는 대화 상대는 글이다. 나는 책, 영화(자막이라는 글을 장면과 같이 읽어야 하니 영화에도 글이 있다고 우겨본다), 기타 등등에 나오는 글과 깊고 은밀한 대화를 나누는 것이 좋다. 나는 점점 말보다는 글이 편안하다. 글은 언제나 그 자리에 그대로 있으면서 나를 기다려준다. 내가 자기를 늦게 찾았다고 뭐라 하지 않으며 빨리 읽으라고 보채지 않는다. 읽기를 멈추었다가 다시 읽기까지 아무리 오랜 시간이 흘러도 변하지 않는다. 읽고 나서 내 생각을 다듬을 때까지 함흥차사라도 상관없다. 읽은 후 내 생각이 글과 다를지라도 삐치지 않는다. 나는 이런데, 너는 이렇구나, 그저 그뿐이다. 하지만 많은 경우 글은 내 생각보다 깊을 때가 많아 내가 쳐놓은 좁은 울타리에서 나를 벗어나게 해준다. 글을 읽으며 내가 가진 편견을 발견하게 될 때는 어떤 설명도 필요 없이, 주위 눈치를 보지 않고 편견에서 벗어날 기회를 준다. 당연히 글은 나보다 아는 것도 많아서 몰랐던 것도 알게 해 주니 참으로 배울 것이 많은 상대다.

무엇보다 글을 읽는다는 것은 온전히 글과 나 둘 사이에 이루어지는 것이므로 어떤 대화보다도 몰입할 수 있다. 글과의 대화에서는 대화 후에 서로 그대로일 수도, 좋아질 수도, 나빠질 수도 있는 관계라는 이름의 오묘한 신경전이 없다. 글 자체만 있을 뿐이다. 그러니 대화 속에서 일어날 수 있는 오해가 없으며 미리 오해가 생기지 않도록 말을 에둘러 할 필요도 없다. 글은 깊고 은밀한 대화 상대로 안성맞춤이다.

지금도 나는 깊고 은밀한 대화가 하고 싶다. 이런 마음은 글을 쓰고 있는 지금은 물론이고 기분이 말랑말랑해지는 잠 못 드는 새벽 두 시, 일에 열중하고 있는 낮 두 시, 퇴근하는 사람으로 꽉 찬 지하철 안 저녁 일곱 시 상관없이 불쑥불쑥 찾아온다. 그럴 때마다 휴대폰 연락처를 훑어보지만 얼굴을 맞대고 깊고 은밀한 대화를 나눌 상대를 찾기란 쉽지가 않다. 찾은 건 쓸쓸함이다. 그래서 난 글을 찾는다. 글은 내가 찾을 때마다 변함없이 곁에 있다.

친척울렁증

어색한 사람과 마주하는 것이 호환마마보다(는 아니겠다. 때로는 '보다', 때로는 '만큼', 가끔은 '덜') 무서운 나도 피할 수 없는 상대들이 있으니, 그 이름은 바로 '친척'이다. 친척은 내가 만나기 싫어 피한다고 해서 피할 수 있는 사람들이 아니다. 나와 이렇게 저렇게 혈연으로 엮여 있는 사람들이기 때문이다. 한국인이라면 누구나 알고 있을 유명한 말이 있지 않나. 피는 물보다 진하다(이것은 과학적 의미에서만 타당하다. 피가 물보다 진하다며 하지 말아야 할 일들을 버젓이 벌이는 친척도 있고, 자신의 피를 나누어주듯이 기꺼이 같은 입장이 되어주는 끈끈한 남도 있으니). 물론 나의 피가 스스로 나서서 그물망을 엮지는 않았다. "저 사람과 친척이 되기 싫어요"라고 했다고 친척이라는 관계가 그 순간 끊어지는 것도 아니요, "어머, 저 멋진 사람과 친척이 되고 싶어"라고 바란다고 그가 "안녕, 오늘부터 나는 너의 육촌 당숙이란다" 이렇게 될 수는 없다. 어느 날

세상에 태어났더니 나는 '윤'가와 '조'가 사이의 자식이었고, 자연스럽게 '윤'가와 '조'가 사람들이 나를 둘러싼 친척이 되었다.

다른 나라의 경우를 잘 아는 건 아니지만 나는 우리나라의 친척이라는 구조가 유독 복잡하다고 생각한다. 촌수는 왜 그리 복잡한지 모르겠다. 분명 어릴 적부터 배운 것 같은데 나이를 이만큼 먹어도 좀처럼 익숙해지지 않는다. 아직도 사촌이 넘어가면 뭐라고 불러야 하는지, 오촌이라는데 왜 오촌인지, 육촌이라는데 육촌이라는 말이 있기나 한 것인지 늘 헷갈린다. 친가와 외가의 구분도 어려운데 가족 중에 누가 결혼을 하면 친척은 인척이라는 말로 세포 분열하듯이 늘어만 간다. 거의 대부분의 친척이 uncle과 aunt로 정리되고 부를 호칭이 마땅치 않으면 그냥 이름을 부르는 영미권 방식이 여러 면에서 실용적일 수도 있을 것 같다.

내가 친척들이 모이는 이러저러한 행사에 (원하지는 않더라도) 잘 참석하는 사람이라 투정 부리는 것으로 보일 수도 있겠다. 그럴리가. 나는 친척이 모인 자리는 가능한 한, 최선을 다해 가지 않으려 노력하는 (이런 면에서는) 뺀질이다. 하지만 아무리 뺀질이여도 꼭 가야 하는 자리는 때마다 돌아왔고 그때마다 친척들 앞에서 남몰래 진땀을 뺐다. 그래서 나는 이런 증상에 '친척울렁증'이라는 이름을 붙였다.

국민 MC 유재석도 과거에 무대울렁증이 있었다는 걸 보면 울렁증은 극복이 가능한 증상일 것이다. 유재석도 무대울렁증을 경험했기 때문에 지금 더 훌륭한 진행자가 되었다고 술회하지 않나. 하지만 나의 친척울렁증은 유재석의 경우와 다른가 보다. 시간이 지날수록 증상은 심해지고 구체적이 되었으니 말이다. 친척들을 만나러 가는 길에는 머리를 복잡하게 굴리며 무슨 표정과 무슨 인사를 해야 하나 구상하고, 인사의 순간이 끝나면 그들 앞에서 빛의 속도로 사라질 계획을 짠다. 만나는 장소에서 친척들을 피해 있을 곳을 미리 알아보는 것은 필수. 주위에 잠깐 갔다 올 수 있는

코스가 있는지도 세심히 살핀다. 하지만 계획은 계획일 뿐 그대로 이루어지는 경우는 별로 없어서 나는 줄곧 어색한 웃음과 쭈뼛쭈뼛한 자세로 친척들과 함께 있는 시간을 버틴다. 그리고 자리가 끝날 기미가 보이면 그동안 쭈뼛대던 사람은 어디로 갔는지, 누구보다 재빠르게 나갈 채비를 한다.

유재석과 나의 울렁증은 결과가 달랐다. 유재석은 무대울렁증을 극복해서 좋은 예능인이 되어야겠다는 생각을 했을 테지만 나는 친척들과 만나는 자리를 가능한 한 피하되, 피할 수 없으면 어떻게든 잘 버티자는 생각뿐이니 다를 수밖에. 그러니 나의 과거를 술회하며 "믿지 않으시겠지만 저에게는 친척울렁증이 있었답니다. 하지만 지금은 극복해서 많은 친척들과 화기애애하게 잘 지내고 있어요. 호호호" 하는 순간은 아마도 오지 않을 것이다.

한데 친척들은 나에게 호의적인 사람들이지 않나. 해를 끼치는 사람들도 아니고 내가 잘 받아들이지 못해서 그렇지 만나는 그 순간만일지라도 내게 진심으로 관심을 가지는 사람들일 텐데 왜 울렁증이 생긴 것일까. 나는 왜 그들을 힘들어하는 것일까.

사람들이 많이 모인 자리를 좋아하지 않는 것이 친척들 앞에서 어색해지는 이유로 이어진 것일 수도 있겠으나 친척이라는 관계는 그것으로 정리하기는 다소 애매한 면이 있다. 세상에서 제일 애매한 관계, 나는 그것이 친척이라고 생각한다. 남인지, 가족인지 어떤 경계에 선을 그어야 하는지 잘 모르겠는 경우가 정말 많다. 수년간 소식도 몰랐고, 심지어는 처음 보는 사람인데 만남의 이름은 '가족'이 되는 경우. 그 자리가 끝나면 다시 무소식이 희소식이라 여기는 사람들이 되니, 이 애매함이 곧 친척울렁증을 유발한 원인인 것 같다.

애매하니 내 대처 또한 분명해지지 못하는 것이다. 오랜만에 만난 친척들에게 반말을 해야 하는지 존대를 해야 하는지부터 애매하다. 어릴 적 분명 함께 뛰어놀며 반말로 친근하게 부른 것 같은데 결혼해 아이까지 낳은 사람에게 이전처럼 반말로 불러도 되는 것인지 애매하다. 그래서 반말인지 존댓말인지 구분이 안 되는 애매한 말로 대화를 이어가는데 이게 참 애매하다.

가장 애매한 것은 어떤 이야기를 이어나가야 하느냐다. 친척들이 묻는 것은 정말 궁금해서 묻는 것인지, 나는 그 질문에 어느 수위로 대답을 해야 그들의 궁금증이 풀릴 것인지, 예의상 한 질문에 나는 눈치도 없이 주절주절 말을 늘어놓고 있는 것은 아닌지 애매하다. 나는 또 친척들의 무엇에 관한 것을 물어야 하는지, 그들이 이 자리에서 얘기하고 싶은 것이 무엇인지, 그들이 말하고 싶지 않은 것을 묻게 되는 건 아닌지 애매하다. 오랜만에 만난 사람들과의 사이에서 만들어지는 어색함과는 다른 것이, 여하튼 친척들은 이번 만남으로 "안녕~" 할 수 있는 사람들이 아니니 말이다. 평소 서로에게 관심이 없던 사람들끼리 만났는데도 친근함을 표해야 하는 경우에 나오는 애매함이라면, 친척과의 사이에서가 최고봉이다. 나는 이런 애매함을 유들유들하게 넘어가는 사회성을 갖고 있지 않다.

인터넷에서 친척들과의 대화에는 "그러게요"란 말만 있으면 만능이라는 정보를 얻고 머릿속으로 리허설을 해보았다.

"야~ 네가 수경이구나. 몰라보겠네."

"그러게요."

"결혼은 왜 안 해?"

"그러게요."

"자주 좀 보자."

"그러게요."

안 될 말이다. 이렇게 대꾸할 배짱이 있었으면 소심한 내향인은 벌써 졸업했겠지.

우리 식구들은 나의 친척울렁증을 잘 알고 있어서 아주 중요한 자리가 아니고선 나의 동행을 바라지 않는다. 어쩔 수 없이 참석한 자리에서는 내가 뒤에 '애매하게' 서 있을 수 있도록 배려해준다. 식구들이라고 좋아서 앞에 서는 게 아니란 것은 잘 알고 있다. 그래서 식구들에게 늘 미안하고 고맙다. 미안하고 고마울 때마다,

친척들에게는 애매하지만, 우리 식구들에게는 분명하게 잘하는 사람이 되어야겠다고 생각(만)한다.

문득 궁금해진다. 외향적인 사람들은 친척울렁증을 이해하지 못할까. 그들의 에너지는 오랜만에 만난 친척들 앞에서도 넘쳐날까. 친척들 앞에만 서면 작아지는 나는 외향인들의 샘솟는 에너지의 원천이 신기하기만 하다.

오지랖, 참을 수 없는 얄팍함과 어려움

한국인에게 정(情)과 오지랖은 관심이라는 부모에게서 자란 형제뻘쯤 되는 걸까. 정과 오지랖은 관심이라는 명분 아래 아슬아슬하게 위치해 구별이 어려울 때가 많다. 많은 사람들이 자신의 태도가 정에서 나온 것이지, 오지랖이라고는 생각하지 않는다. 하지만 정은 때로는 오지랖의 영역을 침범하기도 하고, 때로는 오지랖의 변명으로 이용되기도 한다. 익숙한 정과 오지랖의 아슬아슬한 줄다리기 장면.

명절이라는, 누구에게는 즐겁지만 다른 누구에겐 괴로운 날이 오면 일가친척들은 마치 오지랖대회라도 벌어진 듯 온갖 오지랖을 펼쳐놓기 시작한다. 외모, 진로, 경제상태 등등 궁금한 건 어찌나 많고, 알려주고 싶은 것은 또 어찌나 많은지. 그동안 만나서 얘기하고 싶은 걸 어떻게 참았는지 모를 지경. 하지만 그 자리에서 왜 그리 오지랖이 넓으냐고 따질 수는 없다. 왜냐? 다 정이 있으니까 하는 소리라는 얘기를 들을 것이 뻔하기 때문이다. 정 때문이라는데 대꾸할 말이 생각나지 않는다. 국민 간식의 포장지에까지 떡하니 쓰여 있을 정도로 한국인의 정서로 통하는 '정'과, 역시나 한국인의 특징이라고 하는 '오지랖'은 여하튼 가까운 사이인 건 맞는 것 같다.

정과 동전의 앞뒷면일 수도 있음을 인정해서인지, 나는 어느 정도의 오지랖은 정으로 인정해버릴 때가 많다. 내 기분이 나쁘니 그 입을 다물어달라고 요구하지는 않는 것이다. 그냥 체념한다. 다 관심이 있어서 저런 거겠지, 정이 있으니까 그런 거겠지 생각해버린다. 무엇보다 수시로 만나는 오지랖에 일일이 대응할 에너지가 아깝다. 농밀하고 촘촘한 사이가 아니고선 관계 맺기를 꺼리는 내가 스쳐 지나는 사람들이 건네는 오지랖에까지 반응할 에너지가 있을 리 없다.

하지만 이런 나도 참기 힘든 오지랖이 있다. 관심인 척하며 자기의 우월함을 과시하려는 오지랖은 정과 동전의 앞뒷면이라고 인정하고 싶지 않다. 이런 오지랖을 만날 때마다 상대에게서는 우월함은커녕 참을 수 없는 얄팍함만 느껴진다.

대한민국에서 사십 대의 싱글 여성으로 살고 있다는 건 타인들로부터 이런 참을 수 없는 얄팍함을 숱하게 겪어왔다는 것을 뜻한다. 관심이라는 탈을 쓰고 왜 혼자인지 묻는 사람들, 걱정이라는 탈을 쓰고 앞으로 어떻게 할 것인지 묻는 사람들 중에는 탈 속에 자신의 속내를 감추고 있는 사람도 있다. 그 속에 너보다는 내가 낫다는 우월함을 감추어보지만 그런 속내는 쉽게 감추어지지 않는다. 그런 오지랖이 느껴지면 성질이 나곤 한다. 도대체 내가 왜 혼자인지 설명해야 할 이유가 무엇이며, 솔직히 생각도 하지 않던 내 걱정을 왜 꼭 내 앞에서만 하는 것인지 이해할 수가 없다.

내가 싱글이니 상대보다 좋을 건 없다. 남편과 아이가 있다고 상대가 나보다 우월할 이유도 없다. 우리는 각자의 어깨에 제 나름의 걱정보따리를 짊어지고 있으며 각자 그 보따리의 무게를 줄이려고 노력할 뿐이다. 누구의 보따리가 더 가벼운지 경쟁해보았자 뒤돌아서면 내 보따리에는 또 다른 걱정거리가 채워져 있으니 헛수고다. 그럼에도 자신의 우월함을 과시하기 위해 걱정과 관심이라는 탈을 쓰고 상대의 상태를 품평하는 것은 얄팍함만 드러낼 뿐이다.

나는 내향인의 특성답게 예민함도 갖고 있어서 상대가 나를 이용해 우쭐거리는 것을 잘 알아채는 편이다. 세상만사 에라 모르겠다, 비뚤어질 마음이 들어 전투력이 상승해 있을 때 이런 우쭐댐을 알아채면 나도 지지 않겠다는 듯이 상대보다 내가 낫다는 것을 은근하고 교묘하게 드러내기도 한다. 상대보다 내가 나을 게 있을 리

가. 그러니 포장이 들어간다. 얄팍한 상대 앞에 더 얄팍한 내가 있으니 얄팍함의 잔치다. 맛도 영양도 없는 음식만 가득한 잔치가 즐거울 리 있을까. 잔치에는 참을 수 없는 유치함만 가득할 뿐이다.

상대를 깎아내리기 위해 사용되는 오지랖에도 최고봉은 있다. 이 오지랖이 힘이 센 것은 이것 앞에서는 아무리 전투력이 상승해 있어도 비뚤어질 수가 없기 때문이다. 오지랖의 세례를 그냥 온몸으로 뒤집어써야 한다. 상냥한 얼굴을 하고선. 이 오지랖이 무엇이냐 하면, 바로 '면접'이다.

면접은 공인된 오지랖이다. 오지랖을 당하러 이 자리에 왔다며 자발적으로 자리에 앉는다. 심지어 오지랖을 당하게 되어 다행이라고 생각하면서. '자, 저에 대해 알려드릴 테니 마음대로 넓은 오지랖을 펼쳐보세요'라며 내가 쥐여준 이력서와 자기소개서를 들고 있는 면접관은 옷깃 한 번 스친 적 없는, 그날 처음 본 사람이다. 하지만 나의 출생부터 나를 둘러싼 환경, 그동안 이룬 성취(작은 성공을 돋보이게 하려는 힘겨운 'story')와 실패의 극복 과정(이 또한 성공을 돋보이게 하려는 힘겨운 'story'), 앞으로의 꿈과 계획(역시나 좀 더 그럴듯하게 보이려는 'story')까지 한 손에 쥐었을 뿐만 아니라 대화의 주도권까지 가지고 있다.

나는 상대에 대해 아는 것이 제로인데, 상대만 나에 대한 정보를 가진 이 기울어진 시소에서 나는 내향인의 면모를 감춘 채 세상 다소곳이 앉아 있어야 한다. 그동안 쌓는다고 쌓았지만, 여전히 빈곤한 맷집을 믿으며 숨을 고른다. 하지만 업무에 필요한 질문들 사이사이 쏘아대는 오지랖은 늘 강펀치다. 나의 맷집은 날아오는 오지랖 앞에서 힘이 없다. "뭐 그런 것까지 알려고 하세요?", "그 오지랖에는 대답하지 않겠습니다.", "당신이 무슨 상관이세요?" 마침내 "이런 오지랖이 만연한 곳에서는 일하지 않겠습니다!" 이런 멋짐은 상상 속에서나 가능한 일이다.

면접관은 면접 자리에 온 사람들을 모두 채용할 수는 없으니 탈락의 이유를 만들 질문이 필요할 것이다. 어떤 질문은 회사의 입장에서 함께 일하느냐 마느냐를 가늠할 중요한 것일 수도 있다. 하지만 면접을 당하는 사람은 알 수 있다. 그 질문이 진짜 질문인지, 질문을 가장한 오지랖인지. 그 차이는 면접관에게는 작지만 면접을 당하는 사람에게는 크다.

면접을 그리 많이 본 편은 아니지만, 그동안 만났던 면접관 중에 유독 기억에 남는 오지랖 면접관이 있다. 일반적으로 면접관이 오지랖을 부렸다면 업무와 관계없는 질문들을 남발하거나 꼰대력을 발휘하며 설교를 늘어놓는 정도를 생각할 것이다. 하지만 그 면접관은 양상이 조금 달랐다. 그는 나를 앞에 두고 시종일관 질문인지 혼잣말인지 구별이 안 되는 말을 이어갔고, 그의 말 속에는 질문과 오지랖이 두서없이 섞여 있어 질문에는 준비한 답을 하고, 오지랖에는 준비하지 않았지만 거슬리지 않는 답을 하겠다는 내 계획을 수포로 만들었다. "그동안 뭐 했나요?" "이러이러한 일을 했습니다." "그 일은 왜 그만두었나요?" "이러이러해서 그만두었습니다." 여기까지는 보통 질문과 답이다. 미묘한 오지랖은 내 말 뒤에 이어진다.

"이러이러해서 그만둔 건 너무 저러저러한 거 아닌가……."

이건 질문인가 혼잣말인가. 질문을 하고 싶은 건가, 오지랖을 부리고 싶은 것인가.

"그 일은 해보았나요?" "네, 그 일은 이러이러한 정도로 해보았습니다." "왜 이러이러하게 했나요?" "이러이러한 이유로 이러이러하게 했습니다." 여기까지는 질문과 답.

"이러이러해서 이러이러했다니 저러저러하지 않나……."

무언가를 묻고 싶은 것인가, 자신의 바람직한(자기만 바람직하다고 생각하는) 생각을 아무것도 모른다고 생각되는 애송이에게 전하고 싶은 것인가. 처음부터 함께 일할 사람이 아니라고 생각되었으면 간단히 몇 가지 기본적인 질문만 하고 보낼 것이지, 그 짧은 시간 안에 마주하고 있는 사람의 삶에 간섭하고 자기 생각을 알려주고 싶어 안달을 부렸으니 그 면접관도 나와 함께 한 시간이 힘들기는 했을 것이다. 더욱이 대놓고 부린 오지랖이 아니었으니 오지랖치고는 고난도가 아닌가. 그렇게 속이 뻔히 보임에도 불구하고 면접이라는 이유로 개떡 같은 오지랖에 찰떡같이 답해주려 애쓴 나에게도 그 자리가 고난도였음은 물론이다.

나는 나의 삶이 타인에게 속속들이 보여지고(진짜 내 삶을 보여준 것인지 모르겠지만) 평가라는 이름으로 오지랖을 당해야 하는 면접이 힘들어, 일하는 곳을 옮기는 것에 주저할 때가 많았다. 내향인인 내게 면접은 벌거벗은 상태로 거리 한복판에 서 있는 느낌과 비슷하다. 그래서 사회에 갓 나온 청년들로부터 서류 통과도 어려워 제발 면접만 볼 수 있으면 좋겠다는 이야기가 들려올 때마다 마음이 무겁다. 더더구나 면접 보기는 싫은데 그 자리라도 갔으면 좋겠다는 생각을 하고 있을 내성적인 청년들의 심적 고단함을 생각하면 더더욱 마음이 짠하다. 당락에 상관없이 그들이 질문과 오지랖을 확실히 구분하는 면접관을 만나기를 바란다.

큰 오지랖이든 작은 오지랖이든, 정 때문이든, 우쭐하고 싶기 때문이든 누군가가 내게 오지랖을 부리는 건 싫다. 나뿐이겠는가. 오지랖을 좋아서 당하는 사람은 없을 것이다. 하지만 나 또한 정이라는 특성을 지닌 단군의 자손이라 정과 오지랖을 구분하지 못할 때가 있을지도 모르겠다. 더군다나 나이를 먹어가면서 이전에 민감했던 일들에 대한 감각이 무뎌지는 경우가 있는데, 오지랖에 대한 민감도도 그중 하나일 것 같아 걱정이다. 전에는 '어떻게 그럴 수가 있지' 했던 일들이 '뭐 그럴 수도 있지'가 되어버리기도 하는 것처럼 내가 당하는 오지랖을 대수롭지 않게 여기고 나 또한 아무렇지 않게 오지랖을 부리게 되지 않을지. 하지 말아야 할 말을 쉽게 뱉어버리는 건 아닌지.

타인의 기분에 민감하다는 것은 한편으론 외로워진다는 뜻이다. 민감하면 민감할수록 관계는 좁아지고 대화는 적어지며 혼자 있는 시간은 늘어만 간다. 하지만 외로워지더라도 타인의 마음을 알아채는 민감함이 더 깊어지면 좋겠다는 생각을 한다. 상대가 지금 나의 걱정과 관심이 필요한지, 그걸 정이라고 느끼는지, 아니면 오지랖이라 느끼는지. 이런 민감함이 더 있었으면 좋겠다.

그래서 부끄럽게도, 이 글을 읽는 당신이 나의 오지랖으로 불쾌함을 경험한(할지도 모를) 사람이라면 진심으로 사과하고 싶다. 믿을지 모르겠지만 말뿐인 사과가 되지 않도록 오지랖에 대해서만은 꾸준히 경계해야겠다는 다짐을 해본다.

갖고 싶은 초능력

바야흐로 초능력 전성시대다. 극장은 사시사철 온갖 초능력을 지닌 히어로들이 장악하고 있다. '○○맨'은 어쩜 그리 많은지 공부를 하지 않으면 한 명 한 명이 가진 초능력을 구별하기가 쉽지 않다. 그들이 가진 초능력들은 사연도 드라마틱해서 영웅이 정의를 구현한다는 단순한 구도는 옛말이 되었다. 그만큼 각각의 서사에 개성이 넘친다.

아마도 잘 몰라서겠지만, 나는 초능력 하면 화려한 초능력을 선보이는 '○○맨' 군단보다 어린 시절 보았던 미드 〈환상특급〉 중 시간을 멈추는 능력에 대한 에피소드가 떠오른다. 기억이 가물가물해 정확하지는 않지만, 대강의 내용은 이러하다. 남편과 아이들에게 시달리다 지친 주인공이 어느 날 이상한 목걸이를 갖게 되고, 그 목걸이를 건 채 "Shut up!"(어릴 적에는 시간을 멈추는데 왜 'Stop'이 아닌 'Shut up'을 외치는지 이해가 되지 않았다. 하지만 지금은 십

분 이해된다. 시간을 멈추고 싶은 순간에 진정 외치고 싶은 말은 'Shut up' 이다)을 외치면 시간이 멈추어버려 자신을 제외한 모든 것이 정지 상태가 되는 것이다. 주인공은 엄마, 아내 역할로 정신이 없다가도 "Shut up"을 외치고 혼자 여유롭게 식사를 하고, 복잡한 마트에서도 "Shut up"을 외치고 혼자 유유자적 쇼핑을 한다. 시간이 멈춰버린 세상에서 혼자만 존재하다니. 어렸을 적이나 지금이나 나는 이 초능력이 너무 매력적이다.

그 뒤 당연하게도 갖고 싶은 초능력이 뭐냐는 질문을 받으면(이런 질문을 하는 사람이 있냐고? 나는 되묻고 싶다. 이런 질문을 해본 적이 한 번도 없다고?) 늘 시간을 멈추게 하고 싶다고 말했던 것 같다. 그러

면 대부분의 사람들은 내가 시간을 멈추어놓고 금기시하는 무언가를 하고 싶어 그런 것이라 여겼다. 그리고 자기도 그렇다며 공감해주었다.

어렸을 때는 그런 꿈을 꾸었던 것이 사실이다. 시험을 보다가 시간을 멈추게 한 채 혼자 책을 펼쳐보고 답을 써넣는다든지(다 맞으면 곤란하다. 과목마다 난이도를 고려하여 적당히 틀리는 꼼꼼한 상상), 맛있는 빵집에서 티 안 날 정도로 빵을 집어 먹고 아무 일 없었다는 듯이 나온다든지(티가 안 날 정도로 아주 조금만 먹겠다는 상상을 하는 어린이라니 소심함의 싹이 보였다) 하는 상상을 했다.

어른이 되었다고 상상을 안 했을 리가. 시간을 멈추어둔 채 죄 없는 사람들을 죽이고 온갖 부정부패를 저지른, 남은 재산이라곤 29만 원뿐이라던 한 할아버지를 한 대 때리고 오는 상상도 해보았고(한 대만 때리고 오다니, 아까 그 어린이가 이렇게 컸다) 좋아하는 사람의 방에 들어가 일기장을 훔쳐보고 싶기도 했다.

하지만 이런 종류의 상상은 마치 '로또가 당첨되면 뭐부터 할까' 같은 이루어지지 않을 걸 알면서 하는 상상이라서 진지한 바람이 담기지는 않는다. 그저 조금의 진심이 담긴 재미다. 내가 시간을 멈출 수 있는 초능력을 갖고 싶은 이유는 그보다는 조금은 더 진심이다. 나는 〈환상특급〉의 주인공처럼 혼자 있고 싶을 때, 이 초능력 생각이 간절하다.

누구나 혼자 있고 싶은 순간은 있을 테지만 남들이 얼마나 혼자 있고 싶어하는지는 잘 모른다. 그저 내 주위 사람들을 놓고 짐작해보건대 나는 그들보다는 조금 더 자주, 조금 더 많이 혼자 있길 원하는 사람인 것 같다.

어느 해였던가, 송년회가 연달아 열리는 12월이었다. 나는 가고 싶은 송년회, 가기 싫은 송년회, 가고 싶지만 쑥스러워 아마도 못 갈 송년회, 가기 싫지만 어쩔 수 없이 가야 하는 송년회 등을 구별하며 나름 (생각만) 바쁜 연말을 보내고 있었다. 그 송년회는 업무와 엮여 있어 가기 싫지만 어쩔 수 없이 가야 하는 송년회였다. 밥벌이에 내 성향을 들먹일 만큼 배짱이 좋은 사람이 아니니 불편함은 뒤로 감추고 연방 웃으며 그 자리에 모인 사람들과 함께 했다. 따로 또 같이 오간 대화에는 내 생각과 다른 내용이 많았지만, 내 생각을 꺼내놓지는 못했다. 하하 호호 웃음이 터져 나왔지만 나는 웃음은 고사하고 왜 저런 타이밍에 웃을까 신기하기만 했다. 하지만 나는 매 순간 알맞은 리액션을 썩 잘해냈다. 밥벌이의 위력이란!

순서가 뒤바뀐 것 같지만, 1차로 커피를 마시며 이런저런 신상 이야기가 마무리되자 본격적인 식사를 하러 가야 할 시간이 되었다. 나는 그날 하루 종일 아무것도 먹지 않아 배가 너무 고팠다. 그런데 고픈 배보다 더 고픈 것이 있었으니, 바로 혼자 있고 싶다는 것이었다. 불편한 사람들 사이에서 오가는 대화에 눈치껏 참여하느라 지친 나는 혼자 있는 시간이 더 간절했다.

이 사람들과 함께라면 아무리 맛있는 산해진미가 나와도 맛없을 것만 같았다. 저녁식사는 호텔(!)로 예약되어 있었지만, 그 순간엔 설령 두바이의 7성급 호텔이라 해도 사양하고 싶었다. 호텔에서 "Shut up!"을 외치고 맛있는 음식을 혼자 먹는 모습이 그려졌다. 내게 초능력이 있다면 딱 지금 쓸 텐데.

결국 호텔 식사는 마다했다! 그리고 나오자마자 제일 먼저 눈에 들어온 편의점에 들어갔다. 그때 혼자 먹었던 삼각김밥의 맛은! 지금도 잊지 못한다. 원효대사의 해골 물 저리 가라, 나에게는 그 편의점이 미쉐린 가이드가 보장한 맛집보다 훌륭한 식당이었다.

그러니까 나는 힘든 사람들과 진수성찬을 먹는 쪽인가, 혼자 편의점에서 삼각김밥을 먹는 쪽인가 묻는다면, 생각할 것도 없이 후자이며, 불편한 사람들과 하와이 여행을 가는 쪽과 혼자 서울에 남겨지는 쪽을 묻는다면, 역시 단연코 서울이다. 시간을 멈추게 하는 초능력은 나 같은 사람에게 필요한 것 아닐까.

나에게 초능력은 없다. 벗어나고 싶은 순간이 오더라도 시간을 멈추고 혼자 있을 수 없을 것이다. 그래서 그런 것일까. 평소에 긴 시간을 혼자 보내는 것은 가급적 많은 에너지를 미리 보충해, 혼자 있을 수 없어 방전될 때를 대비하려는 것인지도 모르겠다.

드라마 〈환상특급〉은 주인공을 선택의 갈림길에 놓아둔 채 끝난다. 러시아에서 핵미사일을 쏘아서 모두 죽게 될 위기의 순간에 주인공은 "Shut up"을 외친다. 이 주문을 풀면 함께 죽는 것이요, 주문을 유지하면 혼자 사는 것이다. 어떤 영화나 드라마보다 무서운 엔딩이다. 시간을 멈추는 능력이 주어지는 대신 이런 무서운 선택을 해야 한다니, 역시 세상에 공짜는 없나 보다.

내향인의 공간

곰돌이 푸를 좋아한다. 푸의 얼굴을 보고 있으면 마음이 푸근해진다. 사는 모습은 얼마나 멋진지 질투가 날 지경이다. 자신의 소울 푸드를 정확히 알고 마침내 그걸 먹은 후 세상을 다 가진 듯한 얼굴이 멋지고, 당당하게 하의를 입지 않는(상의는 왜 입는 거지?) 그 배짱도 멋지다. 매일 행복하지는 않지만, 행복한 일은 매일 있다는 그 낙천성은 어떻고. 참으로 이상적인 자유로운 영혼이다. 하지만 내가 푸를 보면서 제일 부러웠던 것은 꿀, 탈하의, 낙천성이 아니다.

나는 푸의 집이 부럽다. 친구들과 하루를 보내고 집으로 돌아가는 푸를 볼 때마다 그의 마음이 짐작돼서 덩달아 행복해진다. 푸가 나무 밑동에 아담하게 자리 잡은 집으로 가는 것을 보면서 '집에 가면 얼마나 편안할까, 얼마나 신날까' 이런 생각을 했다. 공간과 공간의 주인이 너무나 조화로워 샘이 났다.

나는 푸 같은 나만의 공간을 갖고 있지 않다. 좀 더 구체적으로 말하면 내 집이 없다고 해야겠다. 서울이라는 곳에서 내 집을 갖는다는 게 얼마나 어려운 일이냐며 스스로를 위로해보고 여차여차한 사정을 대며 명분을 만들어보지만, 독립하지 않고 부모님 집에 사는 것은 때때로 아쉽다. 옆으로 위로 늘어만 가는 서울의 집들을 보면서 이 많은 집들 중에 내 한 몸 누울 내 집 한 평이 없구나, 한숨짓기도 여러 번. 서울이라는 도시는 가끔 사람을 초라하게 만드는 기술을 가진 것 같다. 하지만 서울에서 나만의 공간을 갖는 것은 한편으론 용기의 문제란 걸 잘 알기에 불평만 할 수는 없다. 내게 용기가 부족해서인 것을. 나는 그렇게 양심이 없지는 않다.

그럼 그냥 안분지족하면 되잖아? 하고 묻는다면, 문제는 내가 공간에 까탈스러운 사람이라는 데 있다. 가진 것은 없는 주제에 예민함만 충만하시니 참으로 유감입니다. 하지만 어쩌랴. 목마른 사람이 우물을 판다고, 내가 좋아하는 공간을 찾아내는 것에 열심일 수밖에. 집에서는 그나마 내 방을 나만의 공간으로 만들기 위해 최대한 노력하고, 밖에서는 그때그때 상황에 맞는 공간들, 여행을 가서는 마음을 풍요롭게 해주는 공간들을 찾기 위해 에너지를 쏟는다. 이런 갈고닦은 노력 덕분인지 상황에 따라 공간에 대한 나만의 습관과 기준이 생겼고 요소요소에 나의 공간을 만들어 놓게 되었다.

어떤 공간에 가면 그곳의 풍경, 소리, 분위기, 드나드는 사람들을 유심히 관찰한다. 구석 자리는 상태가 어떤지, 창문은 얼마나 많고 큰지, 사람들은 주로 어떤 내용의 대화를 하는지 살핀다. 내 마음이 어떤 상태일 때 오면 적합한 곳인지도 생각한다. 처음 간 여행지에서는 다음에 올 때를 생각해 더 유심히 관찰한다. 무언가 수틀리면 언제든 혼자 와 나를 보듬을 수 있는 곳인지 가늠한다. 많은 곳에 내가 좋아하는 공간을 만들어놓는 상상을 하면 즐겁다. 마음 같아서는 세계지도를 펼쳐놓고 내가 찜해둔 공간이 있는 곳에 별표를 박아두고 싶지만 그건 욕심일 테고, 우리나라 곳곳에

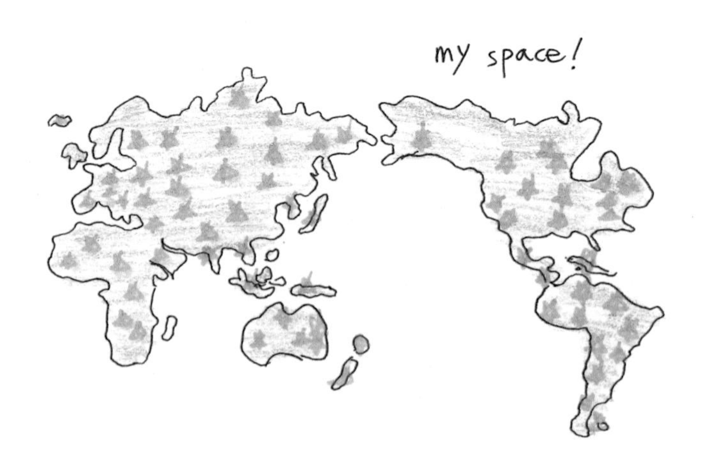

나의 오아시스를 만드는 데는 계속 열심이고 싶다.

이렇게 열심히 공간을 찾는 것에는 아마도 내가 내향인인 이유가 한몫할 것이다. 외향적인 사람이라고 좋아하는 공간이 없지는 않겠지만, 내향인에게 공간은 더 큰 부분을 차지하지 않을까. 공간은 사람들에게 지쳐 에너지가 바닥난 내향인에게 충전소가 되어야 하고, 혼자 놀기 대마왕인 내향인에게 놀이터가 되어야 하기 때문이다.

여기서 잠깐, 까다로운 내향인인 내가 상황에 맞는 공간을 찾기 위해 따져보는 몇 가지 질문을 소개할까 한다. 자문자답용이지만 재미 삼아서든 진짜 활용하든 꽤 쓸모가 있다.

1. 혼자인가?

①YES(5번으로 가시오) ②NO(2번으로 가시오)

2. 같이 있는 사람의 수는?

①2~3명 ②그 이상 ⇨ 어디에서든 구석을 확보하라!

3. 같이 있는 사람들이 비교적 편안한 사람들인가?

①YES ②NO ⇨ 어디에서든 구석을 확보하라!

4. 같이 있는 편안한 사람들이 나와 결이 맞는 사람들인가?

①YES⇨ 그들이 원하는 곳으로!(내게도 좋은 공간일 것이다.)

②NO⇨ 그들이 원하는 곳으로!(그들이 원하지 않는 곳은 내가 불편하다.)

5. 지금 몸의 에너지 충전 상태는 얼마인가?

①100% ②50% 이상 ③50% 이하 ④바닥

6. 지금 기분의 UP & DOWN 상태는?

①up 100% ②up 70%+down 30%

③up 50%+down 50% ④up 30%+down 70%

⑤그저 바닥 ⑥울 준비가 되어 있다

7. 지금 내 욕망의 상태는?

①신나고 싶다 ②숨고 싶다 ③공부하고 싶다 ④먹고 싶다

⑤그저 숨만 쉬고 싶다 ⑥걷고 싶다 ⑦삐뚤어질 테다

8. 지금 가진 물건 중 가장 큰 비중을 차지하는 것은?

(ex. 노트북, 책, 그림 도구, 내 한 몸도 무겁다 등)

9. 함께 시간을 보낼 물건 중 가장 큰 비중을 차지하는 것은?

(ex. 노트북, 책, 그림 도구, 내 한 몸도 무겁다 등)

10. 눈앞에서 보고 싶은 것은?

① 책 ② 나무 ③ 물 ④ 회색 도시

⑤ 그날의 날씨 ⑥ 사람만 아니면 된다

11. 감당할 수 있는 주위 소음 정도는?

① 정적 ② 소곤소곤 ③ 웅성웅성

④ 왁자지껄 ⑤ !#$%^&*(&^%^$%#

12. 무슨 요일인가?

① 월요일 ② 화요일~목요일 ③ 금요일 ④ 토요일

⑤ 일요일 ⑥ 공휴일 ⑦ 아무 의미 없다

13. 지금 날씨 상태는?

① 햇빛 쨍쨍 ② 바람 솔솔 ③ 내가 좋아하는 흐림

④ 미세먼지 등으로 흐림 ⑤ 비&눈 ⑥ 폭염&혹한 ⑦ 변덕 중

14. 지금 날씨가 내게 끼치는 영향의 정도는?

①아무 상관없다 ②50% 이하 ③50% 이상 ④다 날씨 때문이다!

15. 감당할 수 있는 공간을 차지하는 사람의 비율은?

①아무 상관없다 ②50% 이상 ③50~20%

④20% 이하 ⑤무조건 혼자 있고 싶다

16. 현재 나의 집중&산만 상태는?

①몰입 ②집중 70%+산만 30% ③집중 50%+산만 50%

④집중 30%+산만 70% ⑤산만하기 이를 데 없다

지금 떠오르는 것만 대략 늘어놓아도 열다섯 가지가 넘는다. 나도 놀랐다. 기준이란 것이 상황에 따라 더 늘어나기도 하니, 기준을 따지다 지쳐버릴 것도 같다. 하지만 어쩔 수 없다. 이런 과정을 거쳐 찾아내야 나의 오아시스가 되니 말이다.

나를 둘러싸고 있는 모든 불편한 것들이 사라진 곳이라야 나의 불안은 사라진다. 나의 공간은 내가 즐거울 때 더 신나게 해주고, 몸이 힘들 때 휴식을 주며, 마음이 힘들 때 위안을 준다. 그러니 이런 수고를 하지 않을 수 없다.

아직은 푸처럼 편안한 안식처를 가지진 못했지만 언젠가 나만의 집이 생긴다면 공간에 대한 내 기준이 총망라되는 곳으로 만들고 싶다. 그때는 그동안 갈고닦은 노력이 빛을 발하게 될까. 가뜩이나 한곳에 짱박히는 걸 좋아하는데 아예 집 밖으로 나오지 않는 집순이가 되는 건 아닌지 모르겠다.

어둡고 슬픈 사람

나는 '고음불가'다. 노래방에 가게 되면 되도록 남자 가수의 노래를 선택한다. 여자 가수의 노래를 부를 때는 어김없이 음정을 낮춘다. 높은 음을 내지를 수가 없어서다. 목소리 자체도 높지 않다. 음계로 치자면 도부터 파 안에서 왔다 갔다 한다고 할까. 화날 때는 도, 평정심을 유지하고 있을 때는 레, 기쁜 일이 생기면 미, 흥분했을 때는 파. 대화를 할 때 이 네 음에서 거의 벗어나지 않는다. 언젠가 내게서 솔, 라, 시, 도의 소리가 나오게 된다면 그건 신대륙의 발견만큼 신기한 일일 것 같다. 물론 열 받아서 고음이 나오는 체험은 하고 싶지 않다.

저음의 목소리가 문제가 되던 시절도 있었다. 대학을 졸업하고 새로운 공부를 더 할 요량에 대학원을 다니며 모 신문사의 통신판매 부서에서 아르바이트를 한 적이 있다. 그때는 주경야독을 몸소 실천하며 열심히 사는 자신에게 우쭐해서(참으로 신기한 시절이었다)

별로 힘든 줄도 몰랐다. 지금 생각해보면 힘들지 않았던 것은 단순히 생물학적으로 젊었기 때문이었을 텐데, 그때는 하고 싶은 공부를 한다는 설렘이 이유라고만 생각했다.

하지만 에너지를 화수분인 양 펴 쓰던 그때의 나도 참 고되다고 느꼈던 일이 있었으니, 바로 고객 응대였다. 나는 전화로 고객을 상대하는 부서에 있었고 주로 고객들의 항의를 처리하는 일을 했다. 일의 내용은 그리 어렵지 않았지만, 문제는 내 목소리였다. 목소리가 저음인 것이 서비스 직종에 적합하지 않았던 것이다. 그때 고객 응대를 교육시켜주던 분들은 나 같은 직원에게 고객과 통화를 할 때는 '쏠~' 음 정도의 톤으로 말해야 한다고 강조했다. 그들의 요구에 따라 "정성을 다하겠습니다. 무엇을 도와드릴까요~"를 계속 연습했지만 나는 '쏠' 음이 나오지 않았고 내 목소리는 화난 고객을 더 화나게 할 거라는 지적을 받았다.

지적은 먹히지 않았고 나는 고객들보다 먼저 교육시키는 분들을 화나게 만들고 말았다. 하지만 '솔~'도 아니고 '쏠~'로 말하는 것은 저음의 소유자인 내게는 너무 힘든 일이었다. 고음불가에게 말소리를 '쏠' 음으로 내라니(뒷이야기를 하자면, 예상외로 나는 우수 직원으로 뽑혔다. 가만 보면 고객들은 차근차근 자세한 설명을 해주길 바랄 뿐이지 '쏠' 음을 내는 과도한 친절을 원하지는 않았던 것 같다. 나도 고객 입장이 될 때는 늘 같은 생각이다).

나는 목소리만 저음인 것이 아니라 평상시 감정 상태도 대부분 가라앉아 있다. 마음의 진폭도 도부터 파 안에서 움직이는 것 같다. 좋게 말하면 차분한 사람이지만 뒤집어보면 우울함이 쉽게 찾아오는 사람이라는 뜻이기도 하다. 목소리는 저음인데 감정은 하늘로 치솟고 있는 부조화보다는 나으니 다행이라고 해야 할까. 아무튼 나라는 사람은 빛의 스펙트럼으로 보자면 밝음보다는 어두움 쪽에 위치해 있고, 감정의 스펙트럼에서는 기쁨보다는 슬픔 쪽이 친숙하다.

하지만 나는 오랜 시간 동안 빛과 감정의 스펙트럼에서 내 자리를 찾지 못했다. 가능한 한 어두움보다는 밝음 쪽에 자리 잡으려 했고 슬픔보다는 기쁨의 감정들을 만나려 했다. 그러는 것이 나를 대하는 다른 사람들에게도, 그리고 나 자신에게도 좋은 것이라 여겼다. 당연히 쉽지는 않았다. 밝음과 기쁨의 자리에 왔다 싶으면 나도 모르게 어느새 우울의 강을 건너고 있을 때가 많았고, 그때마다 그런 나를 질책했다. 한 점 어둠도 슬픔도 없이 밝음이 넘치고 기쁨이 가득한 사람을 볼 때면 그들의 천진함이 부러웠다.

빛과 감정의 스펙트럼에서 자신의 자리를 찾는 것은 생각보다 힘든 일이었다. (완전히는 아니지만) 내가 어떤 사람인지 알게 된 지금이 여간 다행스러운 게 아니다. 아직도 스펙트럼 안에서 헤매고 있을 나를 상상하면 그것만으로도 안쓰럽다.

나의 스펙트럼을 알게 된 데에는 한 선생님이 들려주셨던 얘기가 큰 영향을 미쳤다. 모 시민단체에서 일하던 시절이었다. 대부분의 시민단체에서 일하는 활동가들이 그렇듯이 나도 밝고 씩씩한 모습을 보여야 할 때가 많았고, 그날도 시종일관 잇몸 만개한 웃음을 지으며 열심히 뛰어다녔다. 일을 마치고 조촐한 술자리를 갖고 있었는데 우리 단체를 도와주시는 한 선생님이 내 옆자리로 오셨다. 선생님은 내게 술을 따라주시면서 이렇게 말씀하셨다.

"너는 어두운 아이인데 왜 밝으려고 하니? 나는 너의 어두운 정서가 좋은데……. 언젠가 분명 네 어둠이 너에게 힘이 되는 때가 올 거야. 두고 봐라. 그러니 어둠을 밀고 나가. 너는 어둠이 잘 어울려."

선생님은 살짝 취기가 오른 상태에서 지나가다 던진 말이었는지 몰라도 그때의 충격은 실로 엄청났다. 지금도 그 술집의 조명, 선생님과 내가 앉아 있던 테이블, 맥주와 안주 종류, 동료들의 상태까지 어제 있었던 일처럼 생생하다.

나는 그날 집에 돌아와 울었다. 그동안 잘못된 스펙트럼에 서 있다는 것을 숨긴 채 지낸 것이 나 자신에게 미안했고, 앞으로는 내 위치에 제대로 서보리라 결심하며 사과했다. 여러 생각들이 번갈아 머리와 마음을 휘저어 잠을 자지 못했다. 물론 그다음 날부터 바로 나의 위치를 찾은 것은 아니었지만 나는 조금은 변해 있었다. 억지로 밝음으로 가려고 재촉하지 않았고 슬픔의 감정들도 이전보다 흥미롭게 받아들이려 했다. 그러면서 점점 더 편안해졌던 것 같다. 지금도 그 선생님을 생각하면 너무 고맙다. 선생님은 아실까. 어느 날 당신이 무심코 던진 말이 한 사람을 편안하게 해주었다는 사실을.

어둡고 슬픈 정서를 가진 것이 뭐 자랑거리라고 옛날 일화까지 떠벌리느냐고 할 수도 있겠지만 자랑거리가 못 되란 법도 없다. 나는 어둡고 슬픈 정서를 가지고 있기 때문에 볼 수 있는 것들이 있다고 생각한다. 그것을 볼 수 있음이 뿌듯하다. 잘 살피지 않으면 보이지 않는 것들이 내가 어둡기 때문에 보인다. 그리고 알게 된다. 숨어 있는 것일수록 얼마나 반짝반짝 빛이 나는지.

내가 본 것은 상대가 베푸는 배려와 다정함이다. 그들은 좋고 쉬운 일에는 내 뒤에 서고, 나쁘고 어려운 일에는 내 앞에 선다. 그들은 내 얼굴을 바라보고 대화를 나눌 때보다 돌아가는 뒷모습에서 생각을 더 잘 알아챈다.

기꺼이 뒷자리에 서는 마음을 볼 수 있음이 좋다. 그 마음과 같은 줄에 서 있을 수 있어서 좋다. 같은 줄에 서서 그런 마음을 배울 수 있어서 좋다. 그런 마음들로부터 내가 받는 배려, 나를 향한 호의를 감사할 수 있어서 좋다. 그게 보이니 나도 그 선의가 상처나 후회로 돌아가지 않도록 행동할 수 있다. 자랑거리, 못 되란 법

없지 않을까.

어둡고 슬픈 정서는 음악이든 영화든 책이든 '작품'을 감상할 때도 장점이 된다. 더 충만하게 감상하도록 도와준다. 노랫말에 숨어 있는 배려가 들리고, 활자나 영상으로 보이지 않는 인물의 마음이 느껴지니 나만의 작품이 된다. 작품이 알을 낳듯 내게는 새로운 작품으로 남는다. 어둡고 슬픈 감성을 가졌기 때문에 내 음악, 내 영화, 내 책을 만날 수 있었다. 누가 만든 작품이든 감상자는 올곧이 '나'일 테니 말이다.

이런 감성은 한편 청승으로 가는 지름길일 수도 있다. 친구들은 가끔 내게 "이런 청승맞은 것"이라며 혀를 차기도 한다. 하지만 청승맞아서 내 안에 채워지는 것들이 있다면 그냥 계속 청승 쪽으로 한 걸음 더 가도 상관없을 것 같다. 사람들 눈에 청승맞아 보이는 것 정도야 대수롭지 않게 넘기면 그만이다. 당신들은 모를걸, 어둡고 슬퍼서 얻을 수 있는 것들이 얼마나 멋진지. 속으로 으스대면서.

나처럼 어둡고 슬픈 정서를 가진 사람들에게 일부러 밝아지려 노력하지 말라고 얘기하고 싶다. 사람들은 어둡고 슬픈 마음에서 벗어나라고 나름의 처방을 내놓는다. 밝은 음악을 들어라, 사람들과 어울려라 등 어서 빨리 청승과 우울에서 나오라고 채근한다.

하지만 내 경우엔 이런 처방들이 오히려 나를 더 힘들게 했던 것 같다. 왜 홍시라고 생각했냐는 질문에 홍시 맛이 났는데 어찌 홍시라고 생각했냐고 하시면 그냥 홍시 맛이 나서 홍시라고 생각한 것이라고 말했던 장금이는 내 마음을 이해하려나. 장금이의 대답이 내 대답이다. 그저 어둡고 슬픈 사람일 따름인데 왜 그러냐고 묻는 것이 우문일 뿐이다.

어둡고 슬플 때 더 슬픈 음악을 들어도 된다. 더 슬픈 영화를 보고 맘껏 울어도 괜찮다. 내가 나의 마음을 인정하고 나서 느끼고 볼 수 있는 것들을 찾는 것이 내 처방이다. 언제나 나답게 사는 것이 제일 좋다.

시간 도둑

영화나 드라마를 보면 문제를 만드는 인물이 꼭 등장한다. 가만히 있었으면 사달이 나지 않았을 텐데 그의 말과 행동으로 사건은 꼬이고 누군가는 다치거나 죽는다. 가지 말라고 하는 곳에 기어코 들어가고, 먹지 말라고 하는 건 어떻게든 먹고, 하지 말라는 말은 중요한 시점에서 터뜨리며, 위험하다고 한 물건은 꼭 주워 온다. 그가 문제를 일으키지 않았으면 스토리가 전개되지 않는다는 걸 잘 알면서도 늘 그런 인물이 못마땅하다. '가만히 좀 있지 왜 깨방정은 떨어가지고.' 속말이 절로 나온다. 영화가 해피엔딩으로 끝나도 그 인물 때문에 졸인 마음을 생각하며 투덜댄다.

현실에서도 마찬가지다. 우리의 일상이 원래 누군가는 문제를 일으키고 누군가는 그걸 수습하는 원리로 돌아가는 것인지 크고 작은 '사고'를 치는 사람을 어렵지 않게 만날 수 있다. 하지만 영화와 현실이 다른 점이 있다. 영화에서는 그가 끼친 민폐의 결과로 긍정적인 결말이 만들어지는 경우가 많지만, 현실에서 민폐의 결과는 그저 더 나쁜 결과를 초래할 따름이다. 전화위복이란 거의 없다. 그러니 문제를 만들고 민폐를 끼치는 사람은 아무래도 싫다.

뉴스에서는 매일 거대한 민폐를 끼친 사람들에 대한 소식이 전해진다. 그들이 저지른 민폐는 규모도 거대할 뿐만 아니라 결과도 나쁜 쪽으로 거대하다. 사람과 나라의 운명이 그들의 민폐로 왔다 갔다 한다. 그러면 어김없이 민폐를 잘 수습하는 사람들이 등장하는 뉴스가 이어진다. 말했듯이, 어디서나 똥을 자기 내키는 대로 싸(지르)는 사람이 있으면 제 똥도 아닌데 불평 없이 치우는 사람도 있다. 그저 그 아수라장에 내가 들어가지 않기를 바라지만 나 또한 역사라는 시간 위에서 흘러가는 한 사람에 불과하니 이 역시 내 맘대로 되는 것은 아니리라. 똥 싸는 사람보다는 치우는 사람이 되는 게 낫겠지만, 불평 없이 치울 자신은 없다.

내가 말하고 싶은 민폐는 거대한 것은 아니다. 규모로만 보자면 소소한 것들이다. 하지만 소소하다고 무시한다면 억울하다. 민폐로 얻게 되는 불쾌감은 소소하다고 볼 수 없기 때문이다. 버스를 탔는데 술에 취한 아저씨(아저씨라고 콕 집어서 편견이라 여길 수도 있겠지만 내가 본 장면은 아저씨들뿐이니 어쩔 수가 없다)가 기사님에게 헛소리를 지껄이며 시비를 걸면 가는 내내 두려움에 떨어야 한다.

결과적으로 아무 사고가 없었다 해도 버스를 타고 있던 시간을 불안 속에 보내야 했으니 작은 일이라며 우습게 볼 수는 없지 않나. 지하철을 탔는데 이어폰을 끼지 않고 스포츠 중계를 보는 아저씨(역시 어쩔 수 없다. 이런 장면도 역시나 아저씨들뿐이었다) 때문에 꼭 읽어야 하는 책을 제대로 읽지 못했다면 아무리 대수롭지 않게 넘기려 해도 망가진 기분이 쉽게 좋아지지 않는다. 하루하루를 보내다 보면 이런 민폐와 자주 마주친다. 하지만 혼자 화내다 혼자 삭일 뿐이다. 여러 사람이 함께 살다보면 이런 면도 있는 것이니 어쩔 수 없다면서.

문제는 내가 아는 사람, 오늘도 내일도 만나야 하는 사람이 일으키는 민폐다. 관계를 계속 이어나가야 하기 때문에 참아내는 내 마음의 부담이 훨씬 크다. 내 생각에, 아는 관계에서 일어나는 가장 빈번한 폐해는 '시간 도둑'형 민폐인 것 같다. 타인의 시간을 빼앗는 시간 도둑, 이런 민폐를 끼치는 이는 내게 아무래도 싫은 사람이다.

재벌과 대통령과 내가 똑같이 가진 건 시간뿐이라는 말이 있다. 모든 사람에게 하루는 똑같이 24시간이란 말일 텐데, 나 같은 평범한 사람은 시간 외엔 쥐뿔도 없다는 말인 것 같아 씁쓸하기도 하다. 하지만 그만큼 시간은 돈과 권력과 맞먹는 지위를 가지고 있음을 보여주는 말이니 똑같이 가졌다는 것이 싫지만은 않다. 그런데 이 공평한 시간을 다르게 생각하는 사람도 있다. 나에게는 24시간인데 다른 사람의 시간은 무한대인 것으로 착각하는 사람. 자기 시간은 아까운 줄 알면서 다른 사람의 시간은 낭비해도 된다고 여기는 사람. 다른 사람의 시간은 자신의 통장에 있는 잔금이라 생각하는지 마음대로 빼 써도 된다고 여기는 사람. 나는 생각보다 이런 사람을 여럿 만났다.

코리안 타임과 서울의 교통상황을 익히 알고 있다 하더라도 이해하기 힘들 정도로 습관처럼 약속 시간을 어기는 사람은 시간 도둑이다. 나는 기다리는 건 자신 있기 때문에("특기가 무엇인가요?" "기다리는 것입니다"라니 이렇게 아릴 수가 없다) 상대가 오기까지 주변을 걷고, 책을 보지만 그런 인내심마저 바닥이 날 정도로 기다리게 될 때면 울고 싶어진다. 그러다 결국 그 사람의 습관을 감안해

서 그가 나타날 시간에 맞춰 나도 늦게 나오는 슬픈 센스를 갖게 된다. 늦게라도 만나게 되면 양반이라고 해야 할까. 같이 무언가를 하기로 해놓고 그 순간 자신에게 다른 일이 생기면 선약은 홀라당 내던져버리는 사람도 있다. 누가 봐도 중요한 일이라면 어쩔 수 없지만, 그냥 자신의 마음이 흘러가는 대로 약속을 깨는 사람도 적지 않다. 함께 하기로 한 시간과 일이 없었던 게 되어버리면 그 일을 하려고 준비하며 보낸 사람의 시간은 아무 의미 없이 하수구로 졸졸졸 흘러들어가게 되는 것이다. 이런 시간 도둑은 의외로 가까운 곳에 있다. 이 민폐는 친하다고 생각하는 사이에서 자주 벌어지니 말이다. 그러니 더 뒷목 잡을 일이다.

하지만 시간 도둑은 벌을 받지 않는다. 지인들로부터 핀잔을 듣긴 하지만 풀이 죽을 정도는 아니다. 핀잔에 위축되었다면 습관으로 굳어지지 않았을 테니 말이다. 영화 〈신과 함께〉를 보면서 이런 상상을 했다. 생이 다해 하늘나라로 가면 시간의 방이 있는 것이다. 그곳에선 이승에서 다른 사람의 시간을 훔친 이력이 낱낱이 드러나고 그에 합당한 벌을 받는다.

scene #145 시간의 방

시간의 신 저 고인은 다른 이의 시간을 얼마나 훔쳤는가?

신하 고인은 다른 이의 시간을 총 일백칠십팔만 사천오백삼십오 시간

훔쳤습니다.

시간의 신 다른 이의 소중한 일백칠십팔만 사천오백삼십오 시간을 훔쳤으니 그에 맞는 벌을 받아야 할 것이다. 저 고인에게 꿀밤 일백칠십팔만 사천오백삼십오 대를 내리도록 하라.

신하 고인에게 꿀밤 일백칠십팔만 사천오백삼십오 대를 때려라. 당장 끌고 가라.

이렇게 된다면 죽어서 꿀밤 한 대 안 맞을 사람은 없을 것이다. 뻔뻔한 시간 도둑들이 혼쭐 날 생각에 통쾌하기도 하지만 내가 맞을 꿀밤을 생각하니 오싹하기도 하다.

내가 상대를 위해 얼마나 기꺼이 나의 시간을 쓰느냐가 상대를 얼마나 좋아하는지를 볼 수 있는 애정의 척도다. 돈이 많은 사람도 돈은 쉽게 쓰지만 시간은 쉽게 쓰지 않는 것처럼 상대를 위해 시간을 할애하는 자세는 순수하게 마음을 보여준다. 그러니 자신에게 향한 이렇게도 순수한 호의를 하찮게 여기는 것은 못된 마음이다. 일생의 한 부분을 당신을 위해 사용하겠다고 먹은 마음을 아무렇지 않게 여기는 시간 도둑은 민폐다. 그 시간이 하루든, 한 시간이든, 일 분이든. 꿀밤이 대수일까.

쌍년과 달걀요리

영화 〈건축학개론〉을 보면서 많이 울었다. 엔딩 크레딧이 올라가며 관객들이 하나둘 나가고 청소하는 아주머니가 들어오셔서 눈치를 주는데도 자리에서 일어나지 못하고 계속 울었다. 다음 상영이 있으니 자리를 비워달라는 극장 직원의 부탁을 듣고서야 겨우 자리에서 일어났는데 다리에 힘이 빠져 살짝 휘청했다. 진이 다 빠져버린 느낌이었다.

〈건축학개론〉이 그렇게 심금을 울리는 영화였냐고? 글쎄, 심금이 울 정도로 감동했던 것 같지는 않은데 말이다. 그럼 나는 이 영화를 보고 왜 그리 많이 울었을까. 여주인공을 보며 나에게도 있었던 '쌍놈'(이 영화는 우리는 다 누군가에게는 쌍년, 쌍놈이었다는 첫사랑의 관계 법칙을 보여준다)이 떠올라 새삼 되살아난 분노에 흘린 눈물이었을까. 아니면 전람회의 〈기억의 습작〉을 들으며 나도 누군가의 쌍년이었던가 생각하다 미안함에 흘린 눈물이었을까. 울고 있을 때는 왜 이렇게 눈물이 나는지 이유를 몰랐다. 그러다 극장 밖을 나와 한참을 걸으니 운 이유를 알 것 같았다. 바로 사랑에 너무나 서툴고 서툴렀던 나 때문이었다. 나 자신이 너무 안쓰러워서 쏟아져 나온 눈물이었다.

타고난 팜므(옴므)파탈이 아니고서는 누구나 사랑이라는 감정을 처음 접하면 당황스럽기 마련이다. 사랑의 감정을 상대에게 전하고 함께 키워가는 모든 것이 어려워서 연이어 실수를 하고, 서로 오해가 생기고, 그러다 상대와 안녕을 한다. 처음과 그 뒤 몇 번의 사랑은 이렇게 실패로 끝나기 쉽다. 처음 다가온 사랑이 결실을 맺어 일생을 함께한다? 영화에서처럼 자주 볼 수 있는 것이 아니다. 하지만 이런 과정을 몇 차례 겪으면 각자 치러낸 시행착오를 통해 생긴 사랑의 기술을 갖게 된다. 그래서 다음 사랑에선 자신이 할 수 있었는데 못했던 것, 할 수 없지만 이제 노력해보기로 한 것, 그때나 지금이나 도저히 못하겠는 것을 알고 그에 맞춰 현명하게 사랑을 만들어간다.

하지만 나는 사랑에 관해서는 좀처럼 현명해지지 못했다. 오래 머문 사랑이든, 짧게 스쳐간 사랑이든 모든 사랑이 다 서툴기만 했다. 경험한 시행착오들은 어디에 팔아먹었는지 언제나 처음인 듯 당황하고 어쩔 줄 몰라 했던 것 같다. 사랑에 서툰 사람은 좋아하는 사람을 두고 어떻게 해야 할지 몰라 마음이 파도를 친다. 혼자 소설을 쓰다 천당과 지옥을 오가고, 마음은 접었다 펼쳤다 널을 뛴다. 이렇게 몸과 마음이 파도를 타면 결국 혼자 지쳐버려 정작 상대를 만났을 때는 엉뚱한 말과 행동을 해버리고 만다. 그러다 제풀에 민망해지고. 이런 과정을 반복하다 그만 끝. 또 하나의 사랑이 또 하나의 상처로 남는다. 게다가 이 과정에서 애를 태운 마음은 순진하게도 진심이어서 상처는 진하고 오래간다.

사랑에 서툰 것도 내성적이기 때문일까. 외향적인 사람은 이런 어리숙한 경험을 반복하지 않는 걸까. 글쎄, 모든 내성적인 사람이 서툰 사랑을 하지는 않겠지만 내 경우에는 이런 성격이 어느 정도 작용한 듯하다. 이 이야기를 하자면 영화 이야기를 하나 더 꺼내는 게 좋겠다. 줄리아 로버츠와 리처드 기어가 나오는 〈런어웨이 브라이드〉란 영화가 있다. 영화는 제목처럼 결혼식 때마다 도망가는 신부에 대한 이야기다. 칼럼니스트인 그래함(리처드 기어)은 결혼식 때마다 도망을 치는 여인이 있다는 이야기를 듣고 매기(줄리아 로버츠)를 취재하게 된다. 그러다 둘은 블라블라~ 결국 사랑에 빠진다. 상황이 이상하게 꼬인 남녀가 갈등을 해결해가다 사랑에 빠지는 전형적인 로맨틱 코미디. 줄거리만 보자면 과자나 먹으며 가볍게 볼 수 있는 그저 그런 영화구나 싶지만, 여주인공 캐릭터가 인상 깊어 나에게는 시간 때우기용만은 아니었다.

그래함은 매기가 왜 도망가는 신부가 되었는지 알아내기 위해 식장에서 버림받았던 신랑들을 차례로 만나 그녀에 대한 이야기를 듣고 놀라운 점을 발견하게 된다. 그건 '달걀'에 관한 것이었다. 매기의 신랑들은 그녀가 좋아하는 달걀요리를 다 다르게 알고 있었던 것이다. 모두 자신이 좋아하는 달걀요리를 매기도 같이 좋아한다고 말하는데, 요리들은 정확하게 다 기억나지 않지만 이런 식이다. 달걀프라이를 좋아하는 신랑은 매기도 달걀프라이를 좋아한다고 말하고, 오믈렛을 좋아하는 신랑은 매기도 오믈렛을 좋아한다고 자신 있게 얘기한다.

이건 무얼 뜻할까. 매기는 자신이 어떤 달걀요리를 좋아하는지 알려 하지 않은 채 상대방이 좋아하는 것에 자신의 취향을 맞춰버린 것이다. 그녀는 이런 식으로 상대에게 맞추는 것이 사랑이라고

생각했지만, 결혼식이 다가오면 자신이 없어진 나머지 결국 도주를 선택한다. 그렇게 자신을 전혀 모르는 사람과 결혼하려 했던 매기의 선택은 결정적인 순간에 두려움으로 바뀐 것이다. 자신이 무슨 달걀요리를 좋아하는지도 모르는 바보 같은 여자라고 생각할 사람도 많겠지만, 나는 그녀를 이해할 수 있다. 상대를 배려해서 같은 달걀요리를 좋아해준 것이 그녀의 진심이었을 것이다. 그래서 나는 도망가버린 그녀가 어리석은 사람으로만 생각되지 않는다.

내가 모든 것을 다 상대에게 맞춰주는 사랑을 했던 것은 아니지만 내 주파수가 주로 상대를 향해서만 맞춰져 있었던 것은 사실인 것 같다. 그리고 그런 배려가 상대를 사랑하는 방법이라고 생각한 것도 맞다. 나를 내세우기보다 상대의 시간, 상대의 취향을 '먼저' 생각하는 것이 사랑이라고 여긴 것이다. 이러면서 함께 즐거웠던 시간도 많았기 때문에 별로 억울하지는 않다. 하지만 상대에게 맞춰진 주파수 때문에 하려고 했다가 못한 나의 '말'들을 생각하면 마음이 쓰리다. 나는 이렇다는 생각, 너는 왜 그러냐는 질문. 이런 말들을 제대로 전달하지 못했다. 준비했던 말들은 상대의 상황을 고려하다 자주 뒤로 미뤄졌고, 결국 해야 할 때를 놓친 말들을 다시 꺼내놓을 수는 없었다. 뒤늦게 얘기해보았자 그저 푸념이나 뒤끝이 되어버릴 것 같아 접어버렸다.

이렇게 다음으로 미룬 말들은 결국 허공으로 사라졌을까. 아니,

표현하지 못하고 간직한 말들은 내게 고스란히 남아버렸다. 내 마음 곳곳에 남아, 내가 사랑에 서툰 사람이라는 증거가 되어버렸다. 내가 원하는 것을, 내가 하고 싶은 말을 모른 척하다 보면 결국 도망가게 된다. 내 사랑의 시행착오는 이런 깨달음을 주었다.

〈건축학개론〉으로 돌아가서, 서연(수지)의 집 앞에서 그녀를 기다리던 승민(이제훈)이 선배의 부축을 받으며 집으로 들어가는 술 취한 서연을 보고 "서연아!"라고 불렀다면 어떻게 됐을까. 아무런 말도 행동도 하지 못하고 서연과 안녕을 해버리는 영화와 달리 그때 선배가 옆에 있든 말든 그녀를 정신 차리게 하고 너를 기다리고 있었다고 말했다면, 그리고 그녀를 위해 만든 집 모형을 보여주었다면 어떻게 됐을까. 그랬다면 서연은 승민에게 쌍년이 되지 않았을까.

시발 비용

트위터에서 '시발 비용'이란 말을 보고 무릎을 쳤다. 어떤 트위터리안이 만든 말인지 몰라도 재기가 놀라웠다. 나만 놀랐던 게 아니었는지 그 뒤 어느 신문 기사에도 등장했고, 지금은 인터넷을 치면 많은 사람들이 이 용어를 설명하고 있을 정도로 어엿하게 '있는' 말이 되었다. 그만큼 많은 사람들에게 공감을 얻은 말인가 보다.

많은 사람의 고개를 끄덕이게 한 '시발 비용'이라는 말은 '시발'스러운 상황 때문에 쓰게 되는 비용을 뜻한다. 욕이 나올 정도로 스트레스를 받지 않았으면 들어가지 않았을 비용인 것이다. 예를 들자면, 스트레스를 받아 버스가 아닌 택시를 타고, 배가 고프지도 않은데 단 음식을 쌓아놓고 게걸스럽게 섭취하며, 눈이 빠지게 인터넷 쇼핑을 해 사지 않아도 될 물건들을 사버리며 쓰는 돈 같은. 돈이 새는 것도 우습게 느껴질 만큼 스트레스를 받고 사는 사람들이 많다니 하루하루의 무게가 느껴진다. 우리는 각자 어떤 면으로든 용을 쓰고 있다.

스트레스란 녀석은 탄산음료 같다는 친구의 말이 생각난다. 병 속에 든 탄산은 뚜껑을 열지 않으면 밖으로 나오지 못한다. 그저 지글지글 준비만 하고 있다가 뚜껑을 딱 여는 순간 "팍" 힘차게 터져 나온다. 그렇다면 내 스트레스도 늘 내 몸과 마음의 밑바닥에서 터져 나올 준비를 하고 있을 것이다. 그렇게 지글지글 끓으며 준비운동을 하고 있다가 어떤 자극이 오면 "팍!" 폭발. 나는 터져 나온 스트레스를 닦고 주워 담느라 우왕좌왕. 자극을 피하면 스트레스가 터져 나오지 않겠지만, 혼자 무인도에서 살던 로빈슨 크루소도 피하지 못한 스트레스를 내가 무슨 수로.

스트레스가 나쁜 것만은 아니고 인간이 살아가는 원동력이 되기도 한다는 말은 많이 들었지만, 그저 듣기 좋은 소리인 것처럼 느껴질 때가 많다. 나는 가끔씩 터져 나오는 스트레스에 잘 대처하는 사람은 아닌 것 같아서다. 스트레스를 다스리고 다시 마음의 평정을 찾는 데 시간과 노력이 적지 않게 들어갔다. 시발 비용을 만만치 않게 썼다.

스트레스를 대하는 내 자세는 시기마다 조금씩 다르다. 나는 스트레스로부터 마음을 보호하는 방패 지수를 '멘탈력'이라고 부르는데(참으로 신기하게도 최고급 방패를 갖추어도 이걸 뚫는 창은 계속 만들어지니 모순을 말하는 장사꾼을 욕할 수는 없는 노릇이다. 멘탈력과 스트레스의 승부는 끝나지 않을 것 같다), 그때그때의 멘탈력에 따라 물리칠 수 있는 스트레스의 강도가 다르다.

멘탈력이 셀 때는 자신이 내게 갑임을 과시하는 사람 앞에서도 부처님 같은 마음이 되지만, 멘탈력이 바닥일 때는 작은 자극에도 두 손을 든다. 늘 듣는 말도 이런 때는 다이너마이트가 된다. 평소에 늘 듣던 엄마의 "청소했니?" 소리에 깨진 멘탈 조각은 죄 없는 엄마에게로 쏟아진다. 그리고 '아, 빨리 나가 살든가 해야지'라는 생각을 하며 방문을 꽝! 짜증을 담아 닫아버린다. "청소했니?"가 '나가 살든가 해야지'로 이어지는 이 밴댕이 소갈딱지 같은 마음

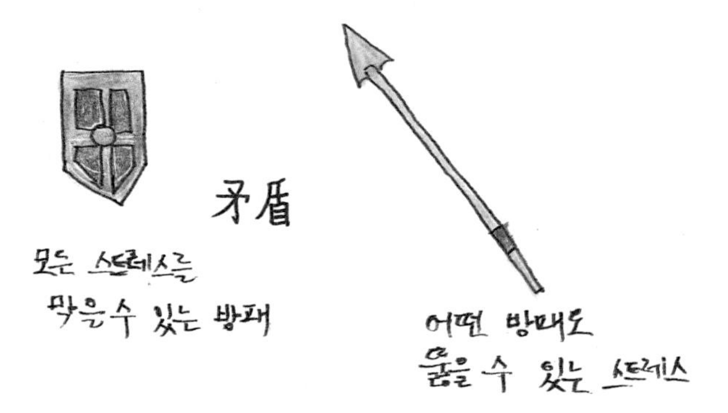

은 내가 생각해도 어이가 없다.

내가 나를 어이없어 하면 그게 또 스트레스가 되는데, 그러다 '스트레스는 스트레스를 낳으시고, 그 스트레스가 또 다른 스트레스를 낳으시니 스트레스가 창궐하게 될지어다'가 될 게 뻔함을 아는 나는 지갑을 들고 나간다. 그리고 창궐할 스트레스에 맞서기 위해 매운맛을 찾아 헤맨다. 그날 밤, 스트레스로 상한 위에 매운 고춧가루를 퍼부었으니 속이 편안할 리가 없다. 이렇게 시발 비용을 지불한 결과가 결국 쓰린 속이라니.

빨간 음식에서 시발 비용이 끝나면 그나마 다행이다. 택시를 타고 매운 음식을 먹어도 해결이 안 되는 스트레스가 공격을 해오면 몸이 신호를 보낸다. 몸에 탈이 나고 결국 병원 순례로 이어진다. 돈과 시간과 에너지를 이중 삼중으로 지불하며 시발 비용을 톡톡히 치른다. 신기하지만 어쩌면 당연하게도 이럴 때 병원에 가면 늘 '원인을 잘 모르겠다', '별 이상이 없다' 같은 진단이 나온다.

나 선생님, 소화가 너무 안 되는데요.

의사 글쎄요. 검사를 해보니 그렇게 큰 이상은 없는데요. 요 근래 크게 스트레스 받은 거 있으세요?

나 선생님, 머리가 너무 아픈데요.

의사 큰 문제는 없으니 스트레스로부터 벗어나보세요.

나 선생님, 몸에 자꾸 이상한 두드러기가 나는데요.

의사 면역력이 많이 떨어진 상태인 것 같네요. 요즘 크게 힘든 일 있었나요? 스트레스 받은 일이 있었을 것 같은데.

큰 병이 아니라니 다행이라고 여겨야 하지만 어딜 가나 스트레스란 소리만 듣게 되면 침울해진다. 뚜렷한 해답 없이 그저 스트레스 때문이라는 말을 들을 때마다 환자는 외롭기만 하다. 스트레스는 단번에 없어지는 것이 아니니 그저 자신이 감당할 수밖에 없다는 말로 들리기 때문이다. 네, 스트레스는 만병의 근원이니까요.

이렇게 종종 시발 비용을 쓰는 데는 내가 생각이 많은 내성적인 사람인 이유가 한몫할 것이다. 언젠가 몸이 좋지 않아 이 병원 저 병원을 전전하고 있을 때 친구의 소개로 가게 된 한의원에서 들었던 말이 있다. 한의원은 장기간 치료를 하는 곳이다 보니 한동안 일주일에 두세 번씩 가야 했는데 생각만큼 치료 효과가 나타나지 않자 선생님이 말씀하셨다.

"수경 님은 생각을 많이 하지요? 혼자 끌어안고 있는 게 많으니 치료 효과가 빨리 나타나지 않는 것 같아요. 생각은 어떻게든 몸에 흔적을 남깁니다. 생각을 많이 하지 말고 마음을 편하게 가져 보세요."

한의사 선생님이 침을 놓고 잠시 나간 사이에 눈물이 났다. 침을 꽂고 뜸을 놓고 있으니 마음대로 움직일 수가 없어 얼굴만 일그러졌다. 생각이 몸에 흔적을 남긴다니. 내가 한 많은 생각들이 몸을 아프게 했다고 생각하니 내 몸에게 미안했다. 많은 고민을 하게 만든 사람과 상황 모두가 원망스러웠다. 이런 결과를 만든 것은 생각이 많고 내성적인 나 때문일 수도 있는데 다른 사람들에게 화살을 돌리고만 싶었다. 늘 한술 더 떠 꼬리에 꼬리를 무는 식으로 생각을 펼쳤으니, 생각은 플라나리아가 된 듯 한 마리가 두 마리, 다섯 마리, 열 마리가 되어버린 것이다. 생각이 많은 내성적인 사람이라는 이유로 얼마나 혹독하게 시발 비용을 치른 것인지 모르겠다.

내성적인 사람이 받는 스트레스는 관계에서 오는 경우가 많을 것이다. 내향적인 사람들은 혼자 있는 시간에 비로소 에너지를 충전하는데 '사회생활' '대인관계' 그놈의 '인맥' 등으로 둘러싸인 채 살다보면 혼자 있는 시간을 확보하기가 어렵기 때문이다. 주말이라고 해봤자 쌓인 몸의 피로를 풀기에도 모자라니(나이 탓이겠지만) 스트레스를 풀 시간으론 턱없이 부족하다. 혼자 있는 시간을 좀 길게 확보하려고 해도, 나를 위해 누가 밥벌이를 책임져주는 것도 아니고. 그저 매일매일 스트레스 통장에 저축만 늘어가고, 어느 날 통장이 만기가 되면 그동안 모은 스트레스를 끌어안고 장렬히 전사하는 것. 외향적인 사람들이 지인들과 함께 어울려 스트레스를 푸는 모습을 보며 그들의 건강함을 부러워하면서 말이다.

서당 개 삼 년이면 풍월을 읊는다고 나도 스트레스를 푸는 방법이 아예 없는 건 아니다. 그동안 쓴 시발 비용을 생각하면 손익분기점을 넘기에는 한참 멀었지만, 시발 비용을 들이지 않고 가능한 한 빨리 멘탈의 평화를 되찾는 방법들을 업데이트하고 있다.

하지만 앞에서 말했듯이 내 멘탈력이 최신 갑옷을 갖추더라도 더 센 스트레스가 그 갑옷을 뚫는 창으로 공격해오면 경기는 계속되고 승리는 요원해진다. 무너지는 나를 세우려는 임시방편으로 다시 터무니없는 시발 비용을 휴지 뽑아 쓰듯이 써버린다. 카드를 긁었다는 문자 알림음이 노래를 한다. 그러면 숨겨놓았던 비밀 무기를 꺼내 들 수밖에 없다.

그래서 나는 문지방을 넘고
그곳에 가서
걷는다.

2

문지방을 넘어서

공항

이방인이 되었을 때 알 수 있는 것들

여권 없이 공항에 간다는 건 비행기를 타기 위해서만 공항에 가는 게 아니라는 말이다. 나에게는 그렇다.

곰곰이 생각해보아도 해외로 나가는 관문이 아닌 공항을 표현할 마땅한 말이 생각나지 않는다. 그만큼 공항은 내게 한마디로 표현할 수 없는 곳이다. 굳이 비슷한 걸 찾자면 어릴 적에 명절 같은 특별한 날 받았던 과자 종합선물세트 같은 곳이랄까. 과자 선물세트는 내가 '그'날을 기다린 유일한 이유이기도 했다. 한마디로 꿈동산이었다. 나처럼 과자 선물세트를 좋아했던 사람이라면 기억할 것이다. 과자 종합선물세트를 풀었을 때 차곡차곡 쌓여 있는 과자들을 보며 느꼈던 흥분과 기쁨. 더 좋아하는 과자는 몰래 먹으려고 숨겨놓았던 짜릿함. 그리고 다 먹고 난 후의 아쉬움과 다음 그날을 기약해야 하는 허전함을.

어른이 되어 이 같은 감정들을 느끼게 해준 곳이 공항이었다.

나는 공항에서 이런 다채로운 감정을 경험했다. 어린 시절의 순수함과 비교할 수는 없지만 어른이 되어서도 비슷한 마음을 느낄 수 있다니, 행운이다. 게다가 과자 선물세트와 달리 기다리지 않아도 언제든 만날 수 있으니 확실한 행운.

누구나 다른 사람에게는 알려주고 싶지 않은 자기만의 보물상자가 있지 않나. '누구나'는 아니려나. 적어도 나는 그렇다. 나만의 보물이 더 이상 내 상자 속에만 있는 게 아닐 때 나는 허전하다. 상자를 같이 열어보고 즐거워한 경험이 없었던 건 아니다. 보물은 같이 보았기 때문에 더 아름다웠다. 하지만 마음 한 편 저 밑바닥에서 올라오는 허전함도 '이런 못된 것'이라고 치부해버리기에는 꽤 절실한 감정이었다. 영화에서 작은 역할로 잠깐 등장한 인물에 꽂혀 그 배우가 출연한 영화가 나올 때마다 찾아보고, 조금씩 성장해가는 모습에 뿌듯해하고 있었는데 어느덧 인기가 많아져 누구나의 오빠가 되는 경우가 있다. 내가 키운 것도 아닌데 이제 내 품에서 떠난 것 같은 허전함. 우연히 발견한 카페가 너무 마음에 들어 자주 찾고 있었는데 어느 날 가보니 사람들로 꽉 차 있을 때 내 공간을 뺏긴 것 같은 허전함. 그 배우와 카페의 사장님에게는 잘된 일이니 이런 마음이 드는 게 미안하긴 하지만 나는 못돼먹어서인지 이런 상실감을 종종 느낀다. 그래서 공항도 사람들에게 같이 가자고 권한 적이 없다. 진짜 못돼먹었네.

track 1.

경제성만을 놓고 보자면 내게 공항만큼 효율 높은 곳은 없을 것이다. 여행을 가지 않았는데 여행 간 설렘을 고스란히 얻을 수 있기 때문이다. 투자가 0인데 효과는 100이니, 투자 대비 어마어마한 효과. 짠 내 나는 스토리는 아니다. 외국에 가고 싶은데 주머니가 가벼워 대신 공항을 찾는 것은 아니니.

여행의 느낌은 '공항 가는 길'에서부터 시작된다. 나는 공항에 갈 때 지하철을 타지 않는다. 꼭 리무진을 고집한다. 김포공항에서 인천공항으로 가는 직행 리무진이 내가 공항을 갈 때 선택하는 교통수단이다. 리무진을 타려고 정류장에 서 있으면 안내 직원이 다가와 묻는다.

"짐 있으세요?"

나는 이 말이 그렇게 짜릿할 수가 없다. 공항으로 가겠다고 서 있는 내가 여행자 같았을까. 짐이 없는 내가 안내 직원에겐 어떤 사람으로 보였을까. 한국으로 돌아오는 연인을 마중 나가는 사람? 오랫동안 만나지 못한 친구를 기다리는 사람?

"없습니다."

짧은 말로 답하는 나를 어떻게 생각할까 궁금하다. 주위를 둘러보면 사람들은 모두 크든 작든 캐리어를 손에 잡고 있다. 같은 리무진을 타지만 공항에 내리면 행선지는 모두 제각각인 사람들이다. '떠남'이라는 목적은 같지만, 방향은 다른 사람들. 이들은 공항에 도착하면 각자의 비행기를 찾아갈 것이다. 그리고 모두 다른 곳에 도착할 것이다. 여행이 인생과 비슷하다는 말이 리무진을 타기 위해 서 있는 순간부터 들어맞다니.

리무진을 고집하는 다른 이유는 버스 창밖으로 바다를 볼 수 있기 때문이다. 김포공항에서 리무진을 타고 인천으로 가는 시간은 삼십여 분밖에 되지 않고 그중에 바다가 보이는 시간은 체감상 오 분 내외에 불과하다. 이걸 바다라고 할 수 있을까. 더군다나 인천공항 근처의 바다는 시간이 지날수록 땅으로 바뀌어가는 듯한 것이, 푸른 물결 넘실거리는 바다를 생각한다면 쑥스러운 면이 있다. 하지만 그래서 파란 물을 만났을 때 더 벅차기도 하다. 서울을 벗어난 지 겨우 이십여 분밖에 지나지 않았는데 바다, 바다라니. 촌스러워도 어쩔 수 없다. 내륙에 사는 사람은 바다를 보게 되면 언제나 황홀한 법이니까. 공항에 가기 전에 바다가 있다는 것은 뭔가 '판타지'스럽다. 다른 나라를 가려면 바다를 지나야 한다니, 마치 《해리포터》의 학생들이 호그와트 마법학교를 갈 때 런던 킹스크로스 역 9와 4분의 3 승강장을 지나고 《나니아 연대기》에서 아이들이 마법의 세계로 들어갈 때 옷장이 관문이 되는 것과 비슷하게 느껴진다. 어딘가로 떠나려면 치러야 하는 절차가 있다는 것이 모험의 시작처럼 느껴져 여행의 흥분을 더한다.

하나 더, 인천공항으로 가는 길에 만나는 바다는 여행자의 무게를 덜어주는 장치라는 생각도 든다. "떨쳐버릴 것은 이 바다에 다 풍덩 던져버리고 가벼운 마음으로 떠나세요. 그동안 고생했어요." 바다가 이렇게 말해주는 것 같다. 지친 마음을 여행가방에 담아가지 말라는, 조금이라도 빈 채로 떠나서 새로움으로 채워오라는 공항의 배려랄까. 그래서 나는 공항에 닿기 전에 만나는 바다가, 짧은 만남이어도 볼 때마다 따뜻하다.

공항에 도착하면 냄새가 난다. 여행자는 이 냄새로 인해 더욱 설렌다. 공항의 냄새에 이름을 붙이라면 '자유'라고 하고 싶다. 자유라는 이름이 전형적이긴 하지만, 이것 말고는 달리 표현할 말이 없다. 공항에 들어서면 자유의 냄새를 맡을 수 있다. 살던 곳을, 늘 보던 풍경을, 하던 일을, 만나던 사람들을 떠나 새로운 곳을, 새로운 풍경을, 새로운 일을, 새로운 사람들을 만나러 가는 이들에게서 자유의 기운이 느껴진다. 사람들이 내뱉는 숨에서, 끌고 가는 가방에서, 공항을 누비는 걸음에서, 피곤에 지쳐 누워 있는 의자에서 자유의 냄새가 만들어진다. 나는 공항에 들어서면 곧장 맡게 되는 이 냄새가 좋아 한참을 들이마신다. 냄새를 맡으면 기분이 한 뼘만큼 올라간다. 자유의 기운을 들이마셨으니 공항을 걸을 준비가 끝났다. 마음만큼은 이미 세계일주가 시작되었다.

track 2.

공항은 내게 최후의 보루 같은 곳이기도 하다. 해결되지 않는 문제 때문에 골치 아플 때 나는 공항을 찾아간다. 이 방법, 저 방법을 써보아도 결국 원점일 때 역시 공항을 찾아간다. 공항은 마법 가루라는 라면 스프처럼 결국 답을 찾게 만드는 곳이다. MSG가 맛의 비결이라 해도 급하고 절박한 한 끼로 라면만큼 만족을 주는 식사는 흔치 않다. 공항도 내가 찾은 방법이 최선이라는 결론을 갖게 하는 곳이다. '답이 없다'는 답이 나오더라도 생각의 마침표를 찍는 것은 얼마나 홀가분한지.

공항에만 가면 선택을 못해 갈팡질팡 헤매던 내가 결정을 하게 되고, 발목을 붙잡고 있는 깨알 같은 미련을 떨쳐버리기로 작심하게 되는 이유는 한 단어 때문이다. '사소함.' 공항에서는 '사소함'이라는 단어가 제 본뜻과 달리 제법 거대해져서는 내가 가지고 있는 고민을 다 품어버린다. 고민의 끝은 '그래, 다 사소한 것이었어'가 되어버리는 것이다.

사소함을 우습게 보는 것이 아니다. 우리 일상은 사소한 것들이 채우고 있고, 사소한 것들을 무시하면 의미든 재미든 찾기 어렵다는 것을 잘 알기에. 사소함을 소중히 여기는 사람만이 사소하지 않은 것을 만났을 때 당황하지 않고 내공을 발휘한다. 하지만 이 사소함은 무언가를 결정해야 할 때 악마의 속삭임을 전하는 메신

저가 되기도 한다.

"아니야, 다시 한 번 생각해봐."

"더 생각하면 달라질 수도 있을걸."

"A 쪽으로 가면 B는 어떻게 할 건데? 그러면 C도 문제가 생길걸? D는 아예 신경도 안 쓰는 거야?"

악마는 결정을 앞둔 내게 사소한 것들을 들이민다. 양적으로 월등한 사소함은 결정의 옷자락을 잡고 놓아주지 않는다. 고민의 웅덩이에 빠트린다. 어젯밤 내린 결정이 아침이 되면 새로운 모습으로 머릿속에 들어앉아 있고, 친구의 시간을 뺏어가며 들었던 충고로 다짐한 마음은 월말 통장처럼 비어버린다.

이렇게 고민의 웅덩이에서 허둥댈 때, 사소함의 본뜻을 알려주는 곳이 공항이다. '사소함. 적거나 작아서 보잘것없거나 중요하지 않다.' 공항을 걷다보면 '그래, 내가 하고 있는 고민은 적거나 작아서 보잘것없거나 중요하지 않은 것들이야'라는 생각이 찾아온다. 몸과 마음에 잔뜩 들어간 힘이 빠져나간다. 생각의 마침표를 찍을 수 있다.

그건 짧든 길든, 아니면 남은 평생을 걸었든, 태어난 나라를 떠나려 하거나 다른 나라에 도착한 사람들을 보면 내 고민의 보따리가 가볍게 느껴져서이다. 다른 중력이 작용하는 느낌이랄까. 지구에서의 몸무게가 달에서는 6분의 1밖에 되지 않는 것처럼 말이다. 비행기라는 신기한 물체는 또 어떤가. 우리는 땅에 발을 붙이고 있지만 마음만 먹으면 하늘을 날 수 있다. 공항에서 하늘 위를 오르내리는 비행기를 볼 때마다 내가 가진 고민은 우물 속에 앉아 잘난 척하는 개구리를 닮았다는 생각이 든다. 무슨 부귀영화를 누리겠다고 열심히 고민했나, 벌써 나와 있는 답을 두고 돌다리는 왜 그리 두들겼나. 결정한 큰 줄기는 보지 않고 자잘한 걱정들로 주저하고 있었으니. 나는 넓은 세상에 먼지 같은 존재일 뿐인데 가볍게 떠다니지 않고 내려앉으려고만 했으니.

공항이 내 선택을 도와주는 이유는 또 있다. 공항은 여행자들만의 공간이 아니다. 누군가에게 공항은 일터다. 공항에서 일하는 사람들을 볼 때면 선택의 의미가 더 와 닿곤 한다. 공항은 여행자들에게는 오랜 기다림의 공간이자 설렘의 장소이지만, 공항에서 일하는 사람들에게는 일상이다. 알다시피 우리의 일상은 고단하다. 우리는 일상을 보내며 여행 같은 특별한 일을 꿈꾼다. 바라던 꿈을 이루더라도 계속 꿈속에 있을 수는 없다. 일상으로 돌아와야 한다. 공항은 꿈을 실현한 사람들과 여전히 꿈을 품은 사람들, 꿈에서 깨어난 사람들, 꿈을 뒤로 밀어놓은 사람들이 한데 모여 있는 곳이다. 여행자와 이곳을 일터 삼아 일하는 사람들이 한데 얽혀 있는 공항을 둘러보면 내가 어떤 선택을 하더라도 그게 만능은 아님을 깨닫게 된다.

나는 완벽한 선택을 하려고 이렇게 고민하지만, 세상에 완벽한 선택이란 없으며 선택의 뒷면이란 늘 있는 법이다. 또한 나의 선택으로 꿈꾸었던 무엇인가가 이루어진다고 해서 그것이 영원하지도 않을 것이다. 내 선택의 결과가 좋지 못하다 한들 그것 역시 끝이 아닐 것이다. 나는 다시 꿈꾸고 내게는 또 새로운 선택의 순간이 찾아올 것이다. 그러니 지금의 내가 정한 선택을 믿고 가능한 한 즐겁게 현재를 보내면 되는 것이다.

여행자는 일상에 대한 걱정으로 여행을 망치지 말고, 고단한 일상을 보내고 있는 사람도 언젠가 떠날 날을 멋지게 꿈꾸면 된다. 이것이 전부라는 무거움을 내려놓고 여행도 가볍게, 일상도 가볍게. 가벼워야 좋은 선택을 할 수 있다는 진리가 공항에서는 더 뚜렷해진다. 선택에 대한 믿음이 용기를 만든다.

언제였더라, 공항에서 한 할머니와 나눈 대화가 떠오른다. 그 할머니는 중국으로 유학을 가는 자신의 손녀와 막 헤어진 참이었다. 비행기가 보이는 의자에 앉아 계시던 할머니는 내가 옆에 앉자 말을 걸어왔다.

할머니 저 비행기 보여요? 저 비행기가 중국 가는 비행기인가?

나 아…… 글쎄요. 중국 가는 비행기인지는 잘 모르겠는데…….

할머니 우리 손녀가 공부한다고 중국으로 갔어. 막 갔어.

나 아…… 그러세요.

할머니 그 어린것이 혼자 거기서 공부하겠다고 결정하고 막 갔어.

나 아…… 대단하네요. 어린데…….

할머니 식구들이 다 걱정하는데 지가 그렇게 하겠대. 한번 해보겠다고.

나 진짜 대단하네요. 쉽지 않을 텐데.

할머니 그러게 말이야. 한번 해보고 아니면 그냥 오겠다나. 다시 올 거면 뭐 하러 가냐고 했더니 뭐라는 줄 알아? 안 가보면 거기서 공부가 잘될지, 아니면 맞지 않아 때려치우고 오게 될지 모르니 일단 가보겠다는 거야. 그러니 우리가 말릴 수가 있나…….

할머니한테 나는 손녀를 자랑하고 싶은데 마침 옆에 앉은 사람일 뿐이었다. 하지만 선택의 길목에서 헤매고 있던 나는 할머니가 단지 옆에 앉아 있던 사람만은 아니었다. 처음에는 모르는 사람이 말을 걸어오는 게 불편해 자리를 옮길 기회를 엿보았지만 듣고 있자니, 할머니는 손녀 자랑이 아니라 내게 들려주고 싶은 말을 하고 계셨다.

"일단 한번 해봐. 잘되면 좋고, 아님 말고."

선택은 이렇게 해야 하는 거였다. 비행기에 탄 한참 어린 친구도 아는 선택을 나는 몰랐다.

track 3.

다종다양한 이야기가 모여 있는 장소로 병원과 공항만큼 제격인 곳이 있을까 싶다. 나는 이야기를 상상하고 싶을 때 공항에 간다(같은 이유로 병원에 가진 않는다. 병원에 온 사람들의 사연은 상상하고 싶지 않다). 출국 층에서는 헤어짐의 풍경을, 도착 층에서는 만남의 풍경을 본다. 모두 뭉클하다. 공항에서 벌어지는 많은 만남과 헤어짐에 사연이 있다는 것은 이미 드라마나 영화에서 보아왔지만, 그 풍경을 실제로 보는 것은 확실히 다른 감동을 준다.

한국 사람들은 역시 몸으로 하는 인사가 어색하다. 출국 층에서 헤어지는 사람들을 보고 있으면 외국인과 한국인은 다르다. 크게 안아주고, 크게 악수하는 사람들은 외국인들이다. 반면 한국인들은 표정으로 포옹과 악수를 대신한다. 가서 고생하지는 않을까, 이제 가면 언제 만나나, 그동안 더 잘해줬어야 했는데 등등의 마음이 그저 얼굴에만 나타난다. 슬프지만 울기는 애매하고 쿨하게 웃으며 보내줄 수도 없는 그 어색한 표정들. 공항에 갈 때마다 어김없이 보게 되는 이 표정들은 여기가 한국 공항임을 실감하게 한다.

한국인다움은 도착 층에서도 볼 수 있다. 회사 업무의 연장으로 누군가를 마중 나온 사람들의 경우가 그런데, 기다리던 사람이 도착 게이트에 모습을 드러내기 전과 후의 변화가 그렇게 드라마틱할 수가 없다. 기다리던 사람이 나타나기 전까지 전신을 감싸고 있던 피곤함의 아우라가 만나야 할 사람을 목격하는 순간 요술처럼 사라진다. '뿅!'은 요술봉을 휘두르는 만화에서만 들리는 소리가 아니다. 진짜 '뿅!' 하고 사라진다. 명배우들은 스크린에만 있는 것이 아니었다. 하지만 나는 그 변화의 찰나를 목격했기에 마중 나온 사람의 '뿅!' 하기 전 마음을 짐작할 수 있다. '나는 당신이 별로 반갑지 않고요, 그저 내게 까칠하게 이것저것 요구하지만 말아주세요. 조용히 있다가 돌아가시는 겁니다. 알겠죠?' 지금 저 문으로 들어올 사람과의 만남 앞에 '어쩔 수 없이 반가운'이라는 단서가 붙을 때, '어쩔 수 없이 고단함'을 안고 사는 한국인의 얼굴이 보인다.

이런 한국인다운 얼굴을 보자고 공항에서 시간을 보내는 것은 아니다. 늘 보는 모습을 굳이 왜 공항까지 가서. 내가 보고 싶은 것은 사연이 궁금하고 뒷이야기가 상상이 되는 풍경이다.

가족여행을 가는지 한 무리의 사람들이 모여 있었다. 할머니, 할아버지부터 손자손녀까지 보기 드문 삼 대의 여행. 여행에 대한 기대와 며칠간의 꿀 같은 휴가에 들떠 있는 사람들은 요란스러웠다. 넘치는 활기는 공항 안의 사람들을 주목시켰다. 그런데 그 무리에 유독 다른 세상에 있는 한 사람이 있었다. 여자는 쪼그리고 앉아 캐리어를 열고 물건을 정돈하고, 여권을 챙기고, 아이와 실랑이를 하느라 손이 모자랐다. 얼굴에 조급함과 초조함이 역력했다. 한눈에 봐도 여자의 자리가 보였다. 여자는 여행자가 아니었다. 여자는 일상을 떠나서도 그저 며느리, 아내, 엄마일 뿐이겠구나. 여행하는 동안 여자에게 짧더라도 완전한 휴식과 자유의 시간이 주어질까. 가족들의 캐리어 중 제일 작은 캐리어 하나만 여자의 손에 쥐여주고 싶었다. 나 몰라라 해버리라고. 그저 각자의 일은 직접 챙기게 두라고. 누군가의 수고로 나머지 사람들이 즐거움을 누리는 사연은 어디서든 넘치고 넘침을 또 알았다. 이런 관계는 언제나 아름답지 않다.

고개를 돌리자 고국으로 돌아가는 외국인들이 캐리어를 열고 짐을 챙기는 모습이 보였다. 무게가 초과된 것일까. 서로 한참을 의논한다. 자연스레 보이는 캐리어 속 물건들로 한국에서 어떤 여행의 이야기를 만들었는지 알 수 있었다. 구석마다 찰랑찰랑 흔들리는 소주 페트병이 보였다. 소주가 입에 맞으셨군요. 마치 물인 양 제 정체를 감춘 채 시치미를 떼고 비행기를 탈 준비를 하고 있는 소주의 모습이 프로다워 보였다. 아무리 그래도 두어 병은 빼셔야 할 것 같은데요. 하지만 외국인은 이미 소주 맛을 알아버렸는지 소주 앞에서 단호해지지 못했다. 어느덧 나도 외국인과 함께 고민하고 있었다. 버릴 것인가, 챙길 것인가. 나는 어떻게든 다 챙겨가는 쪽을 응원했다. 여행은 계속되어야 한다. 어렵게 가지고 간 소주들이 고국에 돌아간 저 외국인에게 여행의 즐거움을 연장해줄 테니까. 혼자 혹은 친구들과 둘러앉아 기울일 소주잔에 오가는 여행 이야기들을 상상하니 소주가 고마웠다. 소주는 역시 프로다.

그 뒤에는 배낭을 메고 서 있는 청년이 보였다. 배낭이 제 몸만큼 컸다. 등을 다 차지하고 있는 배낭의 무게가 만만치 않은 듯했다. 한눈에 보기에도 메고 일어서기조차 힘들었음을 알겠다. 하지만 청년은 조금도 휘청이지 않는다. 나무처럼 꼿꼿하다. 청년의 꽉 다문 입술이 배낭의 무게를 걱정한 나를 무색하게 했다. 자신이 벗어던진 마음의 짐에 비하면 이 정도는 아무것도 아니라는 얼굴에 반한 나는 금방 청년의 편이 되었다. 묻고 싶었다. "인생의 어떤 단락을 매듭지었나요?" 사람들이 보기에는 그저 젊음을 즐기는 청춘일 수도 있겠지만 배낭을 싸기까지의 청년이 낸 용기는 '그저 즐기는'으로 치부할 수는 없다. 용기 낸 자가 자유를 갖는 것이 마땅하다. 어디서든 걷는 동안 청년의 자유가 지속되길 바랐다.

공항의 풍경들은 내게 이야기를 건넨다. 나는 읽고 싶은 이야기를 잡아채 눈에 담는다. 뭉클하고 안타깝고 애틋하다. 나에게도 공항에서의 순간이 있다. 어쩌면 나는 그 순간 때문에 공항에 가서 사람들 사이를 맴돌며 이야기의 뼈대를 줍는 건지도 모르겠다. 뼈대를 주워 살을 입히며 공항에 있는 사람들의 순간을 이야기로 만들면 이미 지나버린 나의 그때 그 순간도 새롭게 살아날지 모른다는 착각을 하는 것일까. 추억은 즐거움만 있는 것이 아니란 걸, 씁쓸함과 허무함이 동반된다는 것을 잘 안다. 오히려 나는 후자에 더 취약한 사람이다. 하지만 공항에서 이야기를 수집하는 나의 마음은 그때의 추억을 계속 잡아두고 싶나 보다. 그때 그 순간이 바래져 시들어버리는 것을 원하지 않는 것 같다.

그때, 나를 기다리는 사람을 만나기 위해 비행기를 탔다. 하늘은 맑았고 비행은 순탄했으며 창밖으로 새삼스러울 것 없는 구름을 뚫어져라 쳐다보는 나는 편안해 보였다. 하지만 전혀 편안하지 않았다. 빨리 도착하고 싶어 마음에서 소리 없는 재촉이 쏟아졌다. 비행기가 땅에 닿고 내 발도 땅을 밟는 순간부터 조급한 마음을 따라잡지 못한 내 걸음은 우스꽝스러웠다. 도착 게이트가 열리고 그 사람이 눈에 들어왔다. 가만히, 버드나무처럼, 손을 흔들며 서 있는 사람. 나를 향해 웃고 있는 사람.

바로 이 순간이다. 내가 지금까지 붙들고 있는 '그 순간'이. 그때 내게는 눈과 심장밖에 없었다. 다른 감각은 다 죽어버렸다. 그저 그 사람을 보고 빠르게 뛰는 심장 소리만 의식했을 뿐이다. 그 순간 세상에 존재하던 모든 것들이 주변에서 사라져버린 것만 같았다. 강렬한 기억은 남는 것이 아니라 각인되는 것임을 나는 그 순간 알게 되었다. 영화나 드라마에서 나오는 장면을 떠올리며 스스로 색을 덧씌운 것은 아닐까 의심하기도 했다. 하지만 그 순간을 생각할 때마다 나만의 것임이 확실해진다. 흉내 내고 보정한 것이라면 이렇게 각인되어버렸을 리 없다.

그 사람은 이제 그 순간 우리를 둘러싸고 있었으나 보이지 않았던 사람들처럼 희미해졌다. 남은 미련이나 미안함도 없다. 그저 '그 순간'만 남았다. 하지만 내게 '그 순간'을 남겨주었다는 이유 하나만으로, 나는 그 사람과의 관계는 충분했다는 생각을 하곤 한다. 우연찮게 그와 스치게 된다면 '그 아름다운 순간'을 갖게 해준 것에 감사를 전하고 싶다. 물론 마음으로만.

track 4.

공항은 넓고 높아서 풍경을 크게 바라볼 수가 있다. 조금 더 크게 보기 위해 가능한 한 높은 곳으로 올라간다. 아래를 넓게 내려다보면 역시 제일 눈에 들어오는 것은 캐리어의 물결이다.

색색의 캐리어들은 사람이라는 컨베이어벨트에 실려 어디론가 배달되는 택배상자 같다. 상자 속에는 새로 장만한 수영복, 누군가에게 먹이고 싶은 고추장, 무언가라도 끄적거려볼 요량으로 챙긴 노트북, 여행자의 친구가 되어줄 책들이 실려 있을 것이다. 여행자에게 캐리어는 집이다. 공항을 누비는 여행자들의 캐리어를

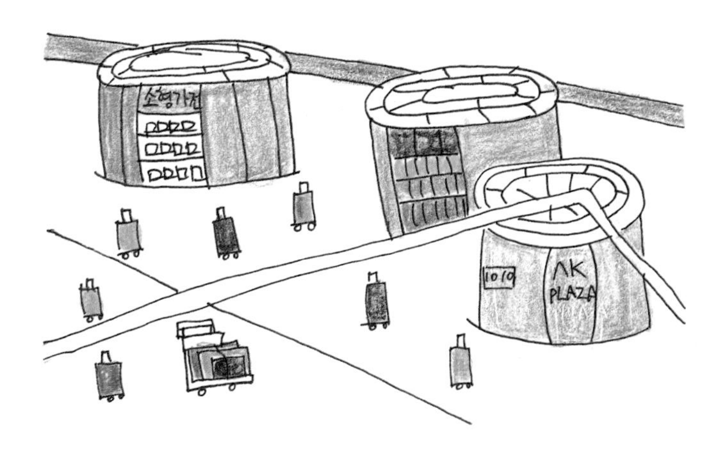

볼 때마다 생각한다. 내가 짊어진 물건들은 사실 많은 부분이 필요에 의해서가 아니라 욕망 때문에 가지게 된 것이라는 걸. 영화 〈인 디 에어〉의 조지 클루니처럼 일 년 중 322일을 비행기와 호텔에서 보내는 사람은 하나의 캐리어에 담긴 것이 자신이 가진 물건의 전부겠지만, 그건 영화니까 하고 부러워만 할 수가 없다. 나 또한 한두 개의 캐리어에 담을 정도의 물건만으로도 얼마간은 살 수 있을 테니까. 집에 있는 물건들, 필요하다 사놓고는 먼지가 뽀얗게 쌓일 때까지 필요를 몰랐던 물건들과 캐리어에 담길 물건들을 비교하니 부끄러워진다. 나는 참 무겁게 살고 있구나.

etc.

공항이 준 가장 큰 선물은 이방인의 정서다. 공항에 가면 이방인의 마음을 가질 수 있다는 것이 종합선물세트의 가장 빛나는 매력이다. 이방인은 그저 현실에서 도망치기만 하는 한량이 아니다. 이방인은 지구에서 중력의 법칙에 순응하는 것이 안정적임을 알고 있지만 떠 있는 쪽을 선택한 사람이다. 그 불안함을 기꺼이 감수하는 사람이다. 무언가에 집착하지 않고 언제든 떠날 수 있으며 어디서든 머무를 수 있다는 마음을 가진 사람이다. 이런 용기는 많은 것을 감당해본 후에 얻은 것일 테다. 제 할 일을 미루고 근거 없는 낙천을 떠벌리는 사람은 진정한 이방인이 될 수 없다. 그러니 공항에서 이방인이었던 나는 일상으로 돌아와 내가 해야 할 몫을 감당한다. 단, 할 수 있는 만큼의 감당을, 가벼운 마음으로.

그저 '사니까 사는 거지'라며 한숨이 나오는 날이 길어지면 공항에 가서 이방인이 되어본다. 그러면 '사니까 사는 것'이 잘못 사는 것만은 아니며, 때론 '그저 숨이 쉬어지니 사는 것'이 인간의 본연의 모습이라는 생각마저 하게 된다. 삶의 갖가지 의미와 이유를 만드는 것이 당연하다는 생각은 때로 허세일 수도 있다. 자유가 느껴진다. 현실의 무게가 덜어진 것만 같다. 지금 여기에서 잘 있으면 된다. 언제든 이방인이 될 수 있다.

서점

생각 많은 사람들의 보물섬

비가 제법 많이 오는 날이었다. 바람도 심상치 않았다. 서점 안을 걷다가 안전 안내 문자를 받았다. 당연히 나만 받은 건 아닐 테니 서점 안 여기저기서 비슷한 문자 수신 소리가 들렸다. '태풍의 영향으로 밤늦게부터 강한 바람이 불겠으니 안전에 유의하시기 바랍니다.' 휴대폰 문자를 확인하는 사람들의 모습이 보였다. 그러나 바로 무심해지는 얼굴들. 국가에서 안전에 유의하라며 경고하는데도 사람들은 그저 평온해 보였다. 서점 안의 공기는 바깥과는 다르게 흐르는지 불안은 잠깐의 시간도 차지하지 못했다. 평화롭기만 했다. 하품이 나왔다. 나른함이 찾아왔다. 무심한 평화에 안도하며 다시 걸었다. 그리고 다시 생각에 빠졌다.

track 1.

생각이 많은 것은 득일까 실일까. 이 생각을 하느라 다시 생각에 잠겼다. 생각의 득과 실을 따지려면 상황을 보아야 한다. 생각이 필요할 때와 필요 없을 때를 잘 구분하며 생각을 하는 사람은 생각의 득과 실을 따져볼 일이 없을 것이다. 문제는 생각을 해야 할 때 생각이 아예 없거나, 생각이 하등 필요 없을 때 생각에 빠져 있는 쪽이다. 자타공인 생각이 많은 나는 생각의 필요를 따지기도 전에 이미 생각에 한 발을 담근 후가 대부분이니 '현명함'과는 거리가 멀겠다. 내게는 생각이 나를 살릴지 죽일지 따지는 것이야말로 무용한 일이었다. 이런 생각까지 하는 건 생각으로 나를 두 번 죽이는 것이 되는 셈이니까.

생각이 많아서 피곤하겠다는 말을 많이 들었다. 실제로 피곤하기도 하다. 생각이라는 것이 내게 그리 친절하지는 않다. 이상한, 가혹한, 나쁜, 황당한, 멍청한 생각을 하고서야 가뭄의 단비처럼 좋은, 다정한 생각이 찾아온다. 쉽게 찾아오지 않는 좋은 생각이 너무 달콤해서 그런 생각을 한 자신을(그전까지 불친절한 생각을 잔뜩 하고 앉았던 사람은 누구였더라?) 기특해하기도 한다. 그러곤 다시 이상한, 가혹한, 나쁜, 황당한, 멍청한 생각들을 '기꺼이' 반복한다. 단비를 기다리며. 이러다 보면 불면과 다크서클, 소화불량을 달고 살게 되는 건 순리다. 가끔 생각이 나를 조련하는 것 같아서 내가 생각의 주인이라는 게 어색하기도 하다.

생각을 좀 줄여보라는 말도 많이 들었다. 실제로 줄이려 애써보기도 했다. 하지만 고심 끝에 나는 생각이 많은 쪽이 낫다는 결론을 냈다. 그래도 지금의 나를 만든 것은 이 생각들 덕분 아닐까 싶어서. 생각이 부족했다면 이마저도 아닌 사람이 되었을 것이다. 이마저도 아닌 사람이라니. 잠시 자기객관화의 거울로 나를 들여다보니 '이마저도 아닌 사람'이라는 말이 너무 끔찍하다. 생각하는 것은 고단한 일이지만 그 덕에 '괜찮은 사람이 되고 싶다' 쪽으로 조금이라도 갈 수 있다면 그 정도는 감당해야 하지 않을까. 가는 속도가 느리고 어렵더라도 멈춰 있는 것보단 가는 게 맞다. 생각을 하지 않으면 나라는 사람은 금세 크게 뒷걸음칠 것이다. 생각이 많은 사람으로서 이렇게 자위한다.

서점에서는 이런 식의 자기 위로가 필요 없다. 거기에서 나는 생각 많은 사람이 아니다. 명함도 내밀 수가 없다. 서점에는 동서고금을 막론하고 한 생각 했다는 사람들의 사고(思考)가 사방에 가득하다. 내 생각은 이들이 한 생각에 비하면 태평양에서 반짝하는 찰나의 물빛 한 점도 되지 않을 것이다. 천천히 서점 안을 돌며 내 생각은 아무것도 아니란 것이 느껴질 때마다 들뜬다. 세상은 넓고 생각은 많구나. 여전히 생각은 계속되는구나. 생각 사이에 존재하고 있는 나는 생각과 생각 사이를 휘젓고 다니며 달콤함에 젖는다.

더욱이 서점은 엄선한 생각들을 모아놓은 곳이니 이렇게 고마울 수가. 가뭄의 단비처럼 찔끔 맛볼 수 있는 괜찮은 생각들을 서점에 오면 쏟아지는 소나기로 맞을 수 있으니 말이다. 좋은 생각, 이상한 생각, 말도 안 되는 생각, 뭐 이런 생각까지 했나 싶은 의아한 생각, 벌써 이런 생각을 했다니 싶은 질투 나는 생각……. 이런 생각들 사이를 걸으며 생각을 줍는다. 서점은 생각 많은 사람들의 보물섬이다.

내가 생각이 많은 이유 중 하나는 지적 허영심 때문일지도 모른다. 지적 허영심이 있다는 것이 자랑거리는 아니지만 숨기고 싶지도 않다. 변명이려나. 허영이라는 말이 주제에 맞지 않게 화려하

게 꾸미는 것을 의미한다는 걸 알고 있지만, 이상하게 허영 앞에 '지적'이 붙으면 화려하게 꾸미는 것과는 거리가 멀게 느껴진다. 오히려 화려함과는 거리가 먼 사람이 그나마 지적으로라도 삶을 채우고 싶어서 태우는 갈증같이 여겨져 애잔한 면이 있다. 그러니 나는 지적 허영심을 가진 걸 부끄럽게 생각하지 않기로 했다.

나의 지적 허영심은 어릴 때부터 조짐이 보였다. 어린 시절 우리 집 거실 한쪽 벽에는 벽돌 위에 단단한 나무판을 올려 만든 책꽂이가 붙박이인 양 서 있었는데, 나는 그 책꽂이가 뿜어내는 기운을 좀 자랑스러워했다. 뻐기고 싶기도 했던 것 같다. 그 마음은 이런 것이다. 다섯 식구가 살기에 굉장히 좁아서 거실, 방, 주방을 분류하는 것조차 민망할 지경인 집에서, 아무튼 거실이라는 곳에 다른 것도 아닌 책장이 당당하게 서 있는 것이 보면 볼수록 멋졌다. '우리 집은 이렇게 지적이랍니다. 비싼 건 못 먹지만 책은 읽는걸요.' 더군다나 그 책장에는 당시에는 제목조차 이해 안 되는 책들이 전집이라는 이름으로 '예쁘게만' 자리하고 있어서 내게는 그저 관상용이었을 뿐인데 말이다.

책꽂이를 좋아하는 마음이 이런 환경을 꾸민 아빠에게로 이어지지는 않았다. 나는 내가 아빠의 한량 기질과 지적 허영심을 좋아했다는 것을 그때는 몰랐다. 우리 집과 어울리지 않는 책꽂이를 당당히 세워놓는 아빠 나름의 호연지기를 내가 좋아했다는 것을 나중에서야 알았다. 그때 알았더라면 아빠가 모아놓은 책들을 열심히 들여다보는 척이라도 했을 텐데. 그리고 아빠는 참 멋있는 사람이라는 표현을 에둘러서라도 했을 텐데. 그래도 아빠를 닮아 지적 허영심을 가진 어른으로 성장했으니 하늘나라에서 뻐기실 수 있으면 좋겠다. 우리 딸들(딸 셋이 모두 책을 좋아하니)은 책을 좋아한다니까요, 하고.

어릴 적부터 내가 지적 허영심이 있었다는 강력한 근거로 만화 《들장미 소녀 캔디》를 들 수도 있다. 그 시절을 소녀로 보냈던 이들이라면 너무 익숙한 풍경이겠지만, 나와 친구들도 캔디를 둘러싼 남자들을 놓고 누가 더 멋있는지, 누가 더 자기 취향인지 수다삼매경에 빠지곤 했다. 당연하게도 아이들은 안소니와 테리우스를 놓고 설전을 벌였지만, 나의 취향은 올곧게 '스테아'였다. 스테아라니! "누구라고?" 아이들은 의아해했다. 그도 그럴 것이 스테아는 남자 캐릭터 중에 가장 존재감이 없었기 때문이다. 독특한 인물을 좋아하려면 악역인 니일이 낫지 않느냐는 말까지 들었지만, 스테아에 대한 나의 지지는 변함이 없었다.

내가 그 재미있는 '안소니 VS 테리우스'의 대결에 끼지 않고 나만의 길을 간 것은, 친구들은 어처구니없어 했지만, 스테아의 안경 때문이었다. 안경은 캔디의 주변 남자들 중에 그를 제일 지적으로 보이게 만들었다. 나는 안소니의 별 박힌 눈동자와 테리우스의 찰랑대는 긴 머리칼보다 스테아의 안경이 좋았다. 안경은 스테아가 지적인 인물이라는 확신을 주었다. 스테아가 쓴 안경은 그를 멋짐과 외로움, 박력으로 무장한 다른 남자들보다 가장 돋보이게 했다. 스테아는 캔디와 이어질 확률이 거의 제로였지만 상관없었다. 지적인 사람이었으니까. 이후에도 안경 쓴 남자에 대한 호감은 좀 오래 이어졌다. 다행히도 몇 번의 경험으로 안경을 쓴 것과 지적인 것, 좋은 사람인 것은 전혀 관계가 없다는 걸 알게 되었지만. 이래서 사람은 경험이 중요하다.

track 2.

둘러보면 누구 하나 열심히 살지 않는 사람이 없는 한국 사회에서 나는 나까지 열심일 필요가 있을까를 실천하는 사람 중에 하나다. 전반적으로 게으르고, 가끔 나오는 열심도 주로 효율이 높지 않은 일들에 쏟는다. 하지만 나의 게으름은 편안하지 않다. 머릿속에서는 해야 할 일들과 해야 할 것 같은 일들이 어지럽게 떠다니며 게으른 나를 나무라지만, 몸은 개의치 않고 미적거릴 때가 많다. 의욕이 쉽게 생기는 사람은 아닌 거다. 생각이 많은 것이 의욕의 발목을 잡을 때도 허다하다. '이걸 뭐 하러 하는 거지'란 생각은 싹트는 의욕을 주저앉힌다. 이런 상황이 이어지면 그냥 아무것도 하지 않고 시간을 보내게 된다. 사람에게는 가끔 아무것도 하지 않는 시간이 필요하다. 나도 그런 시간을 꿈꾼다. 하지만 여기서 '아무것도'는 몸과 머리가 함께 아무것도 안 해야 하는 것이다. 다 비우는 것이다. 몸은 아무것도 안 하는데 머리는 무언가를 하라고, 해야 한다고 재촉하는 것은 비우는 것과는 거리가 멀다. 그러니까 내가 아무것도 안 하는 것은 비우는 게 아니라 소모하는 것이다.

아무것도 안 하지만, 사실은 아무것도 하지 않는 것이 아닐 때 주저앉은 의욕을 일으켜 세우려면 자극이 필요하다. 그럴 때 나는 서점으로 간다. 내게 필요한 자극은 지적 허영심이란 것을 알기 때문이다. 서점을 걸으며 책꽂이에 꽂혀 있는 책들의 제목을 천천히 읽는다. 매대에 놓여 있는 책들의 제목도 천천히 읽는다. 제목을 읽는 것만으로도 자극은 시작된다. 책이 말을 건다. "아무것도 하지 않아도 돼. 꼭 무언가를 해야 하는 건 아니야"라며 나를 위로했다가 "누워 있지만 말고 일어나. 너 이거 알고 싶었잖아. 여기도 가고 싶다며? 이 소식 들었어? 미래는 이런 일이 있을 거래. 일자무식이구나, 이것도 모르다니. 봐, 네가 했던 생각이 벌써 책으로 나왔네!"라며 핀잔인지 충고인지 권유인지를 한다. 사방에서 건네는 호의인지 질타인지를 받으며 여기 기웃, 저기 기웃 하다 보면 바닥 쳤던 의욕이 조금은 올라온다.

책을 펼쳐 목차를 읽으면 의욕이 조금 더 살아난다. 세상에는

알아야 할 것도 많을뿐더러 흥미로운 것투성이라는 자극이 지적 허영심을 부추기면 어지럽게 널려 있던 해야 할 일들과 해야 할 것 같은 일들이 정리된다. 해야 할 일들의 우선순위가 매겨지고 하지 않아도 될 일은 머릿속에서 삭제된다. 때로는 중요한 일은 다른 거였다는 로또 같은 발견도 하게 된다. 유레카!

자극에는 '재미'만 한 것이 없다. 서점은 무엇보다 재미있어서

끊을 수 없는 자극이다. 우연찮게 너무 재미있을 것 같은 책을 발견하게 되면 의욕을 걱정하는 것이 무색하다. 재미가 잡아끄는 지적 허영심은 힘이 엄청 세서 당장 채우고 싶어진다. 너무나 매력적인 타인의 취향들을 엿보면 어느새 부러움이 몰려온다. 나도 나답게, 내 취향을 가꾸고 드러내며 사는 매력적인 사람이 되고 싶다는 욕망이 생긴다.

track 3.

많은 시간을 혼자 보내지만 그렇다고 아예 만남을 꿈꾸지 않는 건 아니다. 때때로 외롭고, 그 외로움을 설렘으로 바꾸어줄 만남을 기대하기도 한다. 하지만 혼자 있는 시간을 뛰어넘을 만큼 즐겁고 설레는 만남이란 게 굉장히 드물기 때문에 외롭다고 해서 누군가에게 연락해 외로움을 채우게 되지는 않는 것 같다. 누군가를 내 외로움을 달래주는 수단으로 삼고 싶지도 않다. 그런데 사람을 잘 만나지 않을수록 만남에 대한 기대치는 높아지는지, 누군가를 만난다면 이상적인 만남이기를 바란다. 상상은 자유니까, 상상 속에서는 내가 왜 그동안 혼자였는지 후회할 만큼 좋은 만남을 그려본다. 서점은 그런 만남에 대한 기대가 생기는 곳이다.

영화 속 서점에서의 만남은 늘 낭만적이었다. 나는 그 어떤 장소보다 서점에서의 만남에 묘하게 설렌다. 책을 사이에 두고 이야기하는 모습은 언제나 로맨틱하다. 책이라는 배경에 둘러싸인 사람들은 그 자체로 동화 같다. 작은 서점에 손님으로 온 톱스타가 서점 주인과 사랑에 빠지게 되는 말도 안 되는 일도 서점이라는 이유로 낭만적이고(영화 〈노팅힐〉), 그저 한때의 추억이라고 생각했던 남녀가 구 년 만에 우연히 다시 만난 곳이 서점이라서 더 애틋했다(영화 〈비포 선셋〉).

하지만 영화는 영화일 뿐, 영화 같은 일이 현실에서 이루어지기를 바라는 건 아니다. 내가 기대하는 만남이 그 정도로 낭만적인 것도 아니다. 서점을 걸으며 상상하는 나만의 영화에서는 작가와의 만남이 그려진다. 모두 이 세상에 없는 작가들이다. 나는 그들 옆에 마치 친구인 듯 너무나 자연스럽게 자리하고 있다. 나와 그들은 한 프레임 안에 있다.

1816년 영국. 열아홉 살 메리 셸리와 그녀의 남편, 친구들이 모여 있는 거실. 벽난로에서는 마른 장작이 타닥타닥 소리를 내며 타들어가고 있다. 밖에서 불어대는 거센 바람이 창을 두드리는 소리가 들린다. 나는 그들 속의 한 사람이다. 나는 소파에 파묻혀 앉아 있고 그들의 얘기가 너무 재미있어서 넋을 놓고 듣고 있다. 메리와 친구들은 주거니 받거니 무서운 이야기들을 들려주며 긴 밤을 보내고 결국 대화의 끝에 괴담을 하나씩 써보자는 약속을 한다. 그때, 조용히 앉아 있던 내가 메리 셸리에게 건넨 한마디.

"메리, 괴담 속의 괴물은 나사못이 관자놀이에 박힌 모습이 어떨까요?"

1953년경 미국. 블라디미르 나보코프의 작업실. 그의 얼굴에 근심이 가득하다. 손은 연신 담배를 찾고 있다. '이 소설이 출간될 수 있을까. 사람들은 이 이야기를 읽고 얼마나 비난할 것인가. 분명 포르노라고 할 테지.' 나는 생각에 잠긴 블라디미르 나보코프 옆에 가만히 서 있다가 그가 쓰다가 멈춘 원고를 읽는다.

"롤리타, 내 삶의 빛, 내 몸의 불이여. 나의 죄, 나의 영혼이여. 롤-리-타. 혀끝이 입천장을 따라 세 걸음 걷다가 세 걸음째에 앞니를 가볍게 건드린다. 롤. 리. 타."

나는 그 부분을 읽고 방을 나간다. 다시 작업실로 들어온 내 손에는 따뜻한 커피와 담배가 담긴 나무 쟁반이 들려 있다. 나는 눈을 감고 상념에 잠겨 있는 그의 옆에 가만히 쟁반을 내려놓는다.

2012년 콜롬비아. 치매를 앓고 있는 여든다섯 살의 가브리엘 가르시아 마르케스가 집 마당의 의자에 앉아 햇빛을 쬐고 있다. 나는 그 앞으로 다가가 무릎을 꿇고 앉는다. 맑은 눈으로 나를 쳐다보는 가브리엘 가르시아 마르케스. 나는 그의 귀에 대고 큰 소리로 말한다.

"선생님, 제가 《백 년 동안의 고독》에서 끊임없이 나오는 호세 아르카디오를 구별하다가 죽을 뻔했어요! 호세 아르카디오는 호세 아르카디오를 낳고 그 호세 아르카디오가 다시 또 호세 아르카디오를 낳더군요. 부엔디아 집안의 가계도는 제겐 미로였다고요!"

서점에서 스쳐 지나가는 사람들도 내게는 비교적 좋은 만남을 만들어준다. 책을 배경으로 서 있는 사람의 모습은 언제나 그림 같다. 종이를 만지고 있는 사람의 모습도 언제나 매력적이다. 사람과 제일 잘 어울리는 물건을 고르라면 나는 단연코 책을 꼽고 싶다. 종이가 뭉쳐 있는 물건일 뿐이지만 종이 한 장 한 장에 글, 그러니까 생각이 쓰여 있으니 한 권의 존재감은 단순히 하나의 물건으로만 치부하기 어렵다.

책이라는 물건은 가진다고 해서 온전히 소유했다고 볼 수도 없다. 읽어내는 수고를 들여야 그 물건을 가진 의미가 채워지기 때문이다. 하지만 수고 뒤에는 이전의 자신과는 조금은 다른 자신이 될 수 있다. 어떤 한 권의 책이 나를 미지의 세계로 데려다줄지 모를 일이다. 사람에게 이만큼 매력적인 물건이 있을까. 무언가를 꿈꾸는 사람에게 이만큼 안성맞춤인 물건이 있을까.

나는 많은 사람과 함께 있는 걸 그다지 좋아하지 않지만, 서점에서는 좀 다르다. 내게 서점은 사람들이라는 변수가 크게 작용하는 곳이 아니다. 서점에서는 서로를 존중하는 배려가 느껴진다. 생각을 찾거나 하러 온 사람들에게 방해가 되지 않으려는 배려. 시선이 머물고 손길이 가는 책 앞에 서 있는 마음을 방해하지 않으려고 선을 지키면서도, 그 사람이 무슨 책을 집었는지 흘깃 쳐다보는 찰나의 관심이 흐른다. 책을 좋아하는 사람이라는 동질감이, 낯선 사람들 사이에 알맞은 배려와 적당한 관심을 만든다. 그래서 생기는 서점의 분위기는 책과 사람이라는 그림을 따뜻하게 만든다. 나는 그림 같은 배경에서 걷고 생각하면서 함께 존재하는 사람들이 좋다.

뜬금없는 얘기 같겠지만, '맞선'을 생각하면 서점에서 느끼는 사람에 대한 호감이 더 또렷해진다. 맞선이라는 것을 몇 번 보았다. 짐작하겠지만 내향인에게 맞선이라는 이름의(짝짓기를 하기 위해 서로의 간을 보는) 만남은 최악의 과제다. 싫어하는 모든 것을 풀코스로 해야 하니 선을 보면 좋은 인연을 만나게 될 거라는 꼬임이 내게는 늘 어이없게 여겨진다.

하지만 서점에서라면 나에게도 '맞선'이 좀 해볼 만한 게 될 수도. 책을 사이에 두고 만나면 원래의 목적은 제쳐둘 수도 있을 것 같다. "어떤 책을 좋아하세요? 이 책 보셨어요? 이 책은 꽤 흥미로운데 보실래요? 좋아하는 작가는 누구예요?" 이런 물음에는 그냥 편안하게 대답할 수 있고 내 쪽에서도 자연스레 질문할 수 있을 것 같다. 원래 목적이 뭐든 간에 서점에서 만났다는 사실만으로도 자연스러운 만남으로 느껴질 듯하다. 바보야, 그게 그거야, 라는 핀잔이 들리는 듯하지만 그만큼 서점은 낯선 이에게서도 끌림이 시작되기 쉬운 곳이라는 얘기다. 나의 맞선도 서점에서 보았다면 결과는 좀 달랐을까. 아닐 거라는 걸 알면서도 궁금하긴 하다.

나는 서점에서 책 읽는 아이들을 볼 때면 인간에 대한 호감도가 급격히 상승한다. 도서관에서도 마찬가지지만 편한 자세로 널브러져 책을 읽는 아이들을 보고 있으면 흐뭇하다. 누가 건드려도 모를 정도로 집중한 눈빛, 재밌어 죽겠다는 입꼬리, 책장을 잡고 있는 조막만 한 손. 좋아하는 걸 넘어 몰입해 있는 사람의 모습은 언제나 매력적이다. 서점에서 책에 빠져 있는 어린이를 보면 나까지 순수해지는 것만 같다.

하지만 책을 좋아하는 어린이가 행복한 사람으로 자랄 거라는 확신은 없다. 책을 좋아한 덕분에 혼자 있는 시간이 많을 테고, 가끔은 만나는 사람들이 시시할 테고, 몰라도 되는 것들을 알게 되어 힘들 테니 오히려 고독하기만 한 어른으로 자랄지도 모른다. 이런 생각을 하면 책 읽는 즐거움에 폭 빠진 어린이가 안쓰러워 보이기도 한다. 이미 고독해져버린 어른이 보내는 위로도 괜찮다면, 고독해질지도 모를 어린이에게 "책을 좋아하는 어린이 친구야, 고독한 것은 인간다워진다는 것이니 너무 외로워 말렴. 아무튼 너는 평생 친구를 갖게 된 거야"라는 위로 같지 않은 위로를 보내고 싶다.

영화 〈유브 갓 메일〉에서 맥 라이언은 '길모퉁이 서점'이라는 어린이 서점의 사장으로 나온다. 이 영화에서 가장 예쁜 장면은 맥 라이언이 고깔모자를 쓰고 아이들에게 동화책을 읽어주는 것인데, 옹기종기 모여 앉은 아이들이 숨죽이고 두 눈을 반짝이며 이야기를 듣는 모습이 너무 좋아서 이 부분만 몇 번이고 돌려보곤 했다. 길모퉁이 서점 같은 어린이 서점이 동네 골목골목 많이 생겼으면 좋겠다. 그럼 혼자 책을 좋아하다 고독한 어른으로 자랄 어린이가 많지 않을 텐데 말이다.

etc.

서점은 나의 걷기를 더욱 풍요롭게 만들어준다. 골목을 걷다가도 서점을 만나고, 바닷가를 걷다가도 서점을 만난다. 철길 옆을 걸어도 서점이 있고, 번화한 도심 한가운데서 방해받지 않고 걷고 싶을 때도 멀지 않은 곳에 서점이 있다. 걷다가 서점을 만나고, 서점에서 사람을 만나고, 작가를 만나고, 문장을 만나고, 이야기를 만난다. 그리고 꿈을 꾼다. 걷는 내 발에 좋은 생각이라는 신발을 신겨주는 서점이 참으로 고맙다.

대형서점은 대형서점대로 믿음직스럽고, 작은 서점은 작은 서점대로 귀하다. 그래서 동네 서점에 사람 한 명 없는 것을 볼 때면 주인의 마음이 느껴져 걱정스럽고, 사람들이 갈수록 책을 안 읽는다는 기사를 볼 때면 작가와 출판사들의 한숨이 느껴져 안타깝다. 순환해야 건강해지는 것은 서점도 마찬가지일 것이다. 작은 서점의 사장님이 웃고, 작가들은 계속 쓰고, 나도 계속 좋은 책을 만나려면 책을 사는 사람이 많아야 한다는 당연한 사실을 다시 생각했다. 가장 큰 책 사랑은 책을 사는 것이라고 한다. 책을 좋아하는 당신이 주머니가 빈곤하지 않은 사람이라면 가끔 책 사랑을 통 크게 보여주는 건 어떨까.

오늘 들를 서점에서는 책을 꼭 한 권 사야겠다.

주머니 사정은, 모르겠다.

길

걸어도 걸어도 길은 이어지고

유카리(며느리) 두 분만의 추억의 노래는 없나요?

교헤이(아버지) 그런 게 있을 리 없지.

도시코(어머니) 있어, 음반이 있어.

유카리 뭐죠?

도시코 추억의 가요곡이지. 들어볼 테야?

……

유카리 누구 노래인가요?

교헤이 모르지, 난 관계없으니까.

도시코 물론 당신하고도 관계가 있어요.

료타(아들) 엄마, 이 노래…….

"거리의 불빛이 너무나 아름다워. 요코하마 블루 라이트 요코하마. 당신과 둘이서 너무 행복해. 오늘도 사랑의 속삭임……." ♬

유카리 언제 나온 노래죠?

도시코 70년대 노래 아닐까? 박람회가 있던 때 말이야.

료타 맞아, 어머니가 가끔 불렀죠?

"나에게 주세요, 당신을. 걸어도 걸어도 작은 배처럼 나는 흔들려. 흔들려서 당신 품에 안겨. 발소리만 따라오는 요코하마 블루 라이트 요코하마. 부드러운 입맞춤을……." ♬

교헤이 언제 샀지?

도시코 레코드 말인가요? 그때 기억나죠. 이타바시 말이에요. 그 여자 아파트까지 료타를 업고 찾아갔었죠. 그때 방에서 당신 목소리가 들렸어요. "걸어도 걸어도"라고요. 방해될 것 같아 그냥 돌아왔죠. 그리고 다음 날 역 입구의 가나리아당에서 샀어요.

(#가족은 저녁을 먹다가 어머니의 추억의 노래에 대해 듣게 된다. 어머니는 남편이 바람피우는 것을 어렴풋이 알고 있었다. 어머니는 남편이 밤늦도록 돌아오지 않은 어느 날, 어린 아들을 업고 남편을 찾아 나섰고 여자의 아파트에서 그녀에게 〈블루 라이트 요코하마〉를 불러주는 남편의 목소리를 듣게 된다. 그 후 그 노래는 어머니의 추억의 노래가 된다.)

고레에다 히로카즈 감독의 영화 중에서 〈걸어도 걸어도〉를 제일 좋아한다. 큰아들의 기일에 부모님 집에 모인 가족의 이야기를 그린 이 영화는, 일반적인 가족 영화처럼 가족의 소중함과 사랑을 보여주지 않는다. 그래서 영화를 보고 위안을 받기는커녕 오히려

이기심과 냉정함, 후회 등이 묻어나와 나를 냉철하게 만든다.

또한 영화는 제목처럼 걷기를 말하는 영화가 아니다. 영화에서 걷는 모습은 제목과는 달리 아주 짧게 나온다. 대신 거의 집 안에서 나누는 대화로 흘러간다. 그럼에도 제목이 '걸어도 걸어도'인 건 아마도 삶을 '걷는다'는 것으로 표현하려 했던 것 같다. 걸어도 걸어도 계속 걸어야 하는 것처럼 삶도 계속 돌고 돌며 순환한다는 것을. 함께 걷는다고 생각하지만 사실은 다 각자 걷고 있어 어긋나거나 뒤늦을 때도 있고 다른 사람은 모르는 비밀 하나쯤은 가지고 있기 마련이라는 것을. 설사 가족에게라도. 감독의 의도대로 영화를 본 것인지는 몰라도 나는 이 영화를 보고 있으면 내가 걸었던 길에 대해 생각하게 된다. 이 영화를 좋아하는 이유는 바로 이것 때문이다.

내가 영화를 보고 생각하게 된 것은 내가 걸었던 어제의 길에도, 걷는 오늘의 길에도, 걸을 내일의 길에도 사실 큰 의미를 둘 필요는 없다는 것이었다. 언뜻 보면 냉소적인 결론일 수도 있다. 하지만 걷는 것에 의미부여를 하려는 나에게, 네가 걸었던 길은 특별한 것이 아니라는 충고는 도리어 용기를 주었다. 별것이 아니라는 생각은 지금껏 내가 걸었던 길과 길에서 만났던 순간들을 한결 편안하게 대면하도록 해주었다.

별게 아닐 거라는 생각은 앞으로도 계속 걸을 수 있는 자유로움을 준다. 무거우면 걷지 못하고 가벼워져야 계속 걸을 수 있다는 사실을 알려주는 이 영화는, 그러니 결코 냉소적이지 않다. 그래서 나는 그저 하염없이 걸었던 '그때'들이 떠오를 때 〈걸어도 걸어도〉를 다시 본다. 그러면 알 수 있다. 아무래도 삶은 계속되듯이 그저 나도 어느 길이든 계속 걷고 있을 것이다. 걸어도 걸어도 끝은 없을 것이다.

track 1.

(#첫째 아들이었던 준페이는 십 년 전 물에 빠진 어린 소년 요시오를 구하고 저세상으로 떠나고 말았다. 그 후 요시오는 매년 준페이의 기일에 찾아와 자신을 구해준 준페이와 가족들에게 인사를 하고 있다. 가족들은 겉으로는 요시오에게 고마워하지만 속내는 아니다. 아버지는 변변한 직장도 없이 덩치만 큰 요시오를 하찮게 여긴다. 그리고 그런 요시오를 대신해 자신의 아들이 죽었다는 것이 마땅치 않다.)

인생 어떻게 굴러갈지 모른다고, 얼마간 외국에서 일했던 시절이 있었다. 외국에 나가서 일한 것이 무슨 큰일인가 싶겠지만, 문제는 그 일이 내게는 너무 생소하고 어렵고 자신 없는 일이었다는 데 있었다. 그곳에서 내가 해야 하는 일은 기계를 다루는 일이었다. 사람의 성향을 칼로 무 자르듯 문 · 이과로 나눌 수는 없겠지만, 지금까지 살아온 행적과 평소 생각의 모양을 보자면 나는 문과의 함량이 거의 압도적으로 높은 사람이다. 밤하늘에 달을 보면서 달 착륙을 생각하기보다 절구 찧는 옥토끼를 먼저 떠올리는 사람들, 마침표로 닫은 정답보다 말줄임표로 감춘 그 마음에 관심이 더 가는 사람들 중에 내가 있다. 그러니 타지에서, 기계를 가지고 일을 해야 하는 나는 하루하루가 불안의 연속이었다. 당연히 좋은 평가를 받을 리 없었다. 일은 더뎠고, 실수는 잦았다. 말귀를 알아

듣는 데는 남보다 두세 배의 노력이 필요했고, 하루 업무가 새벽이 되어서야 끝나기도 했다. 야근을 하고 회사 숙소로 돌아가는 밤마다 애쓰고 있는 자신을 다독이기도 했지만, 빈약한 용기로 겨우 지탱할 뿐이었다.

아슬아슬하게 하루하루를 보내던 어느 날, 상사가 나를 불렀다. '올 것이 왔구나, 제대로 혼나자'라고 마음먹고 상사의 책상 앞에 섰다. 그런데 상사는 예상 밖으로 큰 소리를 내지 않았다. 그저 조곤조곤 몇 마디를 건넬 뿐이었다. 하지만 나는 그 조용한 말의 뜻을 금방 알아챘다. 말끝마다 이어지는 긴 한숨은 상사가 하고 싶은 말이 무엇인지 정확하게 설명해주었다.

"윤수경 씨는 여기 왜 왔지?"(긴 한숨) ⇨ 너 같은 사람은 여기 오지 말았어야지!

"윤수경 씨는 올해 나이가 어떻게 돼?"(긴 한숨) ⇨ 그 나이 먹도록 뭐 했어?

"이 일이 얼마나 중요한지 알지?"(긴 한숨) ⇨ 너 때문에 우리 망하게 생겼어!

"처음부터 다시 가르쳐줘야겠네."(긴 한숨) ⇨ 너 때문에 이런 개고생을 하다니!

자리로 돌아온 나는 무슨 소리를 들었는가 싶게 묵묵히 일을 마쳤다. 동료들과 좋은 식당에서 저녁도 잘 먹었다. 웃으면서 인사하고 일찍 숙소로 돌아왔다. 그리고 잘 알아듣지도 못하는 텔레비전을 틀어놓고 한참을 앉아 있었다. 예능 프로그램인지 출연자들의 웃음은 끊이질 않고 이어졌다.

나는 알고 있었다. 지금 내가 바닥이라는 것을. 나는 하찮았고 쓸모없었다. 남아 있는 용기를 쥐어 짜내려 해도 언제 말라버렸는지 흔적도 없었다. 소파에 누워 천장만 바라보기를 오래, 바닥은 끝이 없는지 자꾸 아래로 내려가는 것만 같았다. 이대로 있다간 나는 점이 되겠구나. 이런 타지에서 혼자 쓸쓸히 점이 되는구나. 나는 이렇게 소멸되어가는구나. 겁이 났다.

시간을 보니 자정에 가까웠지만, 시간 때문에 주저할 상황이 아니었다. 밖에 나가서 걷지 않으면 나의 하찮음과 쓸모없음이 나를 삼켜버릴 것만 같았다. 숙소를 나와 무작정 택시를 잡아탔다. 그래도 정신은 조금 남아 있었는지 외국인들이 많이 다니는 거리를 행선지로 잡았다. 그나마 안전할 것 같았던가 보다. 하지만 24시간 잠들지 않는 서울 같은 곳은 외국에 많지 않은 법이다. 더구나 그 시간에 외국인 여자 혼자 밤거리를 걷는다? 정신이 남아 있긴 했어도, 역시 제정신은 아니었던 걸까.

제정신을 따지기도 전에 목적지에 도착했다. 택시에서 내리고 나는 거리를 걸었다. 간간이 나타나는 외국인들이 모여 있는 술집들의 불빛에 의지해서 그 거리를 돌고 돌았다. 영어와 중국어, 그리고 또 다른 언어와 섞인 웃음소리가 들렸다. 집중하고 싶을 때 외국 라디오 채널을 틀어놓곤 했다. 알아듣지도 못하는 외국말이 어떤 음악보다도 거슬리지 않고 하고 있는 일에 몰입하게 해주었기 때문이다. 그 거리 술집에서 나오는 다양한 말소리가 그랬다. 의미를 모르는, 몰라도 되는 말소리가 어떤 소리보다 편안할 때가 있다는 걸 그때 새삼 깨달았다.

들리자마자 흩어지는 소리를 배경 삼아 나는 그저 걷고 걸었다. 그곳을 크게 한 바퀴를 걸으면서 나의 하찮음에 절망했고, 두 바퀴를 걸으며 쓸모없는 나에 대해 생각했다. 세 바퀴를 걸으며 여기서 도망갈까 생각했지만 네 바퀴를 걸으니 도망갈 수 없음을 알았다. 다섯 바퀴를 걸었을 때는 에라, 될 대로 되라 싶어졌고, 여섯 바퀴를 돌고 나니 배가 고파졌다. 마침 몇 번 들렀던 바가 보였고 그 순간 맥주 한 잔밖에는 생각나는 것이 없었다. 맥주 한 잔이면 나는 구원받을 것 같았다. 나의 쓸모는 내일부터 찾으면 그만이었다. 그 순간은 맥주의 쓸모에 감사할 뿐이었다.

track 2.

(#어머니의 추억의 노래인 〈블루 라이트 요코하마〉에 대해 듣고 난 후 방

으로 들어온 료타. 자신의 아내도 자기 몰래 숨어서 듣는 노래가 있다는 말을 듣고 놀란다.)

그해 12월에는 대선이 있었다. 송구영신은 뒷전이었다. 12월답지 않은 시끄러움으로 세상이 들썩였다. 이번 대선이 끝나면 좀 나은 세상이 올 거라는 기대가 조심스럽게 흘렀다. 하지만 결과는 참담했다. 선거 날 밤, 상대 후보의 사진 아래 당선 유력이라는 표시를 보면서 믿을 수가 없었고 당선 확정이 나왔을 때 세상은 암흑으로 변했다. 끝없이 절망할 수밖에 없는 밤이었으니 '이 땅에서 살 수 있을까, 이민이라도 가야 하나' 같은 실천하지도 못할 생각들이 맴돌았다. 새벽이 되었지만 잠은 오지 않았고, 나라 뺏긴 백성인 양 눈물과 한숨이 번갈아 나왔다.

다음 날, 현실인가 싶은 하루를 보내고 다시 밤이 되자 심란함은 어제보다 짙어졌다. 이렇게 오 년을 버텨야 한다는 생각에 암담하기만 했다. 그때, 전화벨이 울렸다. 그 사람이다. 받아야 하나 말아야 하나. 그는 정리해야 할 사람이었다. 하지만 남은 감정은 너무나 끈질겨서 없애면 다시 생기고, 잘라내면 다시 자라기가 수 년째 되풀이되고 있었다. 그러니 그 새벽, 분명 술에 취해 있을 사람이었으므로 그의 전화를 받는 것은 내게 몹쓸 짓이 될 게 뻔했다. 되풀이를 또 시작하게 될 수도 있었다. 하지만 알면서도 전화를 받았다. 대선 결과 때문에 슬픔을 나눌 사람이 필요하다는 명분을 만들었다. 그때의 나는 번번이 어리석기로 작정한 사람이었다.

예상대로 그는 많이 취해 있었고 속상한 마음을 술기운에 어눌해진 발음으로 쏟아냈다. 그러다 갑자기 "꽝!" 소리가 났고 전화는 끊어졌다. 다시 전화를 걸어보았지만 그는 받지 않았다. 경찰에 신고해야 하나? 어디서 전화한 건지 왜 물어보지 않았지? 내가 해야 할 일과 할 수 있는 일이 무엇이고 어디까지인지 가늠이 되지 않아 답답했다. 애매한 사이에서 명확한 처신을 찾으려니 남은 건 걱정뿐이었다. 머리는 나라 걱정, 마음은 그 사람 걱정에 잠은 오지 않았고 그렇게 날이 밝았다.

베란다에 나가보니 눈이 오고 있었다. 절망스러운 아침에 새하얀 눈이라니, 하얀 비극이 따로 없었다. 대충 씻고 나갈 준비를 하고 밖으로 나왔다. 아무래도 그 사람이 괜찮은지 확인을 해야 할 것 같았다. 택시를 잡아타고 그 사람이 사는 동네로 갔다. 무작정이었다. 나는 그 사람이 사는 동네는 알고 있었지만 깜깜한 밤에 두어 번 갔던 터라 집은 기억나지 않았다. 동네를 돌다보면 찾을 수도 있을 것 같았지만, 찾은들 그 후에 내가 무엇을 할 수 있을지는 몰랐다. 우선 그 집만이라도 찾고 싶었다. 하지만 찾지 못했다. 화가 나지는 않았다. 못 찾아서 낭패인 마음이 반이라면, 못 찾아서 다행인 마음도 반이었다.

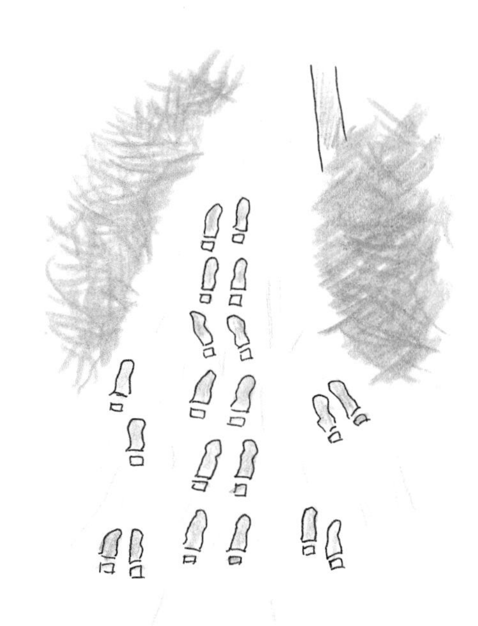

눈은 계속 내렸다. 작은 골목들이 이리저리 이어져 있는 그의 동네는 눈이 내리니 예쁘기만 했다. 세상은 비극을 맞았는데 나는 정리하지 못한 마음 때문에 아침부터 코미디를 찍고 있었다. 어이가 없었다. 동네 골목골목을 계속 걸었다. 출근 시간보다 한참 이른 터라 지나는 사람은 별로 없었고 내 발자국이 하얀 눈 위에 첫 도장을 찍었다. 골목골목마다 내 발자국이 꾹꾹 찍혔다. 나는 걷고 또 걸었다. 차가운 공기가 눈과 함께 얼굴을 때렸다.

한참을 걷다가 뒤돌아보니 내 발자국이 나를 따라오고 있었다. 갑자기 웃음이 나왔다. 질척대는 감정이 담긴 발자국이 일정한 간격을 두고 찍혀 있는 걸 보니 그렇게 웃길 수가 없었다. 하얀 눈이 내 마음까지 하얗게 지워주었는지, 남아 있는 감정 때문에 어처구니없는 행동을 하고 있다는 사실이 썩 나쁘지 않았다. 나는 세상이 비극이어도 감정의 끝자락 때문에 휘청이는 사람이었다. 그렇게 작은 사람이었다.

시내로 걸어 나오자 빌딩 꼭대기에 걸려 있는 대형 전광판이 대선 소식을 알려주고 있었다. 곧 대통령이 될 사람의 환하게 웃는 얼굴이 보였다.

track 3.

(#료타는 매년 형의 기일마다 찾아와 안절부절못하는 요시오를 보는 게 불편하다. 그래서 어머니에게 그만 부르자고 말해보지만, 어머니의 생각은 다르다. 어머니는 요시오 때문에 준페이가 죽었으니 일 년에 한 번쯤 고통을 주는 건 괜찮다며 내년, 후년에도 계속 부르겠다고 한다. 미워할 상대가 없으면 괴로움은 더한 거라며.)

국가에 충성했던 주인공을 국가가 이용하는 스파이 영화를 종종 본다. 개죽음에 직면한 주인공을 보며 대의를 내세우는 집단치고 '의'를 가진 곳이 없다는 것을 확인하게 된다. 그래서 우리의 주인공이 복수의 칼날을 갈고 다시 부활하여(영화에서 개죽음은 부활을 극대화하기 위한 장치일 뿐. 반드시 부활해야 한다!) 대의를 외치는 집단을 응징할 때 그렇게 통쾌할 수가 없다. 이용한 사람들 앞에 꽂길만 있으면 안 되지. 너희들도 당해보라지.

영화니까 이용하고 이용당하는 것이라고 생각하는 순진한 관객이 얼마나 있을까. 영화처럼 극단적인 이용을 당하는 일은 영화 같은 삶을 살지 않는 우리에겐 일어나지 않을지도 모르지만 그렇다고 과연 이것이 그리 먼 이야기일까.

사람들은 말한다. 사회는 정글이라 서로 잡아먹히지 않으려고 안간힘을 쓰고 있다고. 자본주의사회에서 살아가는 우리는 우선순위인 물질 때문에 토사구팽 되는 크고 작은 경험을 한다. 만약 그런 일을 한 번도 안 겪은 사람이라면 자신의 위치가 이용당하는 쪽이 아니라 이용하는 쪽일 가능성이 크다. 아니면 세상을 아름답게만 보는 초긍정적인 사람이거나. 하지만 대부분의 사람들은 내가 이런 사회에 태어난 중생임을 인정하고, 자본주의사회의 순환에 따라 자신이 이용된다는 것을 어느 정도 용인하며 살고 있다. 씁쓸함은 어른의 맛이라고 여기면서. 물론 인류가 피 흘려 만들어 놓은 기준을 벗어날 정도의 이용을 당해 존엄성이 망가졌다면 씁쓸함을 느끼는 데서 끝나서는 안 될 일이지만.

이용당하는 건 최소화하고 이용하는 건 최대화하려는 사람들이 모여 있는 곳은 정글과 같을 것이다. 나는 그런 악다구니의 정글 속에서 아무렇지 않은 듯 살 수 있는 사람이 아니라서 그 속으로 깊숙이 들어가지 못한다. 배부른 소리일 수 있지만 가능하다면 이용당하는 것도, 이용하는 것도 최소화한 삶을 살고 싶다.

그래서 그런지 내가 이용당했음을 알고 크게 낙심한 경우는 정글 같은 사회 속에서 일어난 일은 아니었다. 그때 난 몸 여기저기에 구멍이 나서 찬바람이 몸속을 뚫고 가는 듯한 느낌을 한동안 받아야 했다.

정을 주면서 지냈던 사람이 내 마음을 이용한 것을 알았을 때 나는 참담했다. 내가 주었던 호의가 알고 보니 상대에겐 자기감정의 쓰레기통일 뿐이었음을 알았을 때 용서가 되지 않았다. 마음을 다치지 않으려면 용서를 해야 한다. 용서가 안 되는 만큼 마음은 소모된다. 용서가 안 돼서 미워지고, 미우니 그 사람의 소식을 듣는 것이 힘들고, 이런 마음이 생기는 내가 끔찍하고, 끔찍한 내가 싫어서 용서를 해보려 하지만 그냥 다시 미울 뿐이고. 마음이 지옥이 되는 건 시간문제.

지옥에서 빠져나오려고 나는 걸었다. 이럴 때 걷는 길이 있다. 나는 그 길에 '미움의 길'이라고 이름을 붙였다. 미움의 길은 나에게 마음껏 미워하라고 해준다. 이렇게 미워해도 되는지, 내가 너무 옹졸한 탓에 이렇게 된 건 아닌지 물어보면, 아니라고, 누구라도 그럴 거라고, 너나 되니까 그 정도지 다른 이 같았으면 쌍욕을 하고 관계를 끊었을 거라고 말해준다. 용서는 개나 줘버리고 너는 계속 미워하라고 덧붙여준다. 길의 말을 들으며 걷다보면 나의 미움은 타당해진다. 미울 만하니까 미워하는 것이다.

당신에게도 미움의 길이 있었으면 좋겠다. 사과는 가해자에게 받아야 하는 것이 맞고 저 혼자 감정을 수습하려 하다간 더 큰 마음의 병을 얻을 수도 있지만, 당장 상처받은 마음이 지옥이라면 빠져나올 방법은 있어야 하니 말이다. 미움의 길에서 맘껏 미워하면서 걷다보면 내가 있는 곳은 지옥이 아닐 것이다.

track 4.

(#어머니는 아들의 차를 타고 쇼핑하러 가는 게 꿈이었다. 아버지는 아들에게 기회가 되면 손자와 함께 셋이서 축구장에 가자고 했다. 삼 년이 지나 아버지가 돌아가셨다. 아들은 기회가 없어서였는지 아버지와 축구장에 가지 못했다. 어머니도 곧 돌아가셨다. 아들은 어머니를 차에 한 번도 태워드리지 못했다.)

나는 아빠가 돌아가시기 전까지 살았던 집에서 여전히 살고 있다. 돌아가시기 일 년여 전부터는 병원 생활을 하셨으니 그 기간을 빼면 아빠의 일상적인 마지막 생활을 같이한 셈이다. 즐거운 기억은 별로 없다. 돌아가신 지 십 년이 넘었지만, 아빠에 대한 기억을 떠올리는 것이 아직 편안하지 않다. 생각이 나더라도 바로 고개를 젓게 된다. 가족들이 아빠와 있었던 즐거운 추억을 이야기할 때마다 놀랍기도 하고 부럽기도 하다. 나는 아빠와의 일화들을 생각하면 자책으로 끝날 때가 많다. 몸과 마음이 아팠던 아빠의 마지막 생에서 나는 따뜻한 딸이 되지 못했다. 아빠의 짜증에는 더한 짜증으로 답한 적이 많았고, 늙은 몸과 정신에서 나오는 실수 앞에서 한숨을 뱉은 적도 종종 있었다. 끝내 바뀌지 않았던 아빠의 고집에 나 또한 지려 하지 않았다.

우리는 서로 다정하지 못했다. 나는 쇠약하고 지친 사람에게 무얼 기대했던 걸까. 아빠가 돌아가시고 후유증은 오래갔다. 일상을 같이 보냈던 사람이 지고 가야 하는 후회의 무게는 만만치 않았다. 내가 잘못했던, 어리석었던, 못났던 순간순간이 자주 생각났고 그때마다 무게가 보태졌다. 아무래도 아빠를 편안하게 기억하는 건 조금 더 시간이 걸릴 것 같다.

그래서 그런지 나는 부모님과 같이 살고 있는 미혼인이나 비혼인을 만나면 부모님이 돌아가시기 전에 집을 나가는 게 좋은 것 같다고 얘기하곤 한다. 나가 살다가도 들어와야 할 판에 나가라고 하니 무슨 이런 불효가 있을까 싶지만, 부모님의 마지막 생을 함께한 기억을 감당하는 것은 쉬운 일이 아니기 때문이다. 나처럼 못난 딸이 아니면 좀 다를지도 모르겠지만. 우습게도 남들에겐 독립하라고 부추기면서 정작 나는 아직 독립하지 못한 채 엄마와 살고 있다. 민망한 노릇이다.

그렇다고 엄마와 내가 늘 사이가 좋은 것은 '당연히' 아니다. 엄마와 나 사이에도 다툼이 '제법' 있다. 칠십 년을 넘게 산 사람과 사십 년을 넘게 산 사람이 자신의 취향과 방식을 버리기는 쉽지 않은 법이니. 엄마 눈에 보이는 먼지가 내 눈에는 보이지 않으니 나는 늘 지저분한 딸이며, 저녁 여덟 시대에 방송되는 일일드라마를 놓고 가족 사랑을 보여주는 따뜻한 드라마라는 엄마의 의견에 맥락과 서사가 실종된 어이없는 갈등만 보여줄 뿐이라고 맞서는 나는 이해심 부족한 못된 딸이다. 더군다나 엄마는 아빠가 돌아가신 이후에 자존감이 높아져서 이전에 엄마, 아내라는 위치에서 잊고 양보했던 주장을 이제는 접으려 하지 않으신다. 그럼, 나는? 말해 뭐할까.

하지만 내가 집을 나가지 않은 것을 보면 엄마와 나의 갈등은 견딜 만한 수준이라고 해야 할까. 솔직히 매달 텅 비는 통장이 나를 집에 묶어두는 가장 큰 이유이지만 늙은 엄마와 늙어가는 딸이 같이 사는 모습에 시스터후드 같은 기류가 흐르는 순간을 종종 느끼지 못했다면 통장이 비건 말건 에라 모르겠다, 했을 수도 있었을 것이다. 모진 말을 주고받는 날도 있지만, 그래도 엄마와 나는 서로 포기할 건 포기하고 인정할 건 인정하려 노력한다. 노력을 못하겠으면 시간이 약이려니 하며 그냥 내버려두는 지혜도 발휘하곤 한다.

그럼에도 문득문득 겁이 난다. 아빠가 돌아가신 후 찾아온 자책과 후회를 엄마 때에도 하게 될지 모른다는 두려움 말이다. 후회할 일을 만들지 않으면 될 텐데? 후회할 일을 만들지 않을 수 있을까? 가족으로 함께 보내는 일상에 꽃밭만 있는 것은 아닌데 후회할 일을 완벽하게 차단한다? 더군다나 불쑥불쑥 모가 솟아나는 내가? 글쎄, 자신이 없다.

엄마는 가끔 내게 달린 버튼을 눌러 뾰족한 성질이 튀어나오게 만드는데, 특히 이 두 표현이 기폭제다.

"너 그러다가 ~된다."

"내가 언제 죽을지 모르는데……."

전자는 나에 대한 걱정에서 나온 말일 테고 후자는 자신에 대한 푸념에서 나온 말이겠지만 마음을 답답하게 하는 건 똑같다. 불안과 걱정을 애써 누르고 사는 나에게 이 말들은 폭탄과 다를 바 없다. 그래서 불안과 걱정이 터져 나오는 걸 막으려고 도리어 엄마에게 버럭 화를 낸다. 그러면 엄마는 어리둥절. 엄마 입장에서는 생각해서 한 말인데 화로 답하는 내가 이상한 년일 수밖에. 버튼이

눌린 나는 내가 생각해도 '이상하게' 화를 낸다. 나를 생각해주는 방법이 당신의 시간이 얼마 남지 않았음을 드러내는 것이면, 엄마의 말을 따르지 않는 나는 진짜 나쁜 년이라는 생각이 드는 걸 막을 수가 없다. 엄마의 시간이 얼마 안 남았음을 알면서도, 말을 듣지도 않고 내 방식을 포기하지도 못하다니, 이런 나쁜 년 같으니.

이럴 때 나를 도와주는 건 '길'이다. 길을 걷는 것만큼 눌린 버튼을 되돌리는 데 좋은 방법은 없다. 차를 타고 멀리 나가 좋아하는 길을 걷는 게 좋겠지만 그저 동네를 걸어도 괜찮다. 우리 집은 지은 지 삼십 년이 다 된 낡은 아파트라 울창한 나무가 빽빽하고 나무 사이사이로 길이 이어져 있다. 엄마에게 미친년 포스로 모난 소리를 내뱉고 나면 아파트 사이사이 나 있는 길을 여기저기 걷는다. 처음엔 오른쪽 방향으로 한 바퀴, 다음엔 왔던 길을 되돌아서 한 바퀴. 그리고 그중 좋았던 길을 왔다 갔다 반복해서 걷는다. 땅, 나무, 정돈되지 않은 채 피어 있는 꽃, 그리고 품 넓은 하늘을 그저 쳐다본다. 운이 좋으면 청솔모나 정체 모를 새들도 만난다. 걷다보면 모났던 마음이 다듬어진다. 울퉁불퉁한 생각들이 평평해진다.

후회를 만들지 않을 자신은 없다. 엄마와 나는 대체로 잘 지내겠지만 틈틈이 갈등할 것이고, 둘 다 자기 생각을 바꾸는 일은 별로 없을 것이다. 바꾸지 못하는 것에 화내거나 하게 될지 모를 후회로 걱정하기보다 지금 내가 할 수 있는 방식으로 엄마와 잘 지

내려고 한다. 그것이 화와 후회를 줄이는 일이라고 믿기에. 내일 후회가 밀려오더라도 엄마와의 추억을 만드는 것이 오늘 내가 심을 사과나무라고 생각하며 길을 걷는다. 늙은 엄마와 늙어가는 딸이 함께 사는 시간이 꽃길은 아니겠지만, 비포장도로라도 가는 도중 어쩜 이런 곳에 이런 꽃이 피었을까 싶은 때도 있을 것이다. 그렇게 다독인다.

바닥이라고 말할 수 있을 때는 아직 바닥이 아닌 거라고들 한다. 하지만 "나, 지금 바닥이야"라는 말은 더한 바닥은 있을 수 없다는 절망감에서 비롯되는 법이다. 더한 바닥까지는 상상하고 싶지도 않은 것이다. 그때가 바닥이 아니었다는 걸 아는 건 늘 그 순간이 지나고 나서이다.

지나보니 바닥이 아니었지만 당시에는 바닥인 줄 알았던 순간들이 나에게도 있었다. 나는 위기의 순간에 더 강한 면모를 드러내는 내공 강한 사람이 아니라서 이게 바닥이군 싶은 순간이 종종 찾아온다. 바닥에 있는 나는 어디에도 쓸모가 없고, 전하지 못한 마음에 혼자 쩔쩔매고, 누군가를 용서하기는커녕 더 미워하기만 하고, 나중에 가슴을 치며 후회할 일을 만든다.

바닥에 뻗어서 한참을, 어떻게 하면 쓸모 있어질까, 어떻게 하면 마음을 전할까, 어떻게 하면 미워하지 않을 수 있을까, 어떻게 하면 바보 같은 일을 안 만들까 고심한다. 방법이 생각날 리가 없다. 이럴 때 할 수 있는 일은 그저 길을 걷는 것이다. 방법을 생각하려 하지 말고 하염없이 걷고 걸으면 '문득' 알게 된다. 내가 허우적댄 바닥은 사실 내가 만들어낸 포장이었다. 힘들다는 것을 포장해서 잠시 상황에서 도망가려는 구실을 만들었던 것이다. 쓸모가 없을 때도 있지만, 나 없으면 안 될 순간이 오기도 할 것이다.

마음을 전하지 못해서 답답하다고 생각했지만, 나중에는 마음을 전하지 못한 것이 다행일 수도 있고, 아니 이미 나만 몰랐지 내 마음은 전해질 만큼 전해졌을 수도 있다. 나를 미워하는 누군가가 없겠는가. 그러니 나라고 누군가를 미워하면 큰일이 나는 것도 아니다. 그리고 나는 알파고가 아니니 계속 업그레이드하면서 후회할 일을 전혀 만들지 않고 살 수는 없다.

돌고 돈다. 이게 끝이 아니고 반복된다. 신이 나 있다가도 바닥으로 떨어질 것이고, 그러면 또 어떻게든 기운을 차리고 잘 살 것이다. 바닥이다 싶으면 나는 그냥 앞에 있는 길을 걸으면 된다. 걸어도 걸어도 길은 끝없이 나 있을 것이다.

극장

영화관, 아니 극장 예찬

좋은 공간을 찾아 헤맨 지 오래다. 시간에 맞먹는 경력을 쌓으며 찾아낸 공간이 매번 마음에 들었던 것은 아니다. 좋은 공간을 찾아내는 타율을 대략 따져보면 5할대 정도 되려나. 야구선수라면 3할만 넘어도 강타자이지만 그건 야구의 경우고, 일상생활 속에서 반타작의 성공이라면 그다지 좋은 성적은 아닌 것 같다. 세심한 기준을 가지고 있어서 그런 거라고 위안 삼아본다.

그런데 좋은 곳을 찾아내기도 어렵지만 이보다 난감한 것은 공간이 사시사철 내 마음에 들었던 상태 그대로이기가 힘들다는 것이다. 마음에 쏙 들었던 공간을 다시 찾아갔는데 너무 변해 있어서 (혼자만의) 배신감이 느껴질 때가 종종 있다. 예전엔 성에 차지 않아서 잊고 있었던 공간을 우연히 다시 찾았는데 내 맘에 쏙 들면 새로운 연애를 시작하는 것처럼 설레기도 하지만, 이런 경우는 드물다. 무엇보다 좋아하는 공간이 아예 감쪽같이 사라져버렸을 때의 낭패감이란! 요즘같이 자영업의 고난 시기에 한자리에서 오랜 시간을 버티기가 쉽지 않다는 건 알지만, 내가 보낸 한 시절도 같이 사라진 것만 같아서 쓸쓸하기가 이루 말할 수 없다.

하지만 다행히도 나에겐 '효자 공간'이 있다. 언제 어디서 어떤 상황에서도 찾아가기만 하면 온 품으로 맞아주는 공간. 웬만해선 배신하지도 없어지지도 않으며 늘 새로운 곳인 양 즐거움을 안겨주는 곳. 그래서 내가 제일 사랑하는 공간. 이 기특한 공간은 바로 극장이다. 극장과 어깨를 견주는 공간으로 서점과 도서관, 카페 등도 있지만 아무리 생각해도 내가 가장 사랑하는 공간은 극장이다. 극장이 아니라 영화를 좋아하는 것 아니냐고 생각할 수도 있

을 것이다. 하지만 확실히 말할 수 있다. 나는 영화를 보러 극장에 가지만 극장에 가기 위해 영화를 찾기도 한다. 내가 극장에 가는 이유는 극장이라는 공간 그 자체 때문이기도 한 것이다.

track 1.

나는 영화를 좋아하긴 하지만 시네필을 자처할 정도는 아니다. 영화를 너무나 사랑해서 영화와 함께 살아가는 사람들을 보면 절로 미소가 지어진다. 할머니, 할아버지가 되어서도 계속 시네필이길 응원하고 싶다. 시네필까진 아니지만 나는 참 많이도 극장을 찾았다. 그저 웃고 싶어 가기도 했고 울고 싶을 때 맘껏 울려고 찾기도 했다. 우울할 때는 나를 위로하기 위해 극장으로 향했다. 연인과 시간을 보낼 때도 극장은 어떤 공간보다 큰 설렘을 만들어주었다. 극장을 생각하면 떠오르는 장면이 많다. 이 장면들은 극장이라는 공간에 걸맞게 내 머릿속 스크린에서 상영된다. 영사기에서 좌르르 필름이 돌아가고, 그 필름 속에선 극장을 배경으로 내가 주인공이다.

scene #1 극장 안

소녀, 객석에 앉아 스크린을 바라보고 있다. 영화가 시작되자 극장 안은 어두워진다. 'ET'. 제목이 등장하고 어둠 속에서 스크린만 주시하고 있는 눈동자들 사이에선 긴장감이 흐른다. 소녀의 동공도 점점 커진다. 영화 상영 중간중간 말라가는 소녀의 입술과 꼭 쥔 주먹이 보인다. 스크린에선 ET와 엘리엇이 자전거를 타고 하늘을 나는 장면이 나오고 소녀의 눈에서 눈물이 흐른다.

scene #2 극장 밖

명보, 국도, 피카디리, 단성사, 허리우드 등 지금은 사라진 극장 앞에서 줄을 서고 있는 여자. 장대비가 오는 와중에도 우산을 쓴 채 줄을 서고 있다. 한여름 연신 부채질을 하며 줄을 서고 있다. 쏟아지는 눈을 맞으면서도 들뜬 표정으로 줄을 서고 있다. '매진'이라고 쓰여 있는 매표소를 하염없이 바라보는 여자의 풀 죽은 얼굴이 보인다. 영화를 보고 나와 행복한 표정을 짓고 가는 여자의 걸음이 가볍다. 영화가 끝났는데도 팸플릿을 손에 들고 일어서지 못하는 여자, 먹먹함이 가득한 표정을 짓고 있다. 극장들이 바뀌면서 여자는 소녀에서 숙녀로 변해간다.

scene #3 극장 밖

새벽. 함박눈이 내리고 있다. 밤새 심야영화를 보고 나온 여자. 퀭한 눈, 추적추적 움직이는 다리, 연신 나오는 하품 등 피곤한 기색이 역력하다. 새벽의 거리는 한산하기만 하다. 드문드문 다니는 버스와 자동차들이 보인다. 여자는 첫차를 타기 위해 옷을 여미며 지하철역을 찾아간다.

scene #4 극장 안

극장에서 일하고 있는 여자. 매표소, 매점, 영사실 등을 뛰어다닌다. "무슨 영화 보시겠어요?" "팝콘 나왔습니다." 도착한 필름 상자를 들고 힘겹게 영사실 계단을 오르고 있다. 마지막 상영이 끝난 상영관을 둘러보다 의자 밑에서 만 원을 줍고 미묘한 표정을 짓는다.

scene #5 극장 안

상영관 불이 켜지고 스크린에선 엔딩 크레딧이 올라가고 있다. 하나둘씩 일어나는 관객들. 여자는 계속 앉아 있고, 그런 여자를 청소하는 직원들이 힐끔힐끔 쳐다본다. 여자는 어깨를 들썩이며 울고 있다. 가방에서 휴지를 찾아 들고 코를 푼다. 눈물이 멈추지 않아 당황하는 여자의 표정. 고개를 드니 자신 외엔 아무도 없다.

scene #6 극장 안

어두워지고 영화가 시작되었다. 오 분 뒤 여자의 고개가 옆으로 떨어진다. 여자는 싸늘한지 벗은 외투를 이불인 양 목까지 끌어올

린다. 쌔근대는 숨소리를 내며 여자는 잠을 잔다.

어두워지고 영화가 시작되었다. 공포영화다. 관객은 여자 혼자다. 여자는 가방을 끌어안고 주위를 둘러본다.

어두워지고 영화가 시작되었다. 여자는 혼자가 아니다. 여자는 옆에 있는 남자를 신경 쓰느라 영화가 눈에 들어오지 않는다. 다리를 꼬지도, 무릎 위에 놓인 손을 편하게 두지도 못한다.

이게 끝이 아니다. 극장에서 있었던 일들만으로 밤새 수다를 떨 수도 있을 것 같다. 〈그들 각자의 영화관〉(코엔 형제, 다르덴 형제, 켄 로치, 구스 반 산트 등 35인의 거장들이 자신에게 극장이 어떤 의미인지를 담은 옴니버스 영화)은 35인의 감독들만 만들 수 있는 것이 아니다.

track 2.

극장을 사랑하는 이유는 보낸 시간과 쌓인 추억 때문만은 아니다. 내게는 극장이라는 공간이 그 자체로 너무 매력적이다. 내성적인 몽상가인 나에게 극장은 맞춤옷이다.

혼자 가도 누구와 함께 가도 극장 안에서 보내는 두 시간가량은 온전히 혼자다. 그리고 영화를 만난다. 나와 영화 사이에는 아무것도 없다. 영화는 나의 머리와 마음을 장악해 도저히 빠져나올 수 없도록 몰입시키기도 하지만, 어떤 영화는 한 발짝도 다가서지 못하게도 한다. 영화와 나는 하나일 수도 있고 둘일 수도 있다. 이야기와 내가 하나일 수도 있고 둘일 수도 있다는 말이다. 온전히 혼자 이야기를 만날 수 있는 공간이라니, 어떻게 짜릿하지 않을 수가 있나.

게다가 그 공간은 어둡다. 아무리 환한 대낮이어도 극장에 있는 시간 동안은 어둠 속에 있어야 한다. 어두워야만 극장을 찾은 목적을 달성할 수 있다. 자, 불을 끄겠습니다. 영화가 시작됩니다. 불이 꺼지는 순간 정신은 또렷해지고 앞으로 펼쳐질 이야기에 대한 기대감이 샘솟는다. 이런 시작의 세레모니라니, 어떻게 멋지지 않을 수 있나.

극장 안 사람들 사이에서 흐르는 공기가 좋다. 같은 것을 공유하려고 모여 있는 분위기에 들뜬다. 같은 이야기에 빠지려고 모여 있는 사람들의 풍경이 멋있다. 머리와 시선이 같은 방향으로 향해 있는 사람들은 영화가 시작되면 희열의 긴장감을 동시에 뿜어낸다. 사람들은 영화의 감정을 열심히 쫓아간다. 지루한 장면이 이어지면 함께 늘어지고, 웃긴 장면에서는 함께 신난다. 반전을 알아챘을 때 다 같이 놀라 내뱉는 숨소리, "아!" 무서운 장면에서는 아무도 이건 영화라고 알려주지 않는다. 다 함께 마음껏 무섭기로 한다. 모두 혼자이고 각자이지만 공유되는 감정이 같을 때 영화관은 놀이터가 된다.

영화 〈시네마천국〉은 알프레도가 남긴 영화 속 키스 장면들을 중년의 토토가 보면서 눈물을 흘리는 엔딩 장면으로 유명하다. 한데 나는 극장에 사람들이 모여 있는 장면도 키스 장면만큼 좋아한다. 사람들에게 극장이 놀이터가 되는 장면이 나올 때마다 나도 모르게 웃는다. 극장에 먼저 들어가려고 다투는 사람들, 찰리 채플린을 보며 함께 박장대소하는 사람들, 영화를 보다 은밀한 눈빛을 나누는 연인들, 영화 속 카우보이를 그대로 따라하는 아이들, 야한 장면에서 화면이 끊어지자 동시에 터져 나오는 원성. 마침 극장 이름도 'paradiso'여서 극장은 영화를 보는 사람들을 진짜 천국에 데려다주는 것 같았다. 놀이터와 천국이라니, 어떻게 들뜨지 않을 수 있나.

track 3.

이런 이유로 놀이터와 천국을 며칠 동안 오갈 수 있는 영화제에 시큰둥해지기는 어렵다. 일상을 놓아두고 영화제에 다녀올 만큼 시간도, 체력도, 용기도 부족해 가지는 못하더라도 영화제 소식을 듣는 것만으로 마음이 손가락 마디 하나 정도는 붕 떠버린다. 그곳에서 놀이터와 천국을 즐기는 사람들이 있다는 것만으로 말이다.

영화제의 꽃은 당연히 영화지만 내가 영화제에서 만나는 꽃은 극장에도 있다. 자세히 말하면 극장이 늘어선 길이라고 해야겠다.

영화제가 열리는 길을 걸을 때가 영화제에서 제일 신나는 순간이다. 볼 영화 리스트를 만들어놓고 표를 구하러 매표소에 가는 길, 영화를 보고 나와 다음 영화를 보러 가는 길, 시간을 살펴서 잠깐 카페나 바다에 가는 길. 극장들을 오가며 이런 길을 걸을 때 나는 내가 놀이터에 와 있다는 것을 실감한다. 길을 걸으며 하는 생각이라곤 방금 본 영화에 대한 흥분이나 감동, 이제 곧 볼 영화에 대한 기대뿐이니 이야기에 빠져 걷는 발걸음을 피곤함이 막을 수 없다. 나른한 하품이 터져 나올지언정 걸음은 경쾌하다.

영화제는 내성적인 나도 춤추게 하는 곳이다. 이상하게 영화제

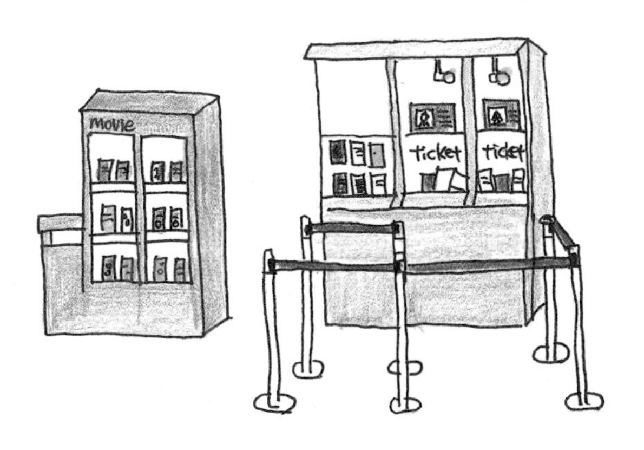

에 가면 사람들에 대한 내 마음의 문턱이 조금은 낮아지는 것 같다. 많은 사람들 사이에서 몸을 부딪치고, 왁자지껄한 사람들의 소음이 가득해도 별로 벗어나고 싶지 않다. 함께 축제를 즐기고 싶어진다. 영화가 상영되기 직전에는 고요를 만들고, 영화가 끝났을 때는 환호와 박수를 보내 작품에 대한 예의를 지키려는 사람들과 같이 보는 영화는 특별하다. 영화를 만든 사람들이 들인 수고를 알고 이런 영화를 만들어준 것에 감사하는 사람들과 같이 보는 영화는 뿌듯하다. 그래서 그런지 GV 시간에 영화광임을 티 내고 싶어 감독에게 어처구니없는 질문을 하는 사람들이 그렇게 꼴사납지 않다. 허세를 듣고 있는 내가 다 민망해 "아이고……" 소리가 절로 나오지만 곧바로 웃게 된다. 서툰 마음이 귀엽다.

어쩌면 이건 내게 영화제는 위험한 곳이라는 뜻이기도 할 것이다. 영화제에 가면 붕 뜬 마음에 결국 후회할 일을 저지르기도 하기 때문이다. 심지어 한번은 피까지 보고야 말았다. 영화제 분위기에 취한 나는 생각 끝에 보고 싶었던(하지만 보지 말았어야 할) 사람을 만나려다가 응급실까지 간 적이 있다. 그 사람이 약속 장소인 카페에 들어오다가 자동 유리문을 보지 못하고 유리에 그만 얼굴을 박은 것이다. 그의 주저앉은 코에서 흐르는 피를 보며 실수했다는 것을 알았다. 응급실에 누워 있는 그의 하얀 와이셔츠에 묻은 피를 보며 생각했다. 이게 다 영화제 때문이야. 보고 싶더라도 참았어야 했다는 제정신이 피를 보고 나서야 돌아오다니.

etc.

변하지 않는 것은 없다지만 나의 기호에서 극장만큼은 변하지 않고 있다. 아마 앞으로도 극장을 사랑하는 마음은 달라지지 않을 것 같다. 나는 계속 극장 예찬론자로 남고 싶다.

여기서 질문, 나는 왜 이 공간을 '극장'이라고 부르는 걸까. 아무도 궁금하지 않겠지만 극장 예찬론자로서 짚고 넘어가고 싶다. 극장은 영화를 상영하는 곳이니 극장이라고 부르는 사람보다 영화관이라고 부르는 사람이 많을 것이다. 요즘은 영화관의 브랜드 이름을 고유명사처럼 부르기도 한다. 나도 상황에 따라 이런 명칭들을 혼용해서 쓰기도 하지만, 내 마음이 담긴 이름은 '극장'이다. 우연히 극장의 영어 명인 'theater'에 관객이라는 뜻도 있다는 것을 알았다. 그럼 관객과 극장이 하나라는 것인데, 이런 교감을 나눌 수 있는 곳이라니. 그러니 애틋함을 담아 부를 때는 언제나 '극장'이다.

야구장

9회 말 투아웃이 있다

"2001, 한국시리즈 6차전. 두산 베어스가 OB에서 두산으로 이름을 바꾸고 한국시리즈까지 올라가 첫 우승을 눈앞에 둔 중요한 경기. 하지만 상대팀 삼성 라이온즈의 사령탑은 해태 타이거즈 시절 우승을 한 번도 놓치지 않았다는 김응용 감독. 과연 두산 베어스는 1995년 이후 멀게만 보였던 우승을 할 수 있을 것인가!"

그날은 일요일이었다. 일어나자마자 잠이 덜 깬 채로 텔레비전을 켜니 오후에 있을 야구 중계 예고가 흘러나왔다. 아, 오늘이구나. 캐스터의 목소리가 어찌나 또랑또랑한지 정신이 번쩍 들었다.

그해 나는 무슨 바람이 불었는지 야구를 열심히 봤다. 두산 베어스의 오래된 팬이기는 했지만, 경기 일정까지 챙겨가며 야구를 본 것이 오랜만이어서 두산이 한국시리즈까지 올라간 게 무척 기뻤다. 더군다나 그 전해에 두산이 아깝게 준우승을 했던 터라 팬으로서 각오도 남달랐다. 하지만 나는 야구장까지 찾아가 응원을 보태는 진짜 열성팬은 아니어서 텔레비전 앞에 두 손을 모으고 앉아 혼잣말로 파이팅을 중얼대는 것이 전부였다. 거실 구석 1열의 자리에서 야구를 보는 것만으로도 즐거웠다.

그런데 그날은 정신이 들자마자 야구장에 가야 할 것 같은 생각이 들었다. 야구장에 가서 화면이 아닌 두 눈으로 직접 경기를 봐야 할 것 같았다. 지나가는 생각이 아니라 진지하게 그래야 할 것 같았다. 머릿속에 찾아온 약장수는 오늘 내가 안 가면 두산이 지고, 그래서 다음 경기로 이어지면 우승도 날아갈 것이라며 꾀어댔다. 시계를 보았다. 일요일이라 늦잠을 잔 탓에 열한 시가 다 돼가고 있었다. 두 시에 시작하는 경기를 보려면 늦어도 한참 늦었다. 중요한 경기이니 예매 좌석은 옛날 옛적에 동이 났을 테고, 현장 판매분도 이제 가봤자 내 순서까지 오지 않을 게 뻔했다. 어림도 없었다.

하지만 가끔 사람의 무모함은 '미치지 않고서야' 싶은 일을 하고야 마는 것이니, 나는 홀린 듯 잠실로 갔다. 그래야 할 것 같은 끌림이 시키는 대로 그렇게 했다. 설사 못 볼지언정 야구장 근처에라도 가자 싶었다. 야구장에 못 들어가면(당연히 못 들어가겠지만) 신천의 아무 호프집에라도 가서 낮술을 마시며 보리라.

아니나 다를까, 표는 없었다. 표를 산 부지런한 관중들은 이미 야구장 안으로 들어간 상태라 나처럼 늦게 움직인 사람들 몇몇만 야구장 주위를 돌고 있었다. 모두 패잔병 같은 얼굴을 한 채로 느릿느릿 어슬렁어슬렁. 그럴 줄 알았으나 진짜 그런 상황을 맞자 무모한 나 자신에게 "미쳤구나"란 말이 절로 나왔다. '미치지 않고서야' 한 일이 결국 '미쳤구나'로 돌아왔다. 못 들어가면 어디 호프집에 가서 낮술을 마시며 보겠다는 호기도 사라지고 거실 구석 1열을 놓친 후회만 밀려왔다.

약장수는 사기꾼이 아니었던 걸까. 그렇게 망연자실 혼자 서 있는데 한 남자가 표를 내 눈앞에 내미는 것이 아닌가. 자기가 급한 일이 생겨서 못 보게 되었으니 대신 볼 수 있느냐며, 갑자기 부탁을 해서 미안하다며 그는 내게 두 장의 표를 내밀었다. 고맙고 미안한 건 내 쪽인데 오히려 더 고맙고 미안해하는 그에게서 얼떨결에 표를 받았다. '제가 아무런 준비도 하지 않고 무모하게 그냥 왔는데, 당연히 표가 없어 허탕을 쳤고, 이 시간에 집에 가도 경기의 반은 놓칠 것 같고, 그렇다고 신천으로 가자니 야구 경기를 집중해서 볼 수 있는 곳이 있을까 싶고, 오늘은 그냥 망쳤구나 싶었는데 이렇게 표를 주시니, 그것도 공짜로, 그것도 1루석으로, 저를 구원하셨어요. 너무너무 고맙습니다'란 말이 마음속에서 어지럽게 나돌았으나 입 밖으로 뱉은 말은 그저 "고맙습니다"가 전부였다.

그렇게 해서 나는 야구장에 들어갔고, 두산 베어스의 V3를 두 눈으로 직접 보게 되었다. 우승의 순간을 선수들, 팬들과 함께 본 기쁨도 컸지만, 그것보다 무모하게 저지른 일에 엄청난 행운이 따라주었던 경험에 짜릿했다. 이런 행운이 매번 따라주지는 않겠지만, 앞으로 대책 없는 끌림으로 해버린 일을 두고 "미친 거야?"라는 물음이 돌아오면 "그래도 해야 할 것 같았어"란 대답을 할 수 있을 것 같았다. 곰돌이들의 우승보다 더 큰 선물이었다.

그날 이후 나는 야구장에 자주 가게 되었다. 물론 그날처럼 선물을 받는 날은 없었다. 또 살면서 그날처럼 무모하게 저지른 일에 행운이 따라주는 경우도 거의 없었다. 하지만 그날 유효기간이 참으로 긴 선물을 받은 것인지 나는 야구장에 갈 때마다 곧 좋은 일이 생길 것 같은 예감이 든다. 설상가상의 날들이 이어질 때도 야구장에 가면 이 불운도 곧 끝날 것 같은 막연한 기대가 생긴다. 아무래도 나는 그 남자에게 너무 큰 선물을 받은 것 같다.

track 1.

나는 주로 평일 저녁 경기를 보러 야구장에 간다. 하루 일을 마치고 홀가분하게 야구를 보고 싶은 것도 있지만 평일 저녁 경기가 가진 매력이 크기 때문이다. 가장 큰 매력은 잔디에 떨어지는 조명. 초록색이었던 잔디는 어두워지면서 색이 달라지는데 그중에서도 캄캄해지기 바로 전 어둑어둑해질 때의 잔디가 제일 예쁘다. 밝은 초록이었던 한낮의 잔디는 저녁 기운과 달빛, 몇몇 조명 빛이 더해져 은은한 어둠을 갖춘 초록이 된다. 그러다 점점 밤으로 향해 가면 어둠의 옷을 걸친 초록 윤곽이 도드라진다. 그때쯤 경기장 위에 달려 있던 모든 조명이 어둠을 향해 빛을 떨어트리면 잔디는 다시 제 초록을 드러낸다. 정말 아름답다.

거기에 더해 저녁 바람이 솔솔 불어오면 경기장 지붕에 꽂혀 있는 깃발들과 관중들이 들고 있던 풍선 등이 천천히 움직인다. 어두운 하늘을 밝히는 조명 빛과 나부끼는 깃발 등등이 어우러져 마

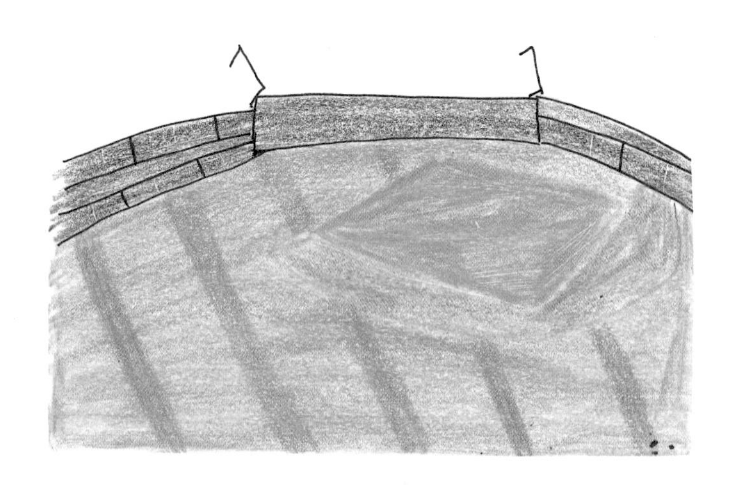

음을 살랑살랑 흔든다. 이때처럼 맥주가 어울리는 순간이 있을까. 이런 풍경을 눈으로 보면서 마시는 맥주는 검정 비닐봉지에서 꺼낸 것이지만 어떤 수제 맥주보다 맛있다. 한 모금 넘어갈 때마다 가슴이 시원하다.

맥주를 마시면서 주위를 둘러본다. 나처럼 혼자 온 사람들 중에는 양복 입은 직장인이 적지 않다. 야구와 맥주로 하루의 피로를 풀고 있는 얼굴들. 응원하고 있는 팀 선수가 안타를 칠 때마다 들썩이는 몸이 가벼워 보인다. 선수는 야구공이 아니라 저 사람들의 스트레스를 날려버렸다.

선수들을 본다. 야구는 축구처럼 계속 움직이는 경기가 아니므로 자기 자리를 지키는 선수들을 보면서 여러 생각을 한다. 누구 하나 중요하지 않은 선수가 없지만, 그중에서도 배터리(투수와 포수)의 어깨에 매달린 책임의 짐이 제일 무거워 보인다. 그래서 홈런을 맞았을 때, 와일드 피치를 했을 때, 몸에 맞는 볼을 던졌을 때 투수의 마음을 헤아려본다. 어떤 생각을 할지 가늠되지 않는다. 나 같은 겁쟁이는 절대 할 수 없는 운동이 야구다.

투수가 나처럼 쫄보가 아니기를, 아무렇지도 않게 털어버리고 마음을 다잡아 계속 마운드에 서 있기를 바란다. 내 걱정을 읽기라도 한 듯 포수가 자리에서 일어나 투수에게 간다. 투수에게 걸어가는 걸음에 내 마음이 다 놓인다. 투수는 혼자가 아니다. 투수에게는 포수가 있다. 투수의 엉덩이를 툭툭 쳐주고는 다시 자리로 돌아오는 포수가 그 상황에서만큼은 세상을 다 품어줄 수 있는 사람이다.

그라운드 주위를 쉬지 않고 뛰어다니는 마스코트맨들이 눈에 들어온다. 탈을 쓰고 몇 시간을 방방 뛰는 것이 쉬운 일은 아닐 텐데 지치지도 않는다. 마스코트맨들은 '직원이니 저렇게 할 수 있지'를 넘어서는, 진짜 야구를 사랑하고 팀을 좋아하지 않으면 나올 수 없는 긍정으로 야구장을 누빈다. 탈 속에 감춰진 얼굴을 볼 수 있다면 좋을 텐데. 정말 신이 나 있을까. 혹시, 아니 역시 밥벌이는 고단할 뿐인 걸까. 생각을 알아채지 못하겠는 걸 보니 마스코트맨들 역시 프로다.

더그아웃에 앉아 있는 선수들의 얼굴도 어렴풋이 볼 수 있다. 서로 대화를 나누고, 방망이를 닦고, 물을 마시는 선수들 사이에 아무 말 없이 그라운드만 뚫어지게 바라보는 선수가 있다. 타순을 따져보니 오늘 출전하는 선수는 아니다. 무슨 생각을 할까. 그 선수와 그가 바라보는 그라운드를 보며 직업으로서의 야구에 대해 생각한다. 야구선수는 야구를 하는 사람이기도 하지만 야구가 직업인 사람이기도 하구나. 저 사람에겐 자신의 일인 야구가 어떤 언덕일까.

track 2.

영화 〈머니볼〉에서 빌리 빈(브래드 피트)은 야구는 데이터라고 말한다. 그는 오직 데이터에만 의존하는 '머니볼' 이론(유명한 선수에 의존하기보다 데이터를 철저하게 분석한 결과를 기반으로 저평가된 선수들을 적재적소에 배치해 승률을 높이는 이론)을 가지고 경기를 해서 만년 꼴찌 팀이 20연승을 하는 기적을 만들어낸다. 빌리 빈의 말은 맞는 말이다. 야구는 확률 게임이다. 확률을 활용해서 내린 결정들로 이루어지는 스포츠다. 그래서 타자는 자신의 타율을 높이기 위해 매 경기에 최선을 다하고 투수는 자신의 방어율을 낮추기 위해 어떤 공도 허투루 던지지 않는다. 감독은 승률을 높이기 위해 머리를 쥐어짜며 매 순간 전략을 세운다. 이렇게 확률을 높이는 사람들의 머리싸움인 야구는 알면 알수록 좋아할 수밖에 없는 스포츠다.

하지만 내게 〈머니볼〉이 가장 재미있는 야구 영화인 것은 확률 게임인 야구의 특성을 보여주어서가 아니라 빌리 빈이 많은 사람들이 미심쩍어 했던 이론으로 '이변'을 만들어냈기 때문이다. 사람들이 믿는 확률로 따지자면 영 이루어질 수 없는 결과가 확률을 내세운 이론으로 만들어진 것이니 말이다.

인생도 야구처럼 확률이 들어맞는 경우가 많다. 결정을 내릴 때 확률이 높은 쪽의 손을 들어주면 낭패를 줄일 수 있다. 흔히들 얘기하는 짜장면이냐 짬뽕이냐의 결정도 그동안의 경험치를 따져보고 덜 후회할 확률을 활용해 결정하는 것이 만족스러운 결과를 만드는 방법이다. 적어도 옆 테이블에 앉은 사람이 먹는 모습을 보고 순간 솟아오르는 식탐에 결정을 맡기는 것보다는 훨씬 지혜롭다.

하지만 내가 생각하는 인생이 야구와 닮은 점은 이 확률을 뒤집는 '의외'의 드라마가 있을 수 있다는 데 있다. 〈머니볼〉이 야구가 확률 게임임을 보여주는 영화라서가 아니라, 확률을 뒤집는 결과를 만들어낸 영화라서 기억에 남는 것처럼 말이다. 2군에 있던 선수가 우연찮게 대타로 나와 만루 홈런을 칠 수 있고, 20승 투수라도 1회에 마운드에서 내려올 수 있다. 다 진 것 같아도 9회 말 투아웃에 역전이 펼쳐지는 것이 야구다. 끝날 때까지 끝난 게 아니라는 것은 희망이자 불안이고, 한 다리 건너서 보면 재미이기도 하다는 걸 보여주는 것도 야구다. 인생도 마찬가지가 아닐까.

어쩌면 이건 야구장에서나 가능한 낙관일지도 모른다. 하지만 가끔 이런 낙관이 움츠러들었던 사람을 다시 움직이게도 하는 법이다. 인생이라는 경기도 야구처럼 불안과 희망의 동거이고, 달리 보면 재미라면, 스트라이크를 연속으로 던지거나 안타를 연달아 치기 어렵듯이 삼진아웃만 계속 당하리란 법도 없기 때문이다. 의외의 드라마가 가능하다.

etc.

지금도 나는 야구장에 앉아 있다. 오늘은 야구보다 야구장이 더 보고 싶어서 외야석에 자리를 잡았다. 두산 베어스는 홈팀이라 말 공격이다. 상대팀 공격인 초회에 나는 이어폰을 끼고 음악을 듣는다. 아주 크게. 야구장에서 내 즐거움 중 하나는 경기를 보면서 음악을 듣는 것인데(응원과 장내 방송 소리로 음악은 짬뽕이 되어버리기 일쑤지만), 공을 따라 움직이는 선수들이 음악에 맞추어 춤을 추는 것 같기도 하고, 야구 영화를 보고 있는 것 같기도 하다. 음악을 듣다가 뻥 뚫린 지붕을 통해 밤하늘을 볼 때면 얼마나 상쾌한지

모른다.

앞 좌석에 혼자 온 여자 관중이 맥주를 피처째 들고 마시고 있다. 목 넘김이 시원하다. 꿀꺽꿀꺽 부드럽고 경쾌하기도 하다. 맥주를 내려놓고 노트북을 꺼낸다. 일을 하다가 뛰쳐나온 것일까. 그녀는 노트북을 보며 일에 열중하다가도 응원의 순간은 놓치지 않는다. 팔을 힘껏 뻗으며 홈런을 외친다.

나는 점점 어두워지는 야구장을 보면서 생각한다. 1루, 2루, 3루를 돌아야 홈에 도착할 텐데 나는 지금 어디쯤 있는 것일까. 아예 출발도 못한 것은 아닐까. 혹시 홈런 같은 한 방을 기대하고 헛스윙만 하고 있는 것은 아닐까. 진루를 못해도 주눅 들지 않았으면 좋겠다. 삼진을 당하더라도 겁내지 말았으면 좋겠다. 땅볼도 좋으니 기회다 싶으면 방망이를 휘두를 수 있으면 좋겠다. 이번 타석에서 아웃을 당하더라도 다음 타석이 돌아옴을 잊지 말면 좋겠다.

고궁, 밤

잃어버린 낭만을 찾아서

언제나 생각한다. 서울은, 밤이라고. 서울이라는 도시의 매력이 가장 빛날 때는 하루 중 밤이라고. 복잡하고 치열한 서울에서 하루하루를 살아내는 고단함이야 말할 필요도 없을 것이나 고된 낮을 살아낸 덕분인지 서울의 밤은 반짝인다. 밤에 차를 타고 한강 다리를 건널 때마다 알 수 있다. 아무리 멋진 곳을 가더라도 이 풍경을 그리워하겠구나. 그렇게 벗어나고 싶던 서울에 돌아갈 날을 손꼽아 기다리게 되겠구나.

한데 한강 다리를 건너면서 보는 야경은 두 번째다. 가장 아름다운 서울의 밤은 고궁에서 만날 수 있다. 밤의 고궁에서는 삭막한 서울의 흔적이란 없다. 해가 지고 차차 어두워지면 고궁을 둘러싼 높은 빌딩들이 불을 밝히기 시작하고 분지처럼 낮게 자리한 고궁에 빛을 뿌린다. 곳곳의 건물에서 내려오는 조명과 달빛이 합해지면 고궁은 도시가 숨겨놓은 보석함이 된다.

내가 자주 가는 고궁은 덕수궁이다. 찾아가기가 가장 편해서이기도 하지만 그것보다 덕수궁에서만 볼 수 있는, 덕수궁이 밤을 맞이하는 모습을 보기 위해서라고 해야겠다. 덕수궁을 지키는 밤의 요정은 출근 시간이 저녁 여섯 시인 것이 틀림없다. 여섯 시가 되면 요정의 출근을 재촉하는 종소리가 울린다. 정동 성공회 성당에서 울리는 종소리가 들리면 궁 여기저기에 숨어 있던 요정들이 기지개를 켜고 사부작사부작 제 할 일을 시작한다. 가로수들 사이사이에 있던 가로등을 돌며 불을 켜고 중화전을 지나 뒤편의 작은 당들에도 불을 밝힌다. 다음은 석조전이다. 하얀 계단을 한 단 한

단 올라가며 어둠을 밀어내고 마지막으로 분수 쪽으로 간다. 요정들은 분수의 물빛을 만들어낸다. 얇은 물방울을 수줍게 올려보내던 분수는 불이 들어오면 숨어 있던 본모습을 드러낸다. 물방울들은 파란색, 보라색, 빨간색으로 변신한다. 밤은 분수도 용감하게 만든다.

덕수궁을 지키는 요정의 동선을 따라 달라지는 고궁을 지켜보며 나도 밤을 맞는다. 고궁에 불이 하나씩 들어올 때마다 낮 동안 까슬까슬했던 마음에 윤기가 생기는 듯한 기분이다. 덕수궁에서 고뇌의 세월을 보냈을 고종 임금에겐 송구스럽지만.

track 1.

나이가 들수록 퍽퍽해지는 것이 늘어간다. 건조함에 맞서 몸, 얼굴, 손, 입술에 각종 크림을 발라대지만, 육체가 메말라가는 것은 자연의 섭리이니 크림이 만능은 아니라는 사실에 순응하고 있다. 이렇게 흙, 물, 공기의 일부가 되어가는 것을 거스르려 할수록 나만 조급해질 테니 말이다. 자연과는 백 퍼센트 지는 싸움을 할 수밖에 없다. 하지만 마음이 메말라가는 것은 좀 다른 문제다. 이것을 인정하게 되면 나이가 들어가는 것의 장점을 찾기가 힘들고 인생은 결국 슬픈 끝맺음이 되어버리기 때문이다.

내 마음의 습기는 낭만이 만들어낸다. 찬바람이 불기 시작하면 몸이 더 건조해지듯이 내게서 낭만이 사라지면 마음은 더 퍽퍽해진다. 낭만은 마음의 크림이라고 해야 할까. 낭만이 바닥나서 마음이 쩍쩍 갈라지기 전에 낭만을 발라 촉촉하게 만들어주어야 한다. 낭만을 만든다고 하면 그게 뉘 집 아들 이름이냐는 소리나 들을 게 뻔하지만, 밤의 고궁에서는 다르다. 도시의 조명과 달빛에 둘러싸인 밤의 고궁은 언제나 한결같이 감미로워서 낭만의 비를 흠뻑 맞을 수 있다.

궁이라는 공간이 왜 그렇게 낭만적으로 느껴질까 생각해보았다. 아마도 궁은 지어졌을 당시의 목적으로 존재하지 않기 때문일지 모른다. 원래의 쓰임은 과거에서만 가능하니 현실의 여러 잣대를 들이밀 수 없는 것이다. '이랬었던 곳, 이런 일이 있었던 곳, 이런 사람들이 살았던 곳' 같은 과거형은 많은 것을 아름답게 둔갑시킬 수 있다. 과거를 미화하는 것을 좋아하지 않지만, 낭만을 건지려면 과거에 낚싯줄을 내리는 편이 훨씬 쉽다. 현재와 낭만은 영 어울리지 않으니 말이다.

어둠이 내린 궁을 거닐며 나도 과거에 낚싯줄을 던졌다. 고궁에서 생각하는 낭만답게 눈부신, 아름다운 장면들을 건져 올릴 것 같지만 아무리 뒤져봐도 내게 그런 장면은 없다. 나의 낭만은 화려하지도 잘생기지도 않은 곳에 있었다.

대학교 1학년 봄, 나는 아스팔트 위를 뛰고 있었다. 이유는 정당했고 나는 당당했지만, 그것보다는 좋아하는 사람들이 대부분 아스팔트 위에 있었던 것이 그곳에 함께 한 더 큰 까닭이었다. 전력질주에 숨이 차고 심장이 빠르게 뛰었다. 더군다나 나와 짝이 되어 내 손을 잡고 뛰던 선배는 대학이라는 곳에 들어와 처음 마음에 들인 사람이었으니 숨이 차서만 심장이 뛰는 것은 아니었으리라.

달리기에 영 소질이 없는 나는 선배에게 못난 모습을 보이기 싫어 빨리 이 달리기가 끝나기만을 바랐지만 끝나기는 고사하고 사달이 나고 말았다. 내 뒤에서 뛰던 여학생의 구두가 내 한쪽 운동화의 뒤꿈치를 밟아 밑창을 홀라당 날려버린 것이다. 나는 운동화의 밑창을 주울 겨를도 없이 계속 뛰어야 했다. 한 발은 운동화 속에 있었으나 한 발은 땅바닥을 디디며 애써 보폭을 맞추어야 했으니 더할 수 없이 흉했다.

뛰어다닐 것이 뻔한데 그 여학생은 왜 구두를 신고 왔으며, 나는 왜 다 떨어진 운동화를 신고 왔는지 뛰는 와중에도 민망함의 책임을 누구에게 물어야 할지 열심히 생각했다. 하지만 이미 벌어진 일에 책임을 물어봤자 빨개지는 내 볼을 막을 길은 없었다. 덜렁거리는 신발을 신고 불난 얼굴로 절뚝이는 나를 본 선배는 내 손을 잡고 대열을 이탈했다. 밑창 없는 신발을 신고 뛰는 주제에 어디를 가는지 물어볼 수도 없으니 그저 따라가기만 할 수밖에.

그렇게 도착한 곳은, 어느 골목에 자리한 작은 신발 가게였다. 선배는 미소를 띤 채 신발 하나를 골라 내밀며 한마디를 건넸다.

"지금 가진 돈이 이것뿐이라 이 신발밖에 못 사주겠다."

여느 날과 다르지 않은 출근길. 5호선에서 3호선으로 갈아타려고 종로3가역에서 내렸다. 에스컬레이터를 타려는 사람들이 에스컬레이터 길이만큼이나 길게 줄을 섰다. 줄 안에 갇힌 나는 개미 오줌만큼씩 발을 떼며 앞으로 나아갔다. 가슴이 턱 막혀왔다. 그 줄이 저승길처럼 느껴지자 나는 이 망자들과는 다른, 억울한 죽음을 맞은 사람이니 어떻게든 여기서 탈출해야 한다는 생각이 들었다. 즉시 몸을 돌려 줄에서 벗어났다. 고등학교 때 야간자율학습 시간에도 제대로 땡땡이 한번 안 쳐본 나였는데 그날은 너무나 당당하게 회사에 전화를 걸어 못 간다는 말을 했다. 뒷일은 내 알 바 아니었으니 그저 통보였다. 역 밖으로 나와 눈에 보이는 카페로 들어갔다. 그리고 세상에서 제일 맛있는 커피를 마셨다.

집이 김포공항과 가까운 터라 강남보다 제주가 가깝다는 이야기를 종종 한다. 종종 한 얘기를 증명이라도 하듯 종종 강남 가듯이 제주를 가곤 했다. 그날도 무작정 비행기를 탔다. 그렇게 (무작정) 간 제주에서, 그렇게 (무작정) 갔으니 준비하지 않은 티를 내며

비를 쫄딱 맞았다. 급히 가까이에 있는 무인카페로 들어갔다. 무인카페가 여행자에게 어떤 공간인지 보여주려는 듯이 나처럼 비를 쫄딱 맞고 들어온 여행자가 있었다. 우리 둘은 쏟아지는 빗소리를 들으며 가볍게 눈인사를 나누었다. 따뜻한 커피가 급했지만, 그 무인카페에는 캡슐커피라는 (그 당시에는) 신문물이 있을 뿐이어서 (기계에 약한) 나는 한숨을 쉬며 종이컵에 녹차 티백을 담았다.

내 한숨 소리가 컸던 걸까, 그녀의 눈치가 빨랐던 걸까. 그녀는 캡슐커피를 만들어 내게 내밀었다. 질세라 나도 비스킷 하나를 그녀에게 건넸다. 그렇게 우리는 마주 앉았다. 비 때문인지, 커피와 비스킷 때문인지, 앞으로 볼 일이 절대 없을 거라는 확신 때문인지 우리는 그렇게 비가 그칠 때까지 이야기를 나누었다.

낯가림이 심한 내가, 친한 친구에게도 말하지 못할 이야기들을 늘어놓았다. 그녀도 말했다. 이렇게 모르는 사람에게 장황하게 떠든 적은 처음이었다고. 우리가 없었으면 그 오후 내내 정말 무인카페가 되었을 그곳에서 우리는 서로의 말을 진심으로 경청했다. 비가 그치고 살짝 어두워지기 시작할 무렵 우리는 헤어졌다. 헤어지는 인사를 나누며 어디로 가는지 묻지 않았다. 이후를 묻지 않는 것으로 우리의 대화도 없던 일이 되었다.

나의 낭만은 이런 식이다. 도서관에 가지 않고 아스팔트 위를 뛰거나, 회사에 가지 않고 갓 내린 커피를 마시며 카페에 앉아 있거나, 계획 없이 비행기를 타거나. 모두 현실에서 살짝 벗어났을 때 만들어졌다. 그러니 지금도 현실의 잣대를 들이밀 수 없는 궁에서 낭만을 찾는 것일 수도 있다. 그런데 어두운 궁을 거닐며 과거로 돌아가서야 겨우 낭만을 건지고 있으니 조금 서운한 생각도 든다. 일상에서는 낭만을 찾기 어렵다는 뜻이기도 할 테니.

track 2.

이처럼 낭만 타령이나 하고 있는 나는 현실적인 사람인 걸까. 먼저 어떤 사람을 두고 현실적인 사람이라고 하는 것인지 생각해보았다. '그래도 그 나이에 그건 해야지' 하는 것들에 대한 감각을 잘 유지하고 있는 사람? 그 나이에 해야 할 것들이라, 떠오르는 것은 사람마다 다를 것이다. 누구는 배우자와 아이들이, 누구는 넉넉한 통장 잔고가, 누구는 삼십 평대 아파트가, 누구는 연금보험 통장이…….

나는? 잘 떠오르지 않는다. 흔히들 이야기하는 현실적인 기준을 대입해봤을 때 그중 대부분을 나는 하지 않거나 못하고 있으며, 그렇다고 현실적인 인간임을 증명할 나만의 기준도 뚜렷하지 않으니 현실 감각이 무척 떨어지는 사람 쪽에 가깝겠다. 지금처럼 싸돌아다니며 생각을 많이 하는 건 아무래도 '그래도 그 나이에 그건 해야지'의 기준이 되긴 어려울 테고.

현실적이지도 않으면서 그렇다고 낭만적으로 살고 있다고 할 수도 없으니 이도 저도 아닌 게 되어버렸다. 어디에도 단단히 발을 딛고 서지 못하고 뒤뚱댄다. 현실적인 사람으로 살려고 애쓰는 일상에 낭만이 끼기는 어렵고, 그러다 마음이 메마르고 인생이 슬프게 느껴지면 밤에 고궁을 찾아가는 그런 걸음. 가서 낭만 한 조각이라도 건져 올리려고 애쓰는 그런 마음. 연결고리가 이렇게 완성되나 보다.

이 점에서 나는 어리석다. 연결고리의 끝이 결국 낭만을 찾아 나서는 거라면 처음부터 낭만을 만드는 하루하루를 살면 될 터인데. 현실적인 사람이 되겠다는 내 노력은 결국 불안과 걱정에게 그래도 이 정도는 하고 있다는 보여주기밖에 되지 않으니, 나의 수고가 안쓰러워진다. 현실을 내팽개친다는 말이 아니다. 그저 현실적인 사람이 아닌가 보다, 라는 가벼운 인정만으로도 돌고 도는 헛수고는 하지 않았을 거라는 얘기다.

최백호의 〈낭만에 대하여〉를 들을 때마다 '이제 와 새삼 이 나이에'라는 구절이 유독 귀에 박힌다. 낭만은 어느 정도 '그래도 그 나이에 그건 해야지'를 모른 척하고 '이제 와 새삼 이 나이에'를 무시하는 것에서 만들어지는 것 같아서다. 모든 현실을 모른 척과 무시로 일관할 수는 없겠지만 그래도 불안을 달래려고 마음을 건

조하게 만들지는 말아야겠다. 현실에서 발을 떼고 즐거움을 따라가 낭만 쪽에 착륙해도 덜 걱정하고 싶다. 이전에는 하고 싶었던 일들이 이제는 '이제 와 새삼 이 나이에' 할 수 있을까가 되었다면 (나는 낭만적인 사람이므로) '이 나이가 뭐? 이 나이에 왜?' 이렇게 낭만을 놓고 싶지는 않다. 쓸데없는 것을 배우고, 닿지 않을 편지를 쓰고, 달이 뜨고 꽃이 피었다는 이유만으로 보고 싶은 사람에게 전화를 걸고, 마음에 품고만 있어야 할 사랑이라도 앞뒤 재지 말고 뛰어들고.

밤, 고궁을 거닐며 베르톨트 브레히트의 〈서정시를 쓰기 힘든 시대〉를 떠올렸다. 그는 이 시에서 '꽃 피는 사과나무에 대한 감동과 엉터리 화가에 대한 경멸이 나의 가슴속에서 다투고 있다'라고 했다. 그리고 곧이어 '그러나 바로 두 번째의 것이 나로 하여금 시를 쓰게 한다'라고 했다. 브레히트는 나치 정권하에서 살면서 아름다운 대상을 노래하는 것이 시인이 할 일은 아니라고 선언한 것이다(엉터리 화가는 히틀러를 지칭한다). 아름다운 것보다 폭력과 핍박을 보겠다는 시인의 결심이라니, 현실에 발목 잡힌 시인의 마음이라니. 그래서 이 시는 슬프다.

히틀러의 통치를 받고 있는 것도 아니면서 우리는 여전히 현실을 들이밀면서 아름다운 것을 외면하며 살고 있는 건 아닐까. 그러고 싶어서가 아니라 그럴 수밖에 없다면서. 각자가 자신의 인생이라는 시를 쓰고 있는 시인이라면, 나는 브레히트 같은 결심은 조금 내려놓고 싶다. 그럴 수 있는 범위 안에서 현실보다는 꿈, 공상, 자유, 아름다움에 대한 시를 쓰고 싶다. 낭만을 잃고 싶지 않다.

etc.

덕수궁의 밤은 깊어간다. 땅으로 떨어졌다 반사된 가로등 불빛이 중화전 처마에 닿는다. 빛을 머금은 처마가 우아하다. 고궁을 돌며 피아졸라의 탱고를 듣는다. 석조전 계단을 내려오는데 어디

선가 바스락바스락 한복 자락 끌리는 소리가 들린다. 소리를 따라 가니 내 발밑이다. 치마 끝으로 얼굴을 내민 당혜의 코가 달빛을 받아 반짝인다. 나는 치맛자락을 살포시 잡고 탱고 선율에 맞춰 걷는다. 춤추듯이.

어깨에는 오늘까지 마쳐야 할 산더미 같은 일과 노트북이 담긴 가방이 비웃듯 매달려 있지만 나는 걷는다. 춤추듯이.

도서관

좋은 할머니가 되고 싶은 꿈

일 년 전에 들었던 적금이 만기가 되었다는 문자를 받았다. 달에 십만 원 남짓 넣었으니, 만기라고 해봤자 큰돈은 아니었다. 하지만 누구에게는 푼돈이더라도 나는 십만 원대에서 백만 원대로 올라간 단위가 뿌듯했다. 기분이 좋았다. 어디로 콧바람을 쐬러 갈까, 기념으로 책을 한 권 사야지, 친구를 불러내 맛있는 저녁을 먹을까. 로또 당첨 못지않게 들떠서는 은행으로 갔다.

그러나 로또 당첨은 무슨! 부푼 마음은 오래가지 않았다. 내 차례가 되어 은행원과 마주한 뒤에 공기는 맥없이 빠져나갔다. 내 마음은 인적 드문 거리에서 바람 따라 이리저리 휘날리는 검정 비닐봉지가 되어버렸다. 초라했다.

나 (의기양양) 적금이 만기 되었다고 해서 돈 찾으려고요.

은행원 (회사원의 미소) 네, 전액 다 찾으시겠어요?

나 (더욱 의기양양) 네!!

은행원 (더더욱 회사원의 미소) 네, 그럼 여기에 이거, 이거, 이거 작성해주세요.

나 (역시 의기양양) 네!!

은행원 (내가 한 수 위라는 회사원의 미소) 고객님, 제가 좋은 상품 하나 소개해드릴까요? 이번에 나온 어쩌고저쩌고 상품인데 이거 가입하시면 얼씨구절씨구 이득이 있어요. 이번 달까지만 가입할 수 있거든요.

나 (귀찮으나 빨리 끝내고 싶을 때 나오는 부드러움) 아…… 네…… 저는 그다지 관심이…….

은행원 (저 고객을 이 상품에 가입시키고야 말겠어) 아, 진짜 좋은 상품인데요. 저도 들었어요. 진짜 좋은 기회인데……. 펀드나 주식 하고 계시죠?

나 (뭐지, 이 부끄러움은) 아…… 아니요…….

은행원 (딱 걸렸어!) 아, 안 하고 계시구나. 그럼, 아이들을 위한 상품도 있는데 보여드릴게요.

나 (정체를 모르겠는 부끄러움) 아…… 저는 아이가 없는데요…….

은행원 (어떻게든 해내고야 만다!) 신혼이시구나. 그럼 이 펀드로 목돈을 만들어…….

나 (부끄러움은 화를 부르고) 결혼 안 했는데요.

은행원 (이 대책 없는 고객, 어떡하지?) 싱글이세요? 싱글이시구나. 그럼 더더욱 앞날을 위해서…….

나 (당신과 그만 얘기하면 안 될까?) 됐습니다.

은행원 (대책 없는데 성질까지 있는 이 고객, 어떡하지?) 노후 준비는 어떻게 하고 계세요? 싱글이시니 더 필요…….

나 (당장 만기 된 적금이나 처리하지 않으면 당신을 쏠 수도 있어!) 노후 준비로 그냥 건강하려고요.

은행원 (나라 잃은 백성을 바라보는 눈빛) 아…….

잘못한 것이 없는데 나는 왜 부끄러웠을까. 은행을 나오면서, 부끄러워한 내가 부끄러워 기분이 엉망이 되었다. 짐작해보자면 부끄러움은, 싱글이니 더더욱 노후에 대한 준비를 해야 한다는 말에 나도 공감하는데 그러지 못하고 있으니 '어쩌려고 그러니?'가 담긴 은행원의 눈빛이 이해되어 나온 것일 테다. 나의 노후 준비가 '건강'이라는 말은 거짓은 아니었으나, 그럼 건강은 제대로 챙기고 있느냐 하면 또 그건 아니니, 나는 남들이 말하는 노후 준비든, 내가 생각하는 노후 준비든 모두 어설프기만 한 것이다.

이렇게 대책 없음을 들켜버렸으니 어찌 부끄럽지 않을 수 있을까. 대책 없는 싱글은 좀 전까지 로또 당첨금이라 여겼던 백만 원이 현실 감각으로 인식되었고, 그러자 기분을 망쳤고, 이런 기분이 들게 한 은행원이 원망스러웠다. 생전 처음 보는 사람에게 오지랄을 부린 은행원이 있는 저 지점에는 다신 안 갈 거라는, 고객이 할 수 있는 앙갚음을 다짐했다.

마스다 미리의 '수짱 시리즈'의 주인공 수짱이 했던 생각이 떠오를 때마다 웃음이 난다. 결혼도 하지 않고 아이도 없이 혼자 사는 수짱은 미래에 대한 고민이 들 때면 이렇게 생각한다.

'이렇게 할머니가 된다면 나, 괜찮을까? → '의'는 유니클로가 있으니 됐고 → 그럼 '식'과 '주'가 남는데…… → 역시 돈 문제인가? → 결국 복권만이 답?'

생각의 흐름이 너무 익숙해서 무안할 지경이다. 수짱, 내 머릿속에 들어와본 거야?

과거에 대한 후회와 미래에 대한 걱정으로 현재를 살지 못하는 것은 어리석은 일이라는 것을 안다. 백만 번 들었고, 이백만 번 되새겼다. 나름 그렇게 사는 흉내를 내고 있기도 하다. 하지만 '불안은 영혼을 잠식한다'고 했던가. 나는 이 말에서 늘 '잠식'이란 어휘에 감탄한다. 한 번에 점령하는 것이 아니라 누에가 뽕잎을 조금씩 먹어치우듯이 서서히 조금씩 차지해나간다는 이 어휘는 불안과 영혼의 관계를 너무 정확하게 설명하고 있다.

불안의 속성은 조금씩, 서서히, 천천히 그리고 오래이다. 그렇게 조금씩, 서서히, 천천히, 오래 영혼을 점령해간다. 불안에게 한

입 잡아먹힐 때마다 '현재를 살자', 'now and here' 같은 말들은 힘을 잃어간다. 불안은 걱정을 낳고 걱정은 불안을 만든다. 가뜩이나 없는 낙천성은 바닥이 나서 앞날에 일만 이천 봉의 고개가 기다리고 있는 것 같다. 현재는 무슨 마음 편한 소리, 미래가 안개 속, 뿌옇기만 한데.

알고 있다. 불안한들 불안을 일거에 해소할 방법은 없다. 미래에 일만 이천 봉우리가 기다리고 있다고 해도 그걸 건너뛸 마법은 없다. 수짱처럼 생각의 흐름은 복권으로 끝나지만, 복권이 당첨될 행운은 나에게 없을 것이다. 그러니 나의 노후 준비는 건강이라고 했던, 오기에서 나온 말은 어떻게 보면 가장 현명한 정답이었다. 건강하게 주어진 하루를 잘 살아내는 것이 일만 이천 봉을 넘는 방법이다. 누구는 우직하다고 하겠고 누구는 바보 같다 하겠지만, 이것은 우직해서도 바보 같아서도 아닌 그저 이 방법밖에 없어서라는 말이 맞을 것이다.

그런데 은행원과 주고받은 대화처럼 돈과 건강을 챙기기만 하면 노후 준비는 끝나는 것일까. 이 둘만 있으면 노후를 행복하게 보낼 수 있을까.

track 1.

누구나 그렇겠지만 나 역시 잘 늙어서 좋은 할머니가 되고 싶다. 이전에는 막연하지만 어려울 것 같지 않았던 '잘 늙은 할머니가 되는 것'이 나이를 먹으니 꽤 어려운 일임을 알게 되었다. 가장 중요한 준비는 아무래도 돈과 건강일 것이다. 이 두 가지 없이 늙는다면 기본적인 게 기본이 아닌 것이 될 테니까. 반대로 풍족하다면 할 수 있는 일의 가짓수는 늘어날 것이고. 하지만 이 두 가지를 풍족하게 갖춘 채 늙는 것은 쉬운 일이 아니다. 돈과 건강을 양손에 쥐고 늙기 위해 오늘도 '노력'하며 하루하루 살고 있지만, 계획대로 굴러가는 게 인생은 아니니 말이다. 더군다나 나 같은 사람은 미래에 대한 대비보다 현재를 잘(즐겁게) 살겠다는 마음으로 살고 있으므로, 돈과 건강까지 빵빵하게 쥐겠다는 것은 과한 욕심일지 모른다. 공부도 안 하면서 서울대에 가겠다는 고3 학생의 욕심은 귀엽기나 하지.

"그럼 돈과 건강이 부족하면 좋은 할머니가 될 수 없나요?"

절망은 이르다. 내 답은, "아니요".

"어떻게? 방법이 있나요?"

"돈이 풍족하지 않아도, 건강이 조금 망가졌더라도 잘 늙을 수 있습니다. 저는 좋은 할머니가 되는 방법으로 도서관을 추천하겠습니다!"

웬 도서관? 뜬금없는 소리가 아니다. 직접 경험한 근거가 있기 때문이다.

몇 해 전 친구가 살고 있던 미국 서부에서 보름가량을 지낸 적이 있다. 끝없이 이어지는 캘리포니아의 해변을 찾아다니며 햇빛과 파도에 눈이 부셨다. 서핑을 즐기는 사람들의 건강한 육체를 보며 설레기도 했다. 아름다웠다. 〈라라랜드〉에서처럼 고속도로는 자주 막혔지만 〈가위손〉에서처럼 넓은 땅과 큰 집들이 있는 동네는 좁고 복잡한 서울에 사는 시민이 보기에 평화로웠다. 하지만 내가 그곳에서 가장 인상 깊게 봤던 장면은 강렬한 햇빛에 그을린 서퍼들의 몸도, 〈라라랜드〉와 〈가위손〉의 풍경도 아니었다. 바로 동네 곳곳에 있는 도서관이었다. 좀 더 정확히 말하면 도서관에 앉아 있던 할머니, 할아버지들의 모습이었다.

미국 전 지역이 그런지는 모르겠다. 하지만 내가 둘러보았던 동네들은 어디를 가더라도 도서관이 있었다. 동네에 도서관이 있는 것이 아니라 도서관이 생기면 동네가 만들어지는 것 같았달까. 친구는 어디를 가든 우선 그곳의 도서관과 스타벅스의 위치를 알아놓고 가면 길 찾기가 편하다고 했다. 내가 보기에도 그랬다. 어느 곳이든 도서관은 마을의 중심에 자리하고 있었으니까. 위치 때문만은 아니었다. 도서관을 이용하는 사람들의 연령대는 다양했고, 그곳에서 이루어지는 활동들은 다채로워 보였다. 내가 본 도서관은 마을의 커뮤니티센터였다.

도서관 하면 가장 먼저 떠오르는 아이들의 모습을 예로 들어볼까. 미국의 도서관은 필통 여닫는 소리만 나도 눈을 흘기는 정숙과 침묵의 공간이 아니었다. 활기가 있었다. 어린이, 청소년들은 도서관 이곳저곳에 모여 무언가를 하고 있었다. 과제인지, 취미인지, 수다인지 내 짧은 영어로는 확인할 수 없었지만, 진지와 흥미가 얽혀 있는 아이들의 얼굴이 싱그러웠다. 학교가 끝나고 도서관에 모여 저리 함께 즐거워하다니, 대한민국에서 온 나는 그 장면이 낯설었다.

청소년 코너에서 《트와일라잇》을 정신없이 읽고 있던 소녀도 기억에 남는다. 소녀의 얼굴에서 본 설렘이 나한테까지 전해지는 것 같았다. 세상에 어떤 일이 일어나든 그 소녀에게는 벨라와 에드워드의 로맨스가 전부였을 것이다. "Adorable." 나도 모르게 부끄러운 영어가 입 밖으로 나왔다. 미국 도서관에서 본 아이들의 표정은 우리나라 도서관에서 본, 시험을 앞두고 각자 참고서와 문제집 사이에 얼굴을 묻고 있던 아이들의 표정과 너무 달랐다.

어쨌든 내가 가장 인상 깊게 느낀 것은 도서관의 노인들이었다. 도서관 곳곳에서 편안한 자세로, 느긋하게 무언가를 읽고 있는 할머니, 할아버지들의 모습은 그 자체가 평화였다. 페이지가 넘어가는 속도는 느렸지만 흘러내리는 돋보기를 올리며 고개를 끄덕이는 몸짓과 박자가 맞아 미소가 지어졌고, 은색 머리칼, 주름진 손과 그 밑에 있는 누렇게 바래진 책은 책과 인간의 관계를 보여주는 것 같아 마음이 울렁거렸다. 좋아하는 것에 몰입했을 때의 얼굴로 의자에 폭 파묻혀 있는 할머니, 할아버지의 모습을 보고 있자니 내 마음에도 낙관이 스며들었다.

할머니, 할아버지들은 모두 각자였지만 아무도 외로워 보이지도, 위태로워 보이지도 않았다. 그분들 곁에는 지혜라는 단단한 지팡이가 있었다. 할머니, 할아버지들의 책상과 소파, 테이블에 쌓여 있는 책들을 살짝 훔쳐보았다. 과학, 소설, 사진, 역사(한 할아버지는 한국전쟁에 대한 책을 읽고 있었다) 등 읽고 있는 책도 다양했다. 고요한 안정감이 느껴졌다. 그때 알았던 것 같다. 잘 늙기 위한 방법이 도서관에 있다고.

도서관이 좋은 할머니가 되게 해줄 거라는 가장 큰 이유는 배움의 공간이기 때문이다. 사람에게 배움의 기쁨만 한 것이 있을까. 특히 목적 없는 배움이 주는 즐거움은 무엇과도 비교할 수가 없다. 좋은 대학 가라며 공부하랄 때는 그렇게 하기 싫은 게 공부더니, 딱히 써먹을 데도 없는 것들을 배울 때는 왜 그리 재밌는지. 도서관에는 사방천지가 책이니 배움의 우물을 만난 셈이다. 두레박을 내려 물을 긷기만 하면 된다.

게다가 여러 강의, 강좌가 열리는 도서관을 가게 된다면 다양한

배움의 문은 더 많이 열려 있을 것이다. 세상은 달라지는데 나만 혼자 옛날 것만 옳다고 고집부리거나, 요즘 것들은 다 틀려먹었다며 젊은이들의 생각을 헛바람이라고 여기는 꼰대 할머니가 되지 않기 위해서라도 계속 배워야 한다. 젊은이들의 속도를 따라잡진 못하겠지만 적어도 그들 앞에 버티고 서서 길을 막는 할머니가 되고 싶진 않으니 나는 도서관을 자주 찾는 할머니가 되련다.

혼자 있는 것을 좋아하고 타인과 친밀해지기까지 시간이 많이 걸리는 내성적인 나 같은 사람은 즐거운 할머니가 되기 위한 공간이 노인정은 아닐 것이다. 노인정에서 옹기종기 모여앉아 형님,

동생 하면서 맛있는 음식을 나누어 먹고, 안 나온 할머니 뒷담화도 하면서, 며느리 자랑에, 자식 흉보며 하하호호 시간을 보내는 것도 나쁘지는 않겠지만, 성격이 바뀌지 않는 한 나는 얼마 안 가 혼자 있고 싶을 테고, 사람이 아닌 다른 것으로 마음을 채우고 싶을 것이다.

무엇보다 책이 가득한 도서관이야말로 감상의 천국 아닌가. 도서관은 혼자서 조용히, 소모가 아닌 채움으로 시간을 보낼 수 있는 곳이니 내향적인 할머니가 편안함을 찾을 가장 좋은 장소일 것이다. 돈이 풍족하지 않아도, 큰 병만 아니라면 건강에 구애받지 않고 찾을 수 있는 곳이니, 도서관을 좋은 할머니가 되기 위한 방법으로 선택한 것에 대한 답이 되었으려나.

track 2.

그래서 그런가, 나는 걱정이 싹터 불안이 영혼을 잠식하려 할 때도 도서관에 간다. 딱히 해야 할 공부나 읽을 책이 있어서라기보다 도서관의 기운을 받기 위해서라고 해야겠다. 도서관 주위와 마당을 걷고, 각 층을 오르락내리락하며 책들을 살피고, 구석진 자리에 앉아 가져온 차를 마신다. 그러고 있으면 치솟은 걱정이 잠잠해지고 어떻게든 되겠지, 하는 숨어 있던 배짱이 올라온다. 당장의 걱정은 있겠지만, 이렇게 도서관을 찾으며 살면 결국 잘 늙어서 좋은 할머니가 될 수 있을 것 같다. 좀 길고 멀리 보게 된다고 할까. 코앞에 닥친 걱정에 대한 답은 찾지 못한 채 앞으로 좋은 할머니가 될 거라는 건 동문서답이나 다름없지만, 여하튼 도서관에 오면 잠시나마 마음은 편안해지니 확실히 헛걸음은 아니다. 편안해진 마음으로 답을 찾으면 되니까.

다행히도 가는 도서관이 늘어가고 있다. 좋은 도서관이 많이 생기고 있으니 행복한 일이다. 나무를 보면서 책을 읽고 싶은 날에는 숲속에 있는 도서관에 가고, 처마 끝을 보며 고요한 정취를 느끼고 싶은 날에는 한옥 도서관에 간다. 바다를 보며 책을 읽을 수 있는 도서관에 가면 정작 책은 한 장도 못 넘기고 바다만 보다 오기도 하고, 작가의 이름을 딴 도서관에 가서 창작의 비밀을 엿보기도 한다. 내가 제일 좋아하는 벚꽃도 도서관 마당에 있고, 제일 맛있는 라면집도 도서관 앞에 있다.

이런 도서관들은 시내 한복판에 있는 경우가 드물어서, 가려면 골목과 숲과 해변을 지나야 한다. 이 길들이 너무 아름답다. 예쁜 것들을 보면서 도서관까지 천천히 걷다보면 커피 향 좋은 카페를 만나기도 한다. 그러면 그냥 지나칠 수 없지, 커피 한 잔 사들고 다시 걷는다. 도서관 가는 길에 시간을 다 써도 상관없다. 가는 길부터가 도서관이기 때문에 이건 또 이것대로 괜찮다.

커피를 들고 아름다운 길을 걸어 도착한 도서관에서 편안한 자리에 앉아 좋은 날에 읽으려고 아껴둔 책을 꺼내 읽는 기분이란! 그렇게 하루를 보내고 돌아오는 길에 생각한다. 이렇게 보내는 시간들이 쌓여 결국 좋은 할머니가 될 수 있겠지. 미국 도서관에서 보았던 할머니처럼 나도 평화로운 얼굴을 가진 할머니가 될 수 있을 거야.

가보고 싶은 도서관도 늘었다. 공공도서관이 어떤 역할을 해야 하는지 보여준 다큐멘터리 〈뉴욕 라이브러리에서〉의 뉴욕 공립도서관의 분점들, 《리스본행 야간열차》에서 그레고리우스가 '동화 속의 풍경 같다'고 한 포르투갈의 코임브라대학 도서관, 영화 〈해리포터〉의 호그와트 도서관 장면을 촬영했던 영국 옥스퍼드대학교 도서관, 일일 이용자가 만 명에 달한다는 북경에 있는 중국 국가 도서관, 대문호들의 정기를 느낄 수 있다는 러시아 국립도서관……. 아르헨티나 작가 보르헤스는 "천국이 있다면 그곳은 도서관 같은 모습일 것이다"라고 말했다고 한다. 세계 곳곳의 도서관에 가보면 이 말을 절감하게 될까. 뉴욕 공립도서관에서 리처드 도킨스의 강의를 듣고, 옥스퍼드대학교 도서관에서 책을 읽다가 버터 맥주 생각이 간절해지고, 러시아 국립도서관에서 문호들의 정기를 받아 꿈에 그리던 이야기를 술술 쓰게 되면, 그래, 도서관은 천국이 맞구나 생각할 텐데.

etc.

노후 준비로 각종 금융상품을 권했던 은행원에게 내 노후 준비는 건강이라고 답했을 때, 거기다 도서관까지 덧붙여 말했다면 그녀는 어떤 반응을 보였을까. 아마도 더 뜨악했겠지. 하지만 불안에 덜미를 잡혀 감당하지도 못할 금융상품에 대한 설명을 듣는 것보다는 도서관에서 하루를 건강하게 보내는 쪽이 나에게 맞는 답이다.

앞으로도 불안은 종종 찾아올 것이다. 내 통장은 왜 화수분이 아닌지 생각하며 우울한 날도 많을 것이다. 하지만 나답게 좋은 할머니가 되는 방법을 알고 있으니 불안과 우울은 달래며 살면 된다. 달래도 찾아오면 도서관으로 가서 충만한 하루를 보내면 된다. 그러다 보면 나는 진짜 좋은 할머니가 되어 있을지도 모른다.

길2

길에서 만난 사람들, 장르는 로맨스?

scene #1.

새벽 네 시가 조금 넘은 시간이었다. 버스에서 내린 사람은 나를 포함해 세 명뿐이었다. 새해가 시작된 지 사흘이 지난 한겨울의 밤은 한없이 추웠다. 울산터미널은 초행이었다. 낮이었어도 어디가 어딘지 헤맸을 텐데, 새벽녘 낯선 터미널에 혼자 서 있으려니 모든 게 생경했다.

낯섦에도 색깔이 있다. 낯설어서 설레는 곳이 있고 낯설어서 쓸쓸한 곳이 있다. 가장 나쁜 경우는 낯설어서 무서운 곳이다. 도착했을 때 설레고 쓸쓸한 느낌이 드는 곳은 다시 가지만, 무서운 곳은 다시 찾게 되지 않는다. 왜 그런지는 모르겠다. 잠깐 스친 감정이라도 무서움은 오래 저장되는가 보다.

새벽 네 시의 울산터미널은 무서웠다. 다시 오지 않겠다는 생각이 들었지만, 그것보다 더 큰일은 당장 무언가 잘못되어가고 있다는 예감이었다. 우습게도 순간 조선시대 제주도에 표류했던 네덜란드인이 생각났다. 하멜, 당신이 이런 마음이었겠군요.

간절곶에 가야 하는데 어디에 그곳으로 가는 버스 정류장이 있는지, 버스는 몇 시에 출발하는지 전혀 알아보지 않고 왔다는 사실이 떠올랐다. 무슨 배짱으로 여기까지 왔는지, 그제야 정신이 들었고, 정신이 드니 슬슬 두려움이 밀려왔다(그때는 스마트폰만 있으면 손안에 인터넷이 식은 죽 먹기인 시대가 아니었다). 정신이 들지 말았어야 했을까.

터미널 안에 문을 연 상점은 없었다. 어디를 보아도 가게마다 셔터가 굳게 내려져 있었다. 터미널 안에서 밖을 바라보며 불이 밝혀져 있는 곳을 찾았지만 보이지 않았다. 조급해졌다. 터미널 안에 있는 것이 나았을지 모르나 아무도 없는 그곳에서 벗어나야 한다는 생각에 앞뒤 재지 않고 밖으로 나왔다. 무턱대고 나왔으니 결과가 좋을 리가. 역시나 밖은 깜깜하기만 했고 긴장감과 추위에 온몸이 굳어질 대로 굳어져 뼈마디마저 딱딱해진 느낌이었다. 내가 겁쟁이라는 사실이 떠올랐지만, 왜 나는 꼭 겁이 난 순간에야 그걸 깨닫게 되는 것인지, 까맣게 잊어버리고 다시 무서운 상황으로 몰고 온 어리석은 나를 자책했다.

다시 터미널로 돌아갈지 말지 애가 타는 와중에 24시간 문을 여는 국밥집이 보였다. 국밥집의 불빛은 자책하는 나를 불쌍히 여겨

하늘이 내려준 동아줄이었다. 이번에는 과거시험을 보러 한양에 가던 선비가 되었다. 캄캄한 밤 산짐승에게 쫓기다 불 밝힌 인가를 만난 선비의 심정이 이런 것일까.

환한 국밥집에 들어서니 마음이 놓였다. 따뜻한 공기에 몸도 녹아 볼이 간지러웠다. 예약 손님도 아닌데 주문하자마자 내 앞에 뜨거운 국밥이 놓였다. 하지만 국밥집의 기운은 환하고 따뜻하기만 한 것은 아니었다. 혼자 식당을 지키고 있던 주인장의 표정이 얼음 같았다. 밤새 무슨 일이 있었는지 잔뜩 언짢은 얼굴을 한 주인장에게 나는 그저 매출에 도움이 안 되는 피곤한 1인 손님일 뿐이었다. 냉랭한 기운에 나는 다시 갈 곳 잃은 나그네가 되었다. 내 돈 내고 내가 사먹는데 눈칫밥 얻어먹는 흥부마냥 서러웠다. 국밥에서 피어오르는 김을 보면서 다시 생각했다. 아, 진짜 엿 같네.

나는 새해가 되었으니 일출을 봐야겠다고 생각하는 사람은 아니다. 그런데 해가 바뀌고 사흘이 지난 추운 겨울에 우리나라에서 해가 제일 먼저 뜬다는 간절곶에 갔다는 것은 그만큼 새로움이 간절했기 때문이다. 새해를 맞기 전의 나는, 뒤로 넘어졌는데 코가 깨지고 엎친 데 덮쳤으며 설상가상인데다 진퇴양난에 갈수록 태산인 상황이었다. 슬픈 예감은 정확히 들어맞고 머피의 법칙은 나에게만 맞아떨어지는 날의 연속이었다. 무엇보다 좋아했던 사람들로부터 받은 소소한 실망감이 쌓이고 쌓여 '결국은 혼자'라는 담백한 진리가 우울과 서러움, 뒤끝과 오기로 똘똘 뭉쳐진 채 명치를 누르고 있었다. 사람들은 모두 자신의 눈 안에 들어간 티끌, 손가락에 박힌 가시가 먼저였다. 너무도 당연한 일인데, 그때의 나는 서운함인지 배신감인지 모를 마음으로 제대로 삐쳤다. 다 필요 없다. 새해, 떠오르는 태양을 보며 무소의 뿔처럼 혼자서 당당히 가리라.

새해를 잘 살려면 나만의 의식이 필요했다. 밤이든 새벽이든 혼자서 당당히 일출을 보러 가야만 했다. 그런데 울산터미널에 도착하면서부터 '당당히'는 안중에도 없고 환한 빛과 따뜻한 사람을 찾는 꼴이라니, 내 앞에 던져진 뜨거운 국밥 앞에서 면목이 없었다. 이러다가 새해가 아니라 작년이 이어질 것만 같았다. 이러려고 여기까지 온 건 아니었는데. 마음을 다잡고 국밥을 깨끗이 비웠다. 배가 든든해야 마음도 단단해진다. 얼음장 주인장에게 세상에서 제일 친근한 얼굴로 간절곶으로 가는 버스에 대해 물어보니 예상했던 대로 세상에서 제일 간단한 답변이 돌아왔다. 내 친절함이 민망해진들 어떠랴. 간절곶에 가는 게 중요하니, 소중한 정보 감사합니다.

간절곶에 가는 버스에 올라탔다. 여기까지 해낸 나를 기특해하며 무릎 위에 놓인 가방을 쓰다듬었다. 이제 다 왔구나. 창밖으로 불빛이 보일 때마다 서울의 밤을 만난 것처럼 반가웠다. 불빛에 놓인 마음은 맛도 모르고 먹은 국밥 뒤의 식곤증을 부추겼다. 졸음이 쏟아졌다. "다음다음이 간절곶이에요." 기사님은 내가 버스에 타면서 물어본 게 생각났는지 큰 소리로 알려주었고, 나는 정신을 차리고 '간절곶'이란 곳에서 내렸다.

다 온 것이 아니었다. 주위는 여전히 온통 깜깜했다. 일출을 보는 것이 목적이었으니 해가 뜨기 전에 도착한 것을 다행이라고 여겨야 했지만, 일출도 살아 있어야만 볼 수 있는 거였다. 무서워서 해안가로 걸어갈 엄두가 나지 않았다. 어디서 바스락 소리만 들려도 목뼈가 움찔했다. 아, 나는 어쩌자고 자처해서 망하는 길로만 가는지, 진짜 세상 엿 같네.

그때, 불빛이 나타났다. 주먹 두 개만 한 동그란 빛이 내 옆을 스치더니 한 발 정도 앞서가고 있었다. 어떤 사람인지, 사람이 맞기나 한 건지 가릴 처지가 아니었다. 그저 따라갈 수밖에 없었다. 무서운 남정네가 갑자기 뒤를 돌아 나를 위협할지도 모른다는 생각이 잠깐 스쳤지만 깜깜한 버스 정류장에 혼자 서 있다 봉변을 당하는 것보다는 나을 거라는 생각에 장갑 낀 주먹을 꼭 쥐었다. 그래도 혹시 위험한 상황이 벌어지면 뒤로 내빼려고 바짝 따라붙지는 않았다. 꼭 붙들 건 정신줄뿐이었다. 호랑이에게 잡혀가도 정신만 차리면 된다지.

그런데 이상했다. 조금 가다보니 내가 손전등 빛을 따라가는 것이 아니라 그 빛이 나를 밝혀주며 가고 있었다. 빛은 정확히 내 걸음에 속도를 맞추고 있었다. 일정한 거리를 유지하면서 내가 잘 따라오면 몇 발짝 앞서가고, 내가 좀 느리다 싶으면 가만히 서서 기다려주었다. 빛은 원래 나를 인도해주는 것이 제 일인 듯 조용하고 세심하게 배려하며 나를 이끌어주었다. 고마웠지만 그만큼 경계심이 커졌다. 오히려 손전등을 든 사람이 나를 의식하고 있다는 것이 마음에 걸렸다.

신경을 바짝 곤두세우고 빛을 따라 천천히 걷다보니 냄새가 나고 소리가 들렸다. 바다가 앞에 있었다. 어느새 하늘은 붉은 기를

조금 머금고 있었다. 간절곶이었다. 도착까지의 우여곡절이 한꺼번에 안도감으로 몰려오자 깊은 한숨이 나왔다. 그제야 생각이 났다. 어둠 속에서 나를 인도해준 불빛. 고맙다는 인사를 하기 위해 주위를 둘러보았지만 밝아지는 하늘에 손전등 빛은 사라지고 없었다. 희미한 빛도 남아 있지 않았다. 인사의 타이밍을 놓쳤다는 생각에 고마움이 곱절로 몰려왔다. 어쩌면 정말 사람이 아니었던 걸까. 깜깜한 어둠 속에 혼자 떨고 있는 나를 위해 천사가 나타나 비춰주었던 것일까.

한참 동안 바다를 보았다. 하늘이 점점 붉은색을 띠더니 주위가 환하게 밝아지기 시작했다. 새삼 지구가 태양계의 행성임을 절감했다. 태양이 뜨고 짐에 따라 지구의 모든 게 달라진다. 어둠 속에 있던 하늘과 바다가 햇빛을 받으니 전혀 다른 하늘과 바다가 되었다. 어둠 속에 있던 내가 햇빛을 받으니 다른 내가 되었다. 지구인인 나는 그저 태양에 의존해서 살고 있는 생명체일 뿐이구나. 혼자서 당당하겠다는 내 생각은 오만한 자의식에서 나온 허세였다. 어둠 속에 혼자 있는 그 짧은 시간도 견디지 못하면서 무슨 무소의 뿔을 운운했는지. 햇빛 아래서 들통 난 허세에 창피했다. 혼자서 당당한 사람이 어떤 무리 안에서도 당당하듯이 함께 있을 때 당당한 사람이 혼자서도 당당하다는 걸 이미 알고 있었다. 그러면서도 굳이 일출을 보며 당당해지겠노라 다짐하려 했던 것은 어리광이었다. 사람들 때문에 내가 망한 것 같았는데 나를 망치고 있는 건 자신이었다는 생각이 들었다. 춥고 외로웠다.

"아가씨, 이거 한 잔 할래요?"

코 밑으로 믹스커피 향이 올라왔다. 익숙한 단내가 빠르게 온몸으로 퍼져, 마시지 않았는데도 달콤했다. 돌아보니 한 아주머니가 내게 커피가 담긴 종이컵을 내밀고 있었다. 아주머니의 웃는 눈이 완전히 떠버린 태양과 닮아 있었다.

"고맙습니다."

고개를 숙이며 인사하는데 아주머니의 다른 손에 들려 있는 것이 보였다. 손전등이었다.

scene #2.

올레길을 걷고 있었다. 게스트하우스에서 준비해준 아침은 든든했고 하늘은 깨끗했으며 바람은 잔잔했다. 이른 시간인지 올레꾼들은 보이지 않았다. 조용한 올레길을 혼자 걷는 아침이라니, 제주에 오기 전 머릿속으로 그렸던 그림이었다. 하지만 완벽할 뻔했던 그림을 망친 건 나였다. 아침을 먹으며 커피를 두 잔이나 내려 마셨는데도 정신이 맑지 않았다. 머릿속에는 자갈이 깔려 있는 것 같았고 다리에는 바위가 매달려 있는 것 같았다. 몸의 여기저기가 껄끄럽고 무거웠다.

잠을 설쳤음을 숨길 수 없는 나이란 걸 종종 잊곤 한다. 전날 밤을 새우고도 끄떡없던 그 시절은 '아, 옛날이여'가 된 지 오래였는데 마음은 아직 체력을 믿고 싶은 것인지, 몸 상태를 고려하지 않고 일을 벌인다. 아침을 먹고 살짝 졸음이 왔을 때 한숨 자고 움직일 걸 그랬나. 후회가 들었지만, 아침이 번잡스러운 게스트하우스에서 쉽게 잠을 잘 수 있는 내가 아니므로 어차피 하나 마나 한 후회였다.

예민함이 여행을 힘들게 할 때가 많다. 주머니가 가벼우니 게스트하우스에 감사해야 하는데 쉽게 잠들지 못하는 신경이 늘 발목을 잡는다. 여행자들과 식사나 술자리를 함께 하는 게스트하우스는 내향적인 내가 편안히 있기가 어렵다. 사람들과 거리를 두려고 온 여행인데 사람들과, 그것도 모르는 사람들과 시간을 보내라니, 너무 어려운 일이다.

그래서 조용하고 개인적인 게스트하우스를 찾으면, 열한 시 소등이 문제다. 나는 그렇게 일찍 불을 끄고 바로 잠이 드는 숙면가가 아니니 불이 꺼지면 말똥말똥 눈을 뜨고 누워 있을 수밖에 없다. 핸드폰 빛에 의지해 거실로 나가려고 움직이면 위, 옆 침대에서 레이저를 쏠 것 같아 움츠러든다. 혹시 이중에 겨우 잠이 든 여행자가 있을 수 있으니 함부로 움직일 수도 없다. 이런 조심스러운 몸짓은 늘 두세 배의 힘이 들어가게 마련이라 한밤에 혼자 진땀을 빼곤 한다. 이게 어젯밤의 내 모습이었다. 그러다 새벽녘에야 겨우 얕은 잠을 잤을 뿐이니 몸이 개운치 않은 건 당연했다. 푹 못 잘 것 같았으면 도미토리를 선택하는 게 아니었는데, 내 잘못이었다.

정신이 맑지 않으니 정처 없는 걸음이었다. 그나마 얼핏 보이는 올레길 리본에 잘 가고 있나 보다 생각하며 계속 걸었다. 문득, 여하튼 리본만 따라가면 되는 올레길은 참 쉬운 길이라는 생각이 들었다. 여기선 이쪽으로, 이제부터 저쪽으로. 내가 결정하고 선택해서 가는 길이 아니라 안내해준 대로 가기만 하면, 이 길은 다 걸

으셨습니다, 라는 끝맺음이 있으니 말이다. 더군다나 '안전하게' 걸으면서 아름다운 경치를 볼 수 있으니, 길의 끝에 가서야 잘못 왔음을 알게 되는 낭패도 없을 테니까. 식상한 비유지만 자신이 선택하고 책임져야 하는 인생길에 비하면 너무 쉬운 길이 아닌가 싶었다. 인생길은 나그네길이라 어디서 왔다가 어디로 가는지 모르고, 종로로 갈까, 명동으로 갈까, 차라리 청량리로 떠날까 헤매며 나침반을 찾기 마련 아닌가.

하지만 착각이었다. 올레길에서는 길을 잃지 않을 거라는 확신은 어떻게 하게 된 것일까. 내가 그렇게 만만한 길이 아니지, 하며 올레길이 본때를 보여주려는 것인지 길은 어느새 미로로 변해 있었다. 그새 시간이 많이 흘러 한낮으로 가고 있었다. 잔잔했던 바람은 슬슬 뜨거운 기운을 덧입고 있었고 같이 걷고 있다고 여겼던 풀과 나무들은 더 이상 친구가 아니었다. 제 몸에 내가 닿을 때마다 뾰족함으로 흘겨보았다. 나도 거친 나무와 풀이 살에 닿을 때마다 움찔했다. 긴장되기 시작하자 아침에 먹었던 샌드위치가 올라오는지 트림이 나왔다. 목이 말랐지만, 가방 속에 물이 없었다. 귀찮아서 편의점을 그냥 지나친 무신경을 탓했다.

올레길을 우습게 봤던 내 코는 확실히 납작해졌다. 쉽게 걸으려면 정신을 바짝 차리고 리본 하나하나 확인했어야 했다. 리본이 안내해주더라도 작은 갈림길마다 다시 살피고 의심했어야 했다.

한참 걷다가 리본이 보이지 않으면 다시 돌아가 이 길이 맞는 것인지, 다른 길로 가야 하는 건 아닌지 신중히 판단했어야 했다. 올레길도 인생길과 다를 바 없었다. 정신줄을 놓고 누군가가 안내해주길 바라며 그냥 맥락 없이 걷다가는 길을 잃어버리게 되는 거였다. 지금 숲속에서 길을 잃은 나처럼.

엄마 품 같던 자연이 한순간에 무서워지는 건 낮이나 밤이나 똑같았다. 숨을 가다듬고 길을 찾아 나섰지만 나타나는 길은 계속 '아까 본 길'이었다. 왼쪽으로 돌아 한참을 걸어도 '아까 본 길'이 나왔고, 오른쪽으로 가도 마찬가지였다. 샛길로 접어들어도 나타나는 건 '아까 본 길'이었다. 뒤돌아서 걷는다고 다를까 싶었지만 그래도 혹시나 하고 뒤돌아 걸었더니 역시나 '아까 본 길'이 나왔다.

나는 언젠가부터 이 숲을 뱅뱅 돌고만 있었던 것이다. 불안의 옷을 입은 상상의 장르는 어느덧 공포스릴러가 됐다. 바스락거리는 소리가 들릴 때마다 내 앞에는 들개가 나타났고, 자세히 보니 들개 옆에 늑대도 있었고, 심지어 저 끝에서 곰도 오고 있었다. 기절한 나를 입에 물고 가는 산짐승들이 머릿속에서 연달아 등장했다. 엄마와 하느님을 번갈아 불렀지만 나타나는 건 '아까 본 길'뿐이었다. 위기가 닥쳤을 때 침착하지 못한 사람은 결국 망하게 된다고, 전화는 어디다 쓰려고 들고 다녔던 건지, 올레 사무국 아니면 112나 119에라도 전화해볼 생각도 나지 않았다(인터넷이 깊숙한 숲속에서도 빵빵 터지던 시절이 아니었다). 나는 계속 나타나는 '아까 본 길'에 수건을 던지고 주저앉아버렸다. 전세는 역전되었다. 내가 선택하고 열심히만 하면 그래도 어렴풋이나마 보이는 인생길은 다정한 길이라는 생각이 들었다. 사람 마음이 화장실 들어갈 때와 나올 때 다르다더니, 내 마음 역시 이처럼 가벼웠다.

바스락. 소리가 들렸다. 어떤 산짐승일까, 곰이 나타나면 죽은 척하면 된다고 한 말은 사실일까. 아, 앞으로 착하게 살 테니 도와주세요. 다시 바스락. 곰이 한 마리가 아닌가 보다. 안 믿으시겠지만, 진짜 착하게 살게요. 다시 또 바스락. 그렇지, 하느님이 그렇게 호락호락한 분일 리가 없지. 착하게 살겠다는 약속을 한두 번 들으셨을까. 점점 뚜렷하게 들리는 바스락 소리에 허둥대며 정신이 없었다.

"여기서 뭐 하는 거예요? 여긴 제주도 사람들도 잘 안 오는 곳인데."

사람이었다. 내 앞에는 등산복을 입은 나이 지긋한 아저씨가 서 있었다. 하느님, 감사합니다. 진짜 진짜 앞으로는 착하게 살겠습니다.

"아, 제가 올레길을 걷다가 길을 잃어서요."

주섬주섬 일어나 옷을 터는 나에게 아저씨가 웃으며 말했다.

"길을 잃었다고 길이 없을까봐? 찾으면 다 나와요. 길을 잃어도 길은 있어요. 따라와요, 나도 여기서 나가는 길이니까."

scene #3.

개심사(開心寺). 순전히 이름 때문에 찾아간 곳이었다. 마음을 여는 절이라니, 이름만 듣고도 마음이 조금은 열리는 것 같았다. 번뇌가 많은 중생입니다. 가엾게 여기시고 제게 평화를 주세요. 부처님의 자비가 내게도 베풀어지기를 바랐다. 버스에서 내려 개심사까지 올라가는 길은 생각보다 가팔라 힘들었지만, 마음이 열릴 거라는 기대로 힘을 냈다. 내려올 땐 내 마음이 조금은 달라져 있을 거라 믿으면서.

기대가 기대로만 끝나지 않았다. 개심사에 도착해 천천히 걷다 보니 마음이 잔잔해졌다. 여기서는 마음을 열어야 한다는 내 의지가 동한 것인지, 개심사가 그런 힘을 가진 것인지 진짜 마음이 열리는 것 같았다. 바람, 하늘, 나무, 꽃, 풍경 소리, 향 냄새 모두 내 열린 마음으로 성큼성큼 들어왔다. 얄미웠던 A도, 내 마음을 몰라주는 B도, 이기적인 C도, 누구 탓인지 모르게 어려웠던 D도 생각났다. 이해 안 될 일도, 사람도 없었다. 마음이 잔잔한 호수요, 넓은 태평양이면 모든 걸 다 담을 수 있다는 말이 맞았다. 내가 다 품으면 된다는 생각이 들었다. 혼자 여기까지 오길 참 잘했다 싶었다.

뚜벅이가 지방, 그것도 초행길일 때는 서둘러야 한다는 걸 몇 번의 경험으로 잘 알고 있던 터라 부랴부랴 일어섰다. 지방은 서울이 아니니 빛과 버스가 항시 대기하고 있지 않기 때문이다. 감사하다는 인사를 사찰 여기저기에 하고 왔던 길을 되돌아 내려왔다.

내려오는 길도 순조로웠다. 헤매지 않고 아까 내렸던 버스 정류장에 오니 슬슬 해가 지려 하고 있었다. 시간도 적절했다. 이제 오는 버스를 타고 다시 터미널에 가서 서울행 버스에 몸을 실으면 끝. 보람찬 하루를 보내고 있다 생각하니 뿌듯했다.

뿌듯했다, 여기까지는. 역시 순조롭다는 생각은 함부로 하는 게 아니었다. 일이 잘 풀린다 싶으면 태클을 거는 미지의 그 무언가가 있는 게 분명했다. 자만하지 말라는 나를 위한 장치일 거라 좋게 생각하는 것도 한두 번이지, 태클에 걸려 넘어질 때마다 맥이 빠지는 건 어쩔 수 없었다. 아니나 다를까, 이번에도 그 미지의 존재가 어김없이 나타나 순조로운 여행이라는 설레발을 깨트렸다.

버스가 이미 끊긴 거였다(한참을 기다려도 버스가 오지 않자 끊긴 것이라고 생각한 것일까. 두려움은 조바심을 낳고 조바심은 조급함을 낳으며 조급함은 착각을 낳으니). 그리 늦은 시간도 아닌데 버스가 끊기다니, 이런 교통 시스템을 갖춘 충청남도는 각성하라고 외치고 싶었지만, 사실 잘 알아보지 않았던 내 잘못이었다. 버스가 끊겼으면 택시를 타면 되겠지만, 결말이 '그래서 택시를 탔다'가 되는 건 순조로움을 싫어하는 미지의 존재가 바라는 것이 아닐 터. 마침 택시비가 없었다(카드로 택시를 탈 수 있는 시절이 아니었다). 게다가 이런 시골에서 은행 입출금기를 찾는다고 바로 눈에 띌 리는 당연히 없었다. 다시 한 번 충청남도는 각성하라 외치고 싶었지만, 이번에도 현금을 미리 준비하지 않고 길을 나선 내 탓이었다. 자책은 꼬리를 물고 이어졌지만 자책만 하며 시간을 보낼 수는 없었다. 시골의 밤은 일찍 시작되기 때문이었다.

마음은 머리에게 어서 방법을 찾아내라고 재촉했지만, 머리는 움직일 생각을 안 했다. 머리가 움직이지 않으면 발이 움직이면 된다. 머쓱해하는 머리를 위로하며 발이 나섰다. 여하튼 걷다 만나는 사람에게 물어봐야지. 그럼 시내로 가는 방법이 있을 거야. 머리가 좋지 않으면 몸이 피곤하다고 투덜댈 법도 한데 다행히 발은 별일 아니라는 듯 믿음직스럽게 앞으로 나아갔다. 믿음직스러웠다, 여기까지는.

하지만 한참을 걸어도 사람이 보이지 않았다. 시골의 밤은 일찍 시작된다고 했잖니, 알고 있던 사실이 잔소리가 되어 메아리쳤다. 믿음직스러웠던 발은 다시 머리에게 협조를 요청했다. 잔뜩 기죽었던 머리와 힘이 빠져버린 발은 서로 이제 믿을 건 당신밖에 없다며 치켜세워주었지만, 시간이 갈수록 믿을 건 행운뿐이었다. 나는 지쳐버린 머리와 발을 끌고 그저 한 발 한 발 앞으로만 가고 있었다. 주위가 어두워질수록 '다행히도'가 나타나기를 바라는 마음이 점점 '제발'로 바뀌고 있었지만, 애써 서울의 기준에 맞추며 "아직 초저녁이네"를 몇 번이나 되뇌었다. 입이 말랐는지 내뱉은 소리가 빽빽했다.

다행히 '다행히도'가 나타났다. 작은 동네 슈퍼가 보인 것이다. 불이 밝혀져 있었고 어렴풋이 사람 목소리도 들려왔다. 가까이 갈수록 선명하게 들리는 소리는 한 사람이 아니었다. 다시 한 번 '다행히도'가 절로 나왔다. 그런데 '다행히도'는 정말 다행한 결말로 이어질 수 있을까. 순조롭다 싶으면 태클을 거는 미지의 존재가 이제까지의 난관은 성에 차지 않아 더 큰 걸 준비하고 있을지도 몰랐다. 왠지 그럴 것 같았다. 슈퍼 안에 가득한 웃음소리가 예사롭지 않았기 때문이다.

하하하도 호호호도 껄껄껄도 아니었다. 깔깔깔과 끄억끄억끄억이었다. 너무 웃기고 너무 재미있어서 단체로 숨이 넘어가는 소리, 그만 웃고 재 좀 말려달라는 눈물이 흐르는 박장대소, 허리가 꺾이거나 등이 휘며 온몸으로 웃는 소리. 이런 웃음소리를 듣고 있자니 오히려 공포스러웠다. "캄캄한 밤, 외딴 고성 앞에 서 있는 소녀. 집으로 가려면 성안에 들어가 탈출의 열쇠를 찾아야 하지만, 성안에는 괴수들이 신나게 저녁식사를 하고 있는데! 과연 소녀는 열쇠를 손에 넣어 집에 갈 수 있을까, 크리스마스 대개봉! coming soon!" 영화 예고편이 머릿속에서 흘러갔다. 영화는 분명 해피엔딩일 테니, 내가 주인공인 이 영화도 해피엔딩일 거라며 애써 숨을 가다듬고 슈퍼 문을 밀었다.

끼익. 낡고 오래된 문에서 듣기 거슬리는 쇳소리가 났다. 슈퍼 안에 있는 사람들의 시선이 일제히 내게 쏠렸다. 나는 쇳소리보다 전신을 훑는 그들의 시선이 더 따가웠다. 정신을 가다듬고 슈퍼 안을 바라보니 한바탕 막걸리 파티가 벌어지고 있었다. 두 아주머니가 막걸리 잔을 들고 있었고, 한 아주머니는 난롯불 앞에서 불을 쬐고 있었다. 술기운과 불기운으로 모두 붉은 얼굴을 한 그들의 눈빛에서 경계심이 뿜어져 나왔다. 내 눈치는 그냥 길만 물었다가는 불호령을 듣게 될 거라고 속삭였다. 껌이라도 사면서 이야기를 꺼내야겠다는 소심한 방법을 생각해내고 주위를 둘러보았다.

하지만 그 슈퍼는 내가 생각하는 슈퍼가 아니었다. 슈퍼를 가장한 그녀들의 아지트라는 게 실체에 더 가까웠다. 밀가루, 간장, 설탕 등 몇 가지 식재료가 있었지만 성의 없이 대충 늘어놓은 것이 그것마저도 판매용이 아닌 가장용 소품 정도로밖에 보이지 않았다. 당장 뒤돌아 나가고 싶었지만, 나가면 첩첩산중에서 행운만 기다려야 하는 신세일 테니 밑져야 본전이었다. 용기를 내기로 했다. 설마 잡아먹기야 하겠어.

“저…… 말씀 좀 여쭐게요. 터미널에 가려고 하는데 버스가 끊겨서요. 어디로 가야 버스를 탈 수 있을까요? 아니면 은행 CD기가 어디에 있을까요? 택시를 부르면 여기까지 오나요?”

“…….”

답이 없었다. 모르면 모른다, 귀찮으면 귀찮다, 보기 싫으면 그냥 꺼져라, 무슨 답이 있어야 하는데 아주머니들은 내 말을 듣고 잠깐 나를 보더니 다시 제 할 일에 집중했다. 두 아주머니는 잔을 부딪치고 막걸리를 마셨고, 한 아주머니는 안주를 집어먹으며 불에 달궈진 무릎을 쓰다듬었다. 첩첩산중에서 행운을 기다리는 것과 별반 다를 바 없었다. 순조롭다 싶으면 태클을 거는 미지의 존재는 어디선가 이 모습을 지켜보며 킥킥대고 있겠지.

절망하며 그냥 나가려고 돌아서는 순간 난롯불을 쬐던 아주머니가 일어섰다. 아주머니는 긴 종이컵 한 줄을 들고 와 비닐을 풀더니 컵 한 개를 꺼냈다. 그리고 천천히 막걸리를 따랐다. 종이컵을 꺼내고 막걸리를 따르는 동작 하나하나에 품위가 있었다. 아주머니가 그 막걸리를 만든 장인처럼 보였다. 그 막걸리는 평범한 막걸리일 리가 없었다. 종이컵에 떨어지는 맑은 막걸리를 보자 내 처지도 잊고 입맛이 다셔졌다. 그런데 웬걸, 찰랑찰랑 아슬아슬하게 막걸리가 담긴 종이컵이 내 코앞으로 쑥 들어왔다. 아주머니가 제조한 명주는 내 것이었던 것이다. 나는 놀라서 아주머니들을 쳐다봤다. 살짝 입맛을 다신 걸 들킨 것일까 싶어 술을 마시지도 않았는데 불난불이 되었다.

"한잔해."

"네?"

"한잔 받으라고."

"네? 저 터미널에……."

아주머니의 목소리는 차분했고, 내 목소리는 불안했다. 이번엔 막걸리를 마시던 다른 아주머니.

"뭐 해, 받아. 한잔 마셔."

"아…… 저는 서울에 가야……."

아주머니의 목소리는 따뜻했고, 내 목소리는 여전히 불안했다. 이번엔 또 다른 아주머니.

"안 죽어. 마셔."

아주머니의 목소리는 부드러웠고, 나의 불안은 조금씩 사그라들었다.

아주머니들은 모두 웃고 있었다. 술기운과 불기운으로 붉은 얼굴을 하고 웃는 눈에서 이제는 온기가 뿜어져 나왔다. 마음이 따뜻해졌다. 기댈 건 행운밖에 없다고 했더니, 진짜 행운을 만난 것일까. 우윳빛 막걸리에 홀린 것인지 아주머니들의 미소에 홀린 것인지 나는 어느새 술잔을 받고 있었다.

"어차피 늦은 거 좀 놀다 가."

"한잔 마시면서 생각해. 다 방법이 있어."

"지나간 버스는 잊고. 우선 이거나 마셔."

나는 슈퍼 안 막걸리 파티에 자리를 잡았다. 막걸리 맛은 생각보다 훌륭했다. 순조롭다 싶으면 태클을 거는 미지의 존재도 아마 그 맛은 모를 것이다.

ending credit.

간절곶에서 손전등을 비춰주고 따뜻한 커피를 내밀었던 아주머니와는 그날 반나절을 함께 보냈다. 아주머니는 자신의 집으로 나를 초대했고 나는 된장찌개와 고등어구이가 놓인 근사한 점심을

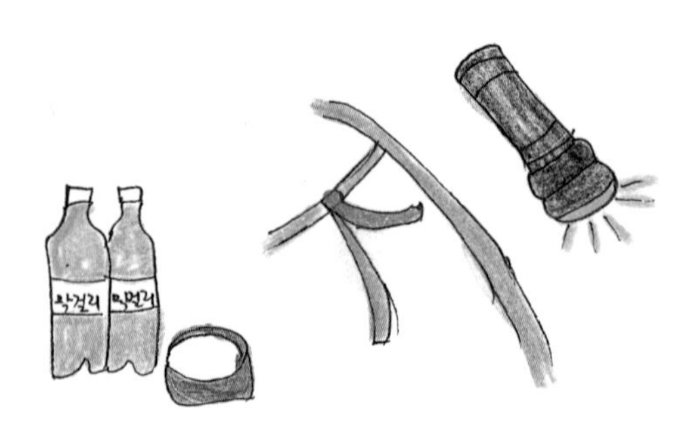

대접받았다. 크고 작은 화분으로 꽉 차 집 안이 작은 온실 같았던 아주머니의 집을 떠올리면 그때의 내가 《위대한 유산》에서 새티스 하우스를 방문한 핍인 것만 같다. 식사 후 아주머니와 따뜻한 차를 마시며 한참 얘기를 나누었다. 그때 어떤 이야기들을 나누었는지 정확히 기억은 나지 않는다. 하지만 나처럼 낯가림이 심한 사람이 시종일관 편안해했던 것을 보면 따뜻한 대화였던 게 틀림없다. 아주머니는 감사의 인사를 하며 일어서는 내게 각종 견과류가 담긴 커다란 봉투를 주셨다. 여행하면서 출출할 때 씹어 먹으면 좋을 거라던 아주머니의 말처럼 땅콩과 아몬드, 호두 등은 이후 여행길에서 든든한 간식거리가 되어주었다.

올레길에서 만난 아저씨는 줄곧 나보다 두세 발자국 앞에서 걸어가셨다. 나는 그 뒤를 졸래졸래 쫓아갔고, 그렇게 걷다보니 올레길 리본이 하나둘 스쳐 지나갔다. '아까 본 길'은 다시 나오지 않았다. 그렇게 아저씨와 나는 버스 정류장까지 함께 걸었다. 아저씨는 자신이 정년퇴직을 하고 제주에 몇 달 쉬러 온 육지 사람이라며 제주에서 지내면서 생각과는 달랐던 점, 자신이 겪은 낭패들, 그럼에도 제주가 좋은 이유들을 천천히 말씀해주셨다. 말하는 중간중간마다 혼자 다니면 위험하니 조심하라는 당부를 추임새처럼 넣으셨다. 따뜻한 잔소리였다.

슈퍼 안 막걸리 파티는 한 시간가량 이어졌다. 아주머니들은 내게 몇 차례 막걸리를 권했을 뿐 시시콜콜한 것을 묻지는 않았다. 그들에게는 자신들의 이야기보따리를 풀어놓기에도 모자란 시간이었다. 내 신상에 대한 품평이 이어질 걱정은 바로 내려놓았다. 말보다 웃음소리가 더 길었던 보기 드물게 흥겨운 술자리였다. 나는 술을 마시지 않고 난롯가에 앉아 있던 아주머니의 트럭을 얻어 타고 무사히 터미널에 도착했다. 그리고 서울로 올라오는 버스 안에서 뒤늦은 술기운이 올라와 단잠을 잤다. 아주머니들이 주었던 막걸리는 명주가 맞았다. 단잠을 자고 서울에 도착하니 보약을 먹은 듯 하나도 피곤하지 않았다.

etc.

혼자 걸으면서 〈비포 선라이즈〉를 기대해본 적이 없다. 기대가 없어서 그럴까, 아무튼 나의 길에서는 파리로 돌아가는 여자와 비엔나를 가는 남자가 기차에서 만나 사랑에 빠지는 것 같은 달콤한 로맨스는 만들어지지 않았다. 로또 당첨의 꿈은 로또를 사고 나서 꾸어야 하는 법, 노력을 안 했으니 서운하지 않다.

하지만 내가 걷는 길에서도 우연한 만남들이 있었다. '달콤'과는 거리가 먼 스토리지만, 내게는 모두 고마운 장면들이다. 그들은 내가 길을 잃었을 때, 앞이 깜깜할 때, 돌아갈 방법이 없을 때, 사람이 그리울 때 나타나주었고, 세상 어차피 혼자라며 호기롭게 뽐내다 내 발에 걸려 넘어졌을 때 비웃지 않고 손을 내밀어주었다.

물론 길에서 만난 모든 사람들이 좋은 사람은 아니었다. 불쾌하고 무섭고 짜증나게 했던 사람들도 있었다. 하지만 내 기억에 남아 있는 몇몇 담백한 만남들이 있기에 소심한 내향인은 다시 혼자 길을 나설 수 있다. 그들이 준 좋은 인상은 내 마음에 건강하게 자리잡아 다음 걸음을 만드는 근육이 되어주었다. 〈비포 선라이즈〉가 〈비포 선셋〉으로 이어졌듯이 나도 마음속의 따뜻한 근육 덕에 새로운 이야기를 만들 수 있을 것이다. "나와 함께 비엔나에 내려요"는 없지만 괜찮다. 담백한 맛이 오래간다. 단것은 금방 질리니까.

온천

급하게 충전이 필요할 때

지금 내 휴대폰 배터리는 49%가 남아 있다. 휴대폰은 내가 자신을 쳐다볼 때마다 에너지의 남은 양을 표시해준다. 에너지가 줄어들어 15%가 되면 첫 경고가 울리고 그런데도 충전을 하지 않으면 재촉장이 계속 날아온다. 제 에너지가 바닥나고 있습니다. 좀 있으면 그냥 뻗을 것 같은데요. 아, 거참 곧 사망할 예정이라니까! 아, 몰라, 나 죽고 후회를 하든가 말든가. 부랴부랴 충전기를 꽂고 휴대폰을 바라보면 에너지 숫자가 차곡차곡 올라간다.

휴대폰의 에너지가 조금씩 차오르는 걸 보면서 여러 번 했던 생각이 있다. 휴대폰처럼 사람도 남아 있는 에너지가 밖으로 보이면 어떨까. 에너지 상태는 숫자가 아닌 막대로 표시되는데 막대 다섯 개에 불이 들어오면 완충이다. 막대의 상태는 이런 식으로 표시된다. 여덟 시간 숙면을 하고 일어난 아침에는 막대 다섯 개에 불이 짱짱하게 들어오고, 새벽까지 술을 퍼마시고 겨우 세 시간 자고 일어난 아침에는 막대 한 개에만 흐릿한 빛이 깜박깜박.

막대의 위치는 각자 정할 수 있는데, 대부분 손목이나 발목에 보이게끔 하지만 막대를 이용해서 개성을 드러낼 수도 있다. 복근을 자랑하고 싶은 사람은 막대를 배 위 '王' 자와 겹치게 해서 복근에 불이 들어오게 하는 효과를 볼 수도 있다. 한 아이돌의 팬들은 모두 에너지 상태가 최고인 상태로 공연장에 가서, 야광봉 대신 막대 다섯 개에 불이 밝혀진 손목을 쳐들고 떼창을 해 가수를 감동시킬 수도 있겠다. 휴대폰을 부러워하는 것은 어처구니없는 일이지만, 막대 다섯 개에 오랫동안 불이 들어오던 젊음과 멀어지다 보니 별의별 생각이 다 든다.

휴대폰의 에너지는 주야로 살피면서 정작 자신에게는 무관심할 때가 많다. 배가 고프면 눈에 띄는 것으로 끼니를 때우고, 기력이 없으면 소파에 늘어져 있고, 잠이 부족하다고 투덜대면서도 밤늦도록 손에 들고 있는 TV 리모컨을 놓지 않는다. 시간에 맞추어 영양을 따진 식사를 하고, 힘이 없을 때를 대비해 운동을 하고, 졸릴 시간이 가까이 오면 무조건 침대로 들어가야 한다는 것은 머리로만 알고 있다. 생각나면 먹는 영양제 몇 알과 대중교통 이용자의 장점이라 우기면서 걷는 얼마 안 되는 시간에 체력을 의존하고 있으니 나는 에너지를 잘 살피는 사람이 못 된다.

이제는 한 번에 여러 가지 일이 가능한 멀티 플레이어는 고사하고, 하루에 할 수 있는 일의 양도 많이 줄었다. 몸이 지친다고 "오늘 일은 여기까지!" 하고 접을 수 없는 것이 현실이니 서글퍼지기도 한다. 아무리 충전을 해도 막대기 한 개만 불이 들어오고, 그럼에도 일을 해야 하는 노년으로 생각이 이어지면, 어김없이 허무한 인생이란 말이 한숨에 섞여 나온다.

여럿 속에 있는 것보다야 낫겠지만 혼자 있다고 해서, 특히나 생각이 많은 내향인의 경우 에너지 소모량이 적을 리 없다. 그런데 안타깝게도 나는 '쉼'이 어렵다. 원래 무뎌서 그런 것인지, 태생적으로 힘듦을 잘 못 느끼는 것인지, 아니면 견디는 것에 훈련이 잘되어서인지 미리미리 충전하지 못하고 몸이 보내는 경고를 몇 번이나 받고서야 쉬어야겠다는 생각을 한다. 게다가 충전을 한답시고 시간을 만들어도 그 시간을 무언가를 보거나 생각하는 데 써버릴 때가 많다. 아무것도 아무 생각도 안 하고 잠이나 푹 잤으면 싶은 바람은 말 그대로 바람일 뿐이라 여기는지 체념해버린다. '아무 생각 하지 말자'도 생각인데, 아무 생각 안 하는 것이 가능하겠어? 라면서 말이다.

문제는 몸과 머리와 마음이 한꺼번에 너덜너덜해져서 제대로 쉬면서 충전을 하지 않으면 나에게 내일은 없겠다는 자각이 들 때

다. 체념도 살 만할 때 하는 것. 막대기의 불빛이 진짜 수건을 던지고 파업을 하겠다는 최후의 경고를 보내면 체념만 하고 있을 수는 없다. 쉬는 방법을 찾아야 한다. 산책을 하고 서점이나 극장을 가는 등 나름 가진 몇 개의 카드가 있지만 정말 에너지가 바닥이 나면 자주 사용하는 카드들은 불발이 된다. 숨겨진 카드, 피로와 무기력으로 무장한 골리앗에게 던질 다윗의 한 방을 찾아야 한다.

track 1.

나의 한 방은, 온천이다. 이렇게 말하면 와, 지쳤다고 곧바로 일

본 료칸에 가다니, 참으로 스고이! 이렇게 생각할 수도 있으려나. 그렇다면 대답은, 스미마센. 일본 료칸 온천에 몸을 누이고 휴식을 취하는 모습은 상상 속에서 늘 즐기는 장면이지만 안타깝게도 온천만 즐기러 일본행 비행기를 탈 여유는 없다. 스파게티를 먹으러 이탈리아에, 쌀국수를 먹으러 베트남에 가는 '스고이' 한 일은 여유란 녀석이 진짜 여유롭게 내게 찾아올 때를 위해 꿈으로 남겨두었다.

하지만 온천은 비행기를 타야만 갈 수 있는 곳은 아니다. 내가 빠른 충전을 위해 남은 에너지를 긁어모아 타는 것은 비행기가 아니라 기차다. 나는 기차를 타고 온천에 간다. 온천을 즐길 때 나만의 루틴이 있다. 칸트에게 산책이 있다면 나에겐 온천이다. 칸트처럼 정확하지는 않지만, 나에겐 나름 빠른 충전을 위한 가장 좋은 방법이다.

— 역으로 간다(에너지가 바닥인데 계획 따위를 세웠을 리가 없으니 예매한 표는 없다. 그냥 간다).

— 가장 빠른 표를 끊는다.

— 기차 타기 전 남는 시간에 근처 드러그스토어에 간다(시간이 없다면 온천 근처 드러그스토어에 가면 된다).

— 입욕제를 산다(집에서는 절대 하지 않는 거품 목욕을 할 생각이다.

세정력보다 거품이 우선이다. 아무리 들여다보아도 모를 테니 직원에게 거품이 많이 나는 것이 무엇인지 묻는다. 루틴에서 얻은 지혜).

— 아직 시간이 남아 있다면 역 주변 백화점이나 마트에서 와인을 산다(역시 집에서는 절대 하지 않겠지만, 와인을 온천물에 탈 생각이다. 욕조에 뿌릴 와인이니 레드와인으로 고른다. 그 아까운 걸? 물론 전부 붓지는 않을 것이다. 얼마쯤은 물속에 들어앉아 마실 예정이다. 물로 들어갈 양과 입으로 들어갈 양은 마음 가는 대로. 시간이 없다면 온천 근처 편의점에 가면 된다).

— 기차를 탄다(출발하면 귀에 이어폰을 꽂고 눈을 감는다. 음악을 들으며 잠을 자기 위해 '노력'한다. 온천을 즐길 체력을 조금이라도 모아두

어야 한다).

— 역에 도착하면 근처 재래시장으로 간다(부추전을 산다. 맥주도 잊지 않는다. 목욕을 하고 나오자마자 바로 먹고 곧 자야 하니 부추전 한 장, 맥주도 딱 한 캔이 좋다. 맥주는 욕조 안에서 먹지 않는다. 차가운 맥주 첫 모금은 목욕을 마치고 침대에 앉아 넘겨야 한다).

— 호텔에 가서 방을 잡는다(역시 예약은 없다. 어떻게든 싸게 숙소를 구하기 위해 예약 사이트를 뒤지는 것은 그래도 에너지가 있을 때 하는 짓이다).

— 방에 들어가 온천을 즐길 준비를 한다(목욕을 하는 동안 들을 음악을 선곡하고, 욕실의 욕조를 정성스럽게 닦는다. 욕조 바닥에 입욕제 가루를 털어넣고 뜨거운 물을 조금 채운 후 손으로 거품을 만든다. 욕조에 물을 조금 더 채운 다음, 와인을 지그재그로 뿌린다. 보랏빛이 나는 하얀 거품이 만들어지면 욕조에 넘치지 않을 정도로 나머지 물을 채운다. 뜨거운 온기로 욕실이 가득 차는 동안 양치를 하고, 얼굴을 씻고, 가볍게 샤워를 한다).

— 파라다이스!!

— 충전이 끝났다(충전 후는 그때그때 하고 싶은 것이 달라지므로 루틴이 아니다. 목욕을 하고 나와 차갑게 준비해둔 맥주를 마시고 나면 거의 잠을 자지만, 노곤한 상태로 침대에서 뒹굴며 책을 보고, 음악을 듣고, 드라마를 보는 맛도 만만치 않게 좋기 때문이다).

하룻밤 자는 루틴이 곤란할 때도 있다. 그럴 때는 당일치기 루틴으로 대체하면 된다. 당일치기 때는 호텔 욕실이 아니라 대중탕을 이용해야 하니 입욕제, 와인, 부추전, 맥주 등은 생략된다. 대신 목욕을 마치고 나와 바나나우유를 마신다. 목욕 후에 마시는 바나나우유! 이건 와인, 맥주 못지않게 강력하다. 목욕 후 노곤한 상태에서 바나나우유에 빨대를 꽂고 한 모금 빨아올리면, 이 맛을 보려고 인간으로 태어났구나 싶어진다. 바나나우유를 개발한 사람은 목욕과 바나나우유의 관계를 알고 있었을까. 왠지 바나나우유의 탄생 비화에 목욕이라는 호재가 끼어 있을 것만 같다.

온천이 왜 '한 방'이 되었는지는 루틴이 만들어진 것처럼 어쩌다보니 그렇게 되었다고밖에 답할 말이 없다. 다만, 온천욕을 하고 있으면 몸에 주어졌던 힘이 저절로 풀어지고, 사방 가지치기하며 뻗어나가던 생각도 물속으로 사그라들어 몸과 마음, 머리가 아무것도 안 하는 상태가 되기 때문인 것 같다. 온천물에 들어가 있을 때 내 오감은 휴식을 취하는 일에 가장 집중한다.

촉촉해진 눈으로 거품이 보글보글 뭉쳤다 사라지는 걸 보고, 귀로는 엄선한 음악을 듣고, 코는 입욕제와 와인으로 퍼진 달큼한 향을 들이마신다. 온천물의 뜨거움과 거품의 부드러움이 피부에 닿고 거기에 와인까지 한 모금 머금으면 무릉도원이 따로 없다. 감각이 생각을 이기는 것일까. 맨몸에 생각까지 내려놓게 되니 충전을 방해할 요소가 없어진다. 역시 가벼워야 채울 수 있다. 힘을 빼야 힘이 생긴다.

track 2.

언젠가 루틴대로 온천을 즐긴 후, 호텔 침대에 앉아 맥주에 부추전을 먹고 있는데 침대가 살짝 출렁거렸다. 침대가 움직였을 리는 없고, 내가 춤을 춘 것도 아니니 난데없는 출렁임에 순간 오싹했다. 지진을 느낀 것이다. 지진은 호텔에서 한참 떨어진 경남 쪽에서 발생했고 진도도 그리 높지 않았는데, 충남의 한 호텔 침대에 앉아 있는 내가 느낀 것이 신기했다.

신기함은 잠깐, 그 뒤 찾아온 섬뜩함은 나는 역시 예민한 사람이구나 하고 생각하는 걸로 털어지지 않았다. 아주 잠깐의 출렁거림이 너무 강렬했는지 정말 큰 지진이 일어난 상상으로 이어졌다. 내가 여기서 지진으로 최후를 맞게 된다면, 건물 잔해에서 찾아낸 내 시체를 보고 사람들은 뭐라고 얘기할까. 만약 욕조 속에 있다가 혹은 막 목욕을 마치고 나왔을 때 지진이 나서 벌거벗은 상태로 운명을 달리하게 된다면 어떨까. 그 상황에서도 체면을 생각하다니 나는 어쩔 수 없이 속세의 인간이구나 싶어 헛웃음이 나왔다.

그런데 한편으로는 이승에서의 마지막이 최고로 편안하고 나른한 상태였다는 생각을 하니, 이만큼 행복한 마무리가 어디 있을까

싫어졌다. 흔히들 달콤한 죽음으로 복상사를 든다. 또 다른 사례로 온천사는 어떨까. 저승에서 복상사만큼 황홀한 죽음은 아니라며 인정받지 못하려나. 글쎄, 나에게는 황홀함만큼 달콤한 것이 편안함이니 최후의 순간으로 온천사가 나쁘지는 않을 것 같다.

쪽팔림을 이긴 온천의 위력이라니. 지진만큼 세다.

etc.

매번 온천으로 달려갈 수는 없다. 온천이라는 묘책을 쓰기 전에 에너지가 바닥나지 않도록 보살피는 것이 자신에게 해주어야 할 가장 중요한 일이다. 온천에서 루틴이 있는 것처럼 일상에서도 나의 에너지를 위한 작고 구체적인 여러 가지 루틴을 만들어야 한다. 언제, 어떻게 하다 루틴이 되었는지 모르게 습관으로 자리 잡으려면 한참이 걸리겠지만, 에너지가 떨어지는 속도가 나이 먹는 속도보다 빠르게 느껴진다면 더 이상 게으름만 부릴 수는 없는 노릇이다. 그러다 아예 충전이 안 되는 상태가 올 수도 있으니 말이다. 망가진 휴대폰은 버리고 새것으로 바꾸면 되지만 나는 나를 교체할 수 없으니까.

이 생각도 온천에서 하고 있다면 함정일까. 에너지가 가득 차니 생각도 건강해진다.

카페

카페와 커피가 만드는 신비한 케미스트리

카페에서 쓰는 시간과 돈이 아깝다는 사람을 여럿 보았다. 나도 주머니가 얇아졌을 때는 카페에서 마시는 커피 값부터 아껴야 하는 거 아닌가 생각한 적이 있다. 하지만 카페 대신 다른 방안을 찾아보았자 그만한 곳이 없기에 다시 발길은 카페로 향한다. 나는 카페를 좋아하는 사람, 맞다.

여행을 가서도 카페를 중심에 놓고 동선을 짜는 경우가 많다. 아예 그 카페를 가기 위한 여행을 하기도 한다. 어느 곳에서든 나만의 카페를 찾아놓는 게 큰 즐거움이다. 언제 다시 이곳에 와도 몸과 마음을 부려놓을 수 있는 공간이 있다는 게 별장이라도 지어놓은 양 든든하다. 머릿속 카페 리스트는 늘 바쁘게 움직인다.

"카페를 좋아하는 걸 보니 커피에 대해 조예가 깊으시겠군요"라는 말을 종종 듣곤 한다. 아프리카나 남미의 나라 이름이 붙은 커피들을 보면서 어떤 커피를 마시는 게 좋을지 묻는 사람도 있다.

하지만 대답은 늘 같다. “커피? 잘 모르는데요. 저는 아메리카노 주세요.”

커피, 잘 모른다. 내가 카페에서 마시는 커피는 아메리카노와 카페라떼를 왔다 갔다 할 뿐이요, 선물로 받은 커피용품은 어딘가에 처박아둔 지 오래고 집에서는 전기포트에 끓인 물을 인스턴트 커피에 부어 젓가락으로 휘휘 저어 마신다. 커피의 신맛과 섬세한 쓴맛은 어쩌다 한 번 느낄락 말락, 백이면 백 맛없다고 평하는 몇몇 프랜차이즈 커피가 나 역시 별로라고 느끼는 것 정도가 내 커피 지력의 전부다. 심지어 카페인에 취약한 나는 오후 두 시가 넘

어가면 커피를 잘 마시지도 않는다. 마시더라도 긴 밤 동안 카페인으로 두근댈 심장 걱정에 그 맛을 제대로 음미하지도 못한다. 내게 저녁때 마시는 커피 이름은 늘 똑같다. '오늘 잠 다 잤구나.'

커피도 모르면서 카페를 좋아한다니, '○○을 모르면서 ○○을 좋아한다니'를 수도 없이 갖다 붙일 수 있을 것 같다. 잘 알지도 못하면서 아는 척하는 건 언제나 궁색하다. 하지만 카페를 좋아하는 건 사실이니 궁색한 와중에 억울함까지 더해져 궁색함이 더 커진다.

변명이라 해도 풀어놓자면 이렇다. "제가 좋아하는 건 커피 그 자체가 아니라 커피가 만들어내는 화학반응입니다. 흠흠." 커피 맛도 잘 모르고 카페인에도 취약한 내가 카페를 찾아다니는 건 이 신비한 케미스트리chemistry를 보고 느끼고 즐기고 싶어서인 것이다. 감히 말하건대, 케미스트리의 왕좌에는 커피가 앉아야 한다. 세상 어떤 것도 커피만큼 그 무엇과도 잘 어울리기 어렵다는 게 내 생각이다. 어떤 대단한 것을 들이밀어도 일등을 뺏기지 않을 자신이 있다.

track 1.

그저 그런 일상에서 커피가 만들어내는 케미스트리는 자주 나를 놀라게 한다. 예를 들면 이런 케미스트리. 혼자 끼니를 때우는 경우가 많은 나는 거의 간단하게 먹을 수 있는 음식을 고르게 된다. 김밥이나 햄버거, 편의점 도시락 같은 것들. 혼자 밥 먹은 경력이 하루 이틀이 아니지만 혼자, 급하게, 어쩔 수 없어서 이런 음식을 먹을 때는 가끔 처량해진다. 알싸한 서러움이 올라오기도 하고, 스스로가 가엾게 여겨질 때도 있다. 남기지 않고 잘도 먹으면서 말이다. 그런데 이때 커피를 곁들이면 상황이 좀 달라진다. 커피가 음식에 고소함 지수를 올리는 것인지 커피를 곁들이면 먹고 있는 음식에서 고급스럽게 고소한 맛이 난다.

김밥을 입에 물고 커피를 한 모금 머금으면 일반 김밥이 프리미엄 김밥이 되는 놀라움을 여러 번 경험했다. 늘 생각했다. 김밥카페가 있으면 대박 날 텐데. 햄버거도 마찬가지다. 햄버거집 커피의 품질이 그리 좋지 않음에도 햄버거가 커피를 만나면 둘의 맛이 같이 상승한다. 둘의 궁짝이 어지간히 잘 맞는다. 햄버거에는 콜라라고? 아니, 햄버거에는 커피다. 맛에서 일어나는 화학반응은 당장 기분에도 영향을 미쳐 혼자, 급하게, 어쩔 수 없어서 먹는 쓸쓸한 식사가 여유를 즐기는 식사가 된다. 센트럴 파크 잔디밭에 앉아 점심을 먹는 뉴요커 저리 가라다.

커피가 기분과 만들어내는 케미스트리는 말을 덧붙이지 않아도 이해할 것이다. 한 잔의 커피가 주는 위로는 사람에게서 받는 것 못지않다. 상황이 '나를 둘러싼 나를 제외한 사람들은 즐겁다'(루시드 폴의 노래 〈사람들은 즐겁다〉 중)일 때도 손에 커피를 들고 있으면 그나마 더 아래로 가라앉지 않는다. 커피 향의 힘인지 커피가 쓸쓸함의 바닥에서 끌어올려준다. 의욕이 바닥일 때 목구멍을 타고 내려가 온몸으로 퍼지는 카페인은 무기력에 잽을 날린다. 강펀치는 아니지만, 발을 종종대며 계속 날려대는 잽에 무기력은 귀찮다는 듯 항복한다. 알았어, 알았다고. 일하면 되잖아.

track 2.

여행을 하면 커피가 일으키는 케미스트리를 더 잘 발견할 수 있다. 이 발견을 위해서 골목을 찾아 헤매기도 하고, 언덕을 오르기도 한다. 하루에 한 번 다니는 버스 시간을 맞추려고 무리한 일정을 소화하기도 하고 땡볕, 혹한에도 기꺼이 걷는다. 바다, 숲, 기찻길, 자갈길 등 어디든지 커피의 화학반응이 일어날 법한 곳은 별표를 찍어놓고 찾아간다. 여행에서 만나는 커피의 케미스트리는 삼박자가 맞아 일어나는데, 삼박자는 '카페, 커피 그리고 무엇'이다. 셋이 만났으니 잘만 어울린다면 일상에서 찾은 케미스트리보다 훨씬 강력하다.

가장 안정감 있는 케미스트리는 '카페, 커피 그리고 나무'다. 숲 가까이 있는 카페에서 나무를 바라보며 마시는 커피는 편안함을 만들어낸다. 원소기호는 편안함의 'P'. 운 좋게 비까지 내려 나뭇잎에 떨어지는 빗소리를 들을 수 있다면 내가 있는 곳이 바로 낙

원이다.

'카페, 커피 그리고 바다'를 섞으면 추억이 딸려온다. 누구나 향을 머금은 커피 연기가 수평선 위로 모락모락 피어오르는 걸 보면 떠오르는 얼굴이 있을 것이다. 지랄 맞게 잊어야 할 얼굴이 떠오른다면 아직 못 잊은 것이 맞으니 그냥 그대로 떠오르게 둔다. 잠

안 오는 새벽 침대에서 생각나는 것보단 덜 지랄 맞다. 이 화학반응은 '이제 그리운 것은 그리운 대로 내 마음에 둘 거야. 그대 생각이 나면 생각난 대로 내버려두듯이'(이문세의 노래 〈옛사랑〉 중)다. 원소기호는 추억의 'C'.

'카페, 커피 그리고 초콜릿'이 만나면 달콤하기보다는 쌉싸름한데 이 맛이 입안을 한 번 휘저으면 피곤한 몸이 노곤해지는 반응이 일어난다. 카페를 찾아가느라 지친 발바닥이 간질간질해진다. 우연히 커피와 함께 초콜릿 한 개를 놓아주는 카페에 가게 되면 그 센스에 감탄한다. 카페 주인장이 이 케미스트리를 알고 있는 것이 분명하다. 원소기호는 쌉싸름의 'S2'. 주인장의 배려가 더해져서 '2'가 붙었다.

제일 만나기 어렵지만 가장 재미있는 케미스트리는 '카페, 커피 그리고 카페 주인장'이다. 의도치 않게 만나게 되는 이 케미스트리에 나도 자연스럽게 섞여든다. 카페와 커피, 주인장이 만들어내는 분위기에 취해 낯가림보다는 호기심이 앞서고 놀랍게도 내가 먼저 말문을 튼다. 매력적인 사람이 커피를 내리는 모습을 보면서 나누는 대화는 돌아갈 시간을 훌쩍 넘어서까지 이어지기도 한다. 이 화학반응의 열쇠는 아무래도 매력적인 카페 주인장이 쥐고 있다. 카페를 열기 위해 태어났을 것 같은 사람이 주인장인 카페를 만나는 건 행운이다. 그런 주인장이 있는 카페는 커피, 음악, 소품 등등 그곳의 모든 것이 조화롭다. 심지어 손님들마저도 주인장을 닮은 듯 그저 카페의 일부분처럼 느껴진다.

독심술을 쓸 줄 아는 카페 주인장을 만난 적이 있다. 전주를 한참 돌다 다리가 아파서 마침 눈앞에 있는 카페에 들어갔다. 전주라는 지역의 특징과 주인장의 개성이 잘 어울리는 카페였다. 공들여 찾지 않고 들어간 카페였는데 실패는 아닌 것 같아 흐뭇했다. 자리를 잡고 커피를 시킨 후 카페 안을 요리조리 살피며 생각을 펼치려는 순간, 주인장의 독심술이 시작됐다.

나 '전주에서 이런 카페를 열고 지내면 참 좋겠다.'

주인장 (커피를 내 앞에 내려놓으며) 이런 곳에서 카페 열고 지내니까 좋을 것 같죠?

나 (움찔 놀라며 잔을 챙긴다) '어떻게 알았지?'/감사합니다.

주인장 (내 앞 의자에 앉으며) 어떻게 알았나 하고 깜짝 놀랐죠?

나 (허걱) '내가 카페 차리고 싶은 사람으로 보였나?'

주인장 딱 보니 카페를 열고 싶다는 생각을 자주 하는구먼.

나 (당황 반 짜증 반인 얼굴로) '그런 생각이 얼굴에 쓰여 있나? 왜 여기에 앉고 난리야.'/아니요.

주인장 그런 생각을 자주 하는 사람들은 다 얼굴에 쓰여 있어요. 그런 얼굴을 볼 때마다 말리지, 내가.

나 '그래도 서울에서 일과 회사에 얽매여 자유도 없이 사는 것보단 낫겠지.'

주인장 출근 전쟁에 자유도 없이 지내는 것보단 나아 보이죠?

나 (놀라고 슬슬 재미있어 하는 얼굴로) 네, 그렇지 않나요?

주인장 나도 예전엔 그렇게 생각했어요. 그래서 다 때려치우고 내려왔잖아, 이 시골로.

나 '이제부터 고난의 카페 창업기가 시작되겠군.'

주인장 잘 들어요. 여기 타지에서, 내가 전주 사람이 아니거든, 카페를 연 스토리를 들려줄게. 아주 힘들기가 말도 못해. 다시 때려치우고 서울로 올라가고 싶은 마음이 하루가 멀다 하고 들었다니까.

나 (집중하며) '전주 사람들 이야기부터 하지 않을까?'

주인장 손님, 똑똑하네요. 제일 힘들었던 건 여기 사람들이야. 외지에서 왔다고 하면 처음에 경계가 아주 말도 못해.

나 (놀라며) '왕년에 포커 많이 친 양반인가 보네.'

주인장 놀랐죠? 내가 기막히게 알아. 생각이 보여, 막.

웃음이 나오려는 걸 참고 주인장의 이야기에 집중했다. 사실 이야기가 너무 재미있어서 저절로 집중이 되었다. 대화 사이에 주인장은 내 커피를 다시 내려주었고, 다시 받은 커피를 다 마시기도 전에 오미자차와 몇 가지 간식을 권했다.

주인장 그러니 개고생하지 말고 서울에서 일 열심히 하며 살아요.

나 (웃으며) '그래도 카페 주인이 나을……'

주인장 (정색하며) 또, 또. 카페 차리면 개고생이라니까. 카페는 아무나 하나, 응!

나 (웃으며) 네, 알겠습니다. 절대 카페 안 차릴게요.

창밖을 보니 어스름하게 해가 지고 있었다. 서울로 올라가야 하니 서둘러 가방을 챙겨 일어서며 다시 한 번 카페 안을 휘둘러보았다.

나 '그래도 이런 카페 하나 있으면 좋겠다.'

주인장 허허. 이런 카페 하나 있어봤자 고생길이라니까.

카페 주인장이 진짜 독심술을 할 줄 아는 건지, 아님 혼자 여행 온 손님들이 대부분 주인장을 부러워했던 건지 모르겠다. 그저 즐거운 마법을 경험한 느낌이었다. 손님을 잘 살피고 그에 맞춰 말을 건네는 주인장의 솜씨는 처음 만나는 사람이라는 것도 잊게 할 만큼 친근했다. 독심술도 불쾌하지 않았다. 그 뒤에 또 카페를 차리고 싶다는 생각이 들면 어김없이 전주에서 만난 독심술 주인장이 떠올랐다. 카페, 아무나 하나, 응?

track 3.

만나길 꿈꾸는 케미스트리는 '카페, 커피 그리고 담배'이다. 누구에게는 쉬운 것이지만, 카페 안에서 담배를 피울 수도 없고 무엇보다 나는 흡연자가 아니니 내게는 쉽지 않은 만남이다. 카페 흡연실에서 커피와 담배를 양손에 들고 있는 사람을 보며 그저 상상하는 게 다다. 그래도 이 반응을 머릿속으로만 접하고 싶지는 않다. 꼭 한 번 느껴보고 싶다.

이런 생각이 든 것은 모두 짐 자무시 감독의 〈커피와 담배〉 탓이다. 이 영화를 본 지 십여 년이 훌쩍 넘었는데도 커피와 담배가 만들어내는 그 거친 매력은 지금도 생생하다. 영화 속 인물들은 작은 카페에서 커피를 마시고 담배를 피우며 계속 대화를 나눈다. 그저 그런 수다를 들으며 웃다보면 대화를 이끌어내는 것이 바로 커피와 담배란 것을 알 수 있다. 흑백 화면 가득히 올라오는 커피 향과 담배 연기는 관객까지 대화에 동참시킨다. 나는 영화를 보는 내내 스크린 안으로 들어갈 수 없는 것이 안타까웠다. 담배는 피우지 않으니 별수 없어도 당장 커피 한 잔, 그것도 마시지도 못하는 에스프레소 한 잔을 들이켜고 싶은 충동이 일어 혼났다.

영화를 본 뒤로 이 삼박자를 만나는 것은 아껴두고 있다. 삼박자가 만들어내는 궁극의 반응을 제대로 느껴보고 싶어서랄까. 언젠가 (흡연실이 있는 카페 말고) 흡연이 가능한, 흡연에 어울리는 카페에 가게 되었을 때, 마침 쿵짝이 잘 맞는 친구가 곁에 있다면 커피와 담배를 앞에 두고 신나게 아무말대잔치를 벌여보고 싶다. "담배와 커피라…… 환상의 조합이죠. 아무것도 못 따라와요. 우린 커피와 담배 세대예요." 영화 대사처럼 정말 아무것도 못 따라올지 해봐야 알겠지.

etc.

나는 자주 커피와 카페가 만들어내는 케미스트리의 덕을 본다. '카페, 커피 그리고 책'의 케미스트리는 몰입을 선물해준다. 카페에서 커피를 마시며 책을 읽으면 나는 이야기에 더 깊이 빠져든다. '카페, 커피 그리고 노트북'의 케미스트리는 생각을 '생각답게' 하도록 도와준다. 지금도 나는 카페에서 커피를 마시며 노트북 자판을 두드리고 있다. 노트북 옆에 커피 말고 다른 것이 있다면 내 생각은 삼천포를 지나 사천포로, 그러다 왜 생각을 하는지도 잊고 결국 이상한 목적지에 가닿을 것이다.

'카페, 커피 그리고 무엇'이 만들어내는 케미스트리는 이렇게 훌륭하다. 당신이라면 '무엇'의 자리에 어떤 걸 넣을지 생각해보시라. 그 조합이 당신에게 어떤 신비를 선사할지 모를 일이다. 못 믿겠다고? 믿는 자에게 복이 있나니.

문지방을 넘는 것만으로, 무작정의 효과

"라면 먹을래요?"와 "어떻게 사랑이 변하니?"는 영화 〈봄날은 간다〉에서 제일 유명한 대사이다. 영화를 보면서 라면 먹겠냐는 말의 함의에 설레었고, 원래 변하는 속성을 가진 사랑을 두고 믿을 수 없어 되묻는 주인공 상우(유지태)가 애잔했다. 그러게 왜 사랑은 변하는 거니? 이 두 대사가 사랑의 양상을 보여주는 영화를 압축한 듯해서 〈봄날은 간다〉를 떠올리면 늘 이 말부터 맴돌았다. 그런데 한참 시간이 지난 어느 날, TV에서 방영되는 〈봄날은 간다〉를 보는데 느닷없이 다른 대사가 귀에 꽂혔다.

"아저씨, 강릉!"

서울에 사는 상우가 술에 취해 친구가 운전하는 택시를 불러서 하는 말이다. 은수(이영애)가 너무 보고 싶어 시간이든 거리든 묻지도 따지지도 않고 무작정 내뱉는 말. 이 장면을 보면서 생각했다. 사랑은 저런 거지, 저렇게 앞뒤 생각 못하는 거지. 그렇게 새벽을 가로질러 강릉까지 간 상우를 기다리는 은수. 어스름한 새벽빛을 살짝 머금은 하늘을 뒤로하고 두 연인이 만나 포옹하는 장면이 그렇게 예쁠 수가 없었다. 그 후 〈봄날은 간다〉를 생각하면 떠오르는 대사는 "아저씨, 강릉!"이 되었다.

"아저씨, 강릉!"처럼 무작정 저지른 일에서는 진심이 드러난다. 진심의 힘인 걸까. 진심은 때론 생각보다 극적인 장면을 만들어낸다. 은수와 상우의 새벽녘 포옹처럼. 하지만 나는 많은 경우에 계획하고 움직이는 쪽이다. 작은 일도 일어날 수 있는 경우의 수를 따져 결과를 예측하고 그중 제일 좋은 것을 선택한다. 책임은 내가 져야 하니 선택에 신중을 기한다는 명분이 이런 버릇을 만든 것 같은데, 좋은 버릇은 아닌 것 같다. 바람은 늘 생각 20%, 실행 80%이지만 실상은 생각 70%, 실행 30%가 되어버리는 경우가 허다하다. 이러면 당연히 좋은 결과를 얻기 어렵다. 생각하는 데 진을 다 빼버리면 정작 실행할 때는 힘이 빠져 대충대충이고 좋은 결과보다는 빨리 끝내버리는 게 목적이 될 테니 말이다. 더 웃긴 것은 고심 끝에 세운 나의 계획이란 게 결과물이 좋은 쪽보다 내 마음이 편한 쪽에 가까워서, 진은 진대로 다 빼고 결국 수지타산이 안 맞게 된다는 점이다. 결과를 보며 '그래 내 마음이 편하면 됐지 뭐' 이러고 있으니 경제적인 면에서는 빵점 되시겠다. 그러니 "아저씨, 강릉!"을 외치던 상우가 그렇게 빛나 보였던 것이겠지.

이런 비효율을 알면서도 버릇이란 게 무서워서 잘 고쳐지지 않는다. 계획을 세우지 않으면 일어날 일들에 불안해질 때가 많다. 자주 쫄보가 된다. 하지만 이제는 생각의 무게를 조금씩 실행 쪽으로 옮기고 있다. 나이를 먹는 장점은 이런 데 있다. '한 치 앞도 모르는 인생, 계획이 다 무슨 소용'이라는 깨달음은, 계획은 계획대로 되지 않는다는 경험의 축적을 통해 얻은 것이다. 미리 생각하고 계획하는 것에 장점이 그리 많지 않았다는 사십여 년의 임상실험 결과가 쌓였으니 바꿔보는 게 맞겠지. 무작정 하는 일들 쪽에 내 진짜 속마음이 있을 거라고 믿으면서.

track 1.

내가 무작정을 실행에 옮길 때 가장 자주 하는 건 아무래도 여행이다. 몇 가지 이유가 있다. 우선 길게 휴가를 내지 못하는 상황에서는 어쩔 수 없이 무작정이 된다. 이럴 때 계획을 잘 세우면 세

울수록 시간이 많지 않다는 게 실감이 나서 떠나려던 마음이 식어 버린다. '그냥 일단 가자'라는 생각이 길을 나서는 데 제일 큰 응원이 될 때가 많다.

두 번째는 사람들이 좋아한다는 유명한 곳, 맛집 등에 별 관심이 없기 때문이다. 어디서든 천천히 걸을 수 있으면 되고, 걷다 배고프면 눈에 보이는 식당에 들어가면 된다. 일찍 서둘러 찜을 해 놓는 부지런함이 필요 없으니, 무작정이 가능하다. 세 번째가 제일 큰 이유인데, 내가 혼자 있는 것에 익숙한 사람이기 때문일 것이다. 아무래도 누군가와 함께 여행을 하면서 무작정이 되기란 서로에게 난처한 일이다. 아주 마음이 맞는 친구라면 괜찮을 수도 있겠지만, 그것도 조심스럽기는 매한가지다. 이처럼 혼자서 하는 여행에서야 편하게 무작정이 가능하다.

그래서 "아저씨, 강릉"은 아니지만 무작정 강릉에 갔었다. 무작정 걷자는 생각이었다. 왜 강릉이었을까를 생각하는 것은 큰 의미가 없다. 아마 그 순간 가장 가기 편한 곳이었거나 바다나 보고 오겠다는 막연한 생각 정도가 있었던 것 같다. '바다나' 보고 오자는 생각은 바다를 보지 않아도 된다는 뜻이다. 터미널에 내리자마자 그냥 발 닿는 대로 시내를 걸었다. 햇빛이 좋았고 걷는 중간중간 보이는 카페를 보며 커피 향을 상상하는 것도 좋았다. 몇 번 와본 곳이라 편안하게 걸었다. 강릉이라 생각하니 어딜 가나 다 바닷가를 걷는 기분이 들기도 했다. 굳이 바다를 갈 필요가 없었다.

그렇게 하염없이 걷다보니 성당이 보였다. 바다를 닮은 푸른빛의 성당이었다. 푸른빛에 이끌려 들어간 성당 마당에 앉았다. 얼마나 멍하니 앉아 있었을까. 갑자기 눈물이 났다. 이유를 몰라 어리둥절한 와중에 눈물은 꽤 많이 쏟아졌다. 눈물도 무작정이었던 걸까. 인기척을 듣고 일어서 나오는데 목구멍부터 아랫배까지 텅 빈 느낌이 들었다. 몸을 대청소한 기분이었다. 개운했다.

한번은 뒤엉킨 생각에 끙끙대다 정리가 필요하다며 무작정 선운사에 갔다. 동백꽃을 볼 수 있을까 기대했지만 무작정 간 걸음인 탓에 꽃피는 시기를 맞추진 못했다. 미리 알아보지도 않았으니 바람만 야무졌다. 동백꽃이 없다고 선운사가 아닌 건 아니었다. 선운사는 언제나처럼 아름다웠다.

선운사 곳곳을 크게 몇 번 돌고 돌계단에 앉았다. 바람에 흔들리는 풍경 소리를 들으며 봄의 온기가 담긴 공기를 음미하고 있자니 기분 좋은 졸음이 몰려왔다. 깜박 잠이 들었다. 긴 시간은 아니었다. 하지만 어찌나 꿀잠이었는지 깨고 나니 머릿속이 확 맑아진 느낌이 들었다. 미세먼지 가득한 머리에 공기청정기를 돌린 듯한 청량감. 단박에 알아차렸다. 내 머릿속을 차지하고 있었던 뒤엉킨 생각은 모두 쓸데없는 것들이었다. 그러니까 내게 필요한 것은 그저 숙면이었던 것이다. 머릿속에서 열심히 움직인 공기청정기의 연료는 잠이었다. 깨달음을 주신 부처님의 자비에 감사했다. 내가 안고 있는 문제를 푸는 첫 단추는 질 좋고 양 많은 잠인 것을 알았으니 우선 잠을 잘 자고 나머지는 나중에 생각하기로 했다.

무작정은 멀리 갈 때만 가능한 것은 아니다. 무작정, 서울의 거리를 걸을 때가 제일 많다. 걷다가 무작정 영화를 보기도 하고, 무작정 문을 연 갤러리에 들어가 처음 보는 그림 앞에 한참 서 있기도 한다. 생각지도 못한 좋은 작품을 만나면 감동으로 하루가 꽉 찬다. 걷다가 떡볶이의 빨간색이 시선을 잡아끌면 무작정 상급 매운맛에 도전한다. 도전의 시작은 자신만만했으나 결과는 처참하다. 얼얼해진 위와 입을 달래며 후회하지만, 다시 걷기 시작하면 알 수 있다. 고춧가루가 주는 활력이 무작정 걷는 발의 모터가 되었음을.

track 2.

계획 없이 무작정 나선 걸음 덕에 마음을 정화시키는 찰나의 순간을 만났다. 꼬여 있는 실타래의 시작이 어딘지 보이게 되니 지금 당장 필요한 것이 무엇인지 알 수 있었다. 해야 하는 일과 하고 싶은 일 사이에서 내가 서 있어야 하는 곳이 어디인지도 어렴풋이 보였다. 내가 좋아하는 것을 얼마나 좋아하는지 알게 되어 기쁨이 두 배가 되었다. 무작정의 효과는 생각보다 컸다.

특히나 현재의 나와 조금은 달라지고 싶어서 떠난 여행이라면 철저한 계획은 금물이다. 아무리 새로운 곳으로 떠난들 떠나기 전의 내가 꼼꼼하게 세운 계획을 그대로 실행에 옮긴다면 이전의 모습과 달라진 게 없기 때문이다. 예측불허의 상황에 처했을 때에야 인정하고 싶지 않았던 내 한계도 알게 되고, 숨어 있던 매력도 발견하게 되는 법이다.

나 역시 여행가방에 나를 쑤셔넣고 어깨에 짊어진 채 낑낑대며 걸은 적이 많았다. 달라진 나를 기대하라며 야심차게 길을 나서 발이 아프도록 걸어도 몸과 마음은 가벼워지지 않았다. 이전의 나로 꽉 찬 가방에 새로운 내가 들어갈 자리가 없었다. 생각대로 되지 않는 여행으로 상한 마음은 가방의 무게만 늘렸다. 여행을 마치고 돌아오는 길, 버스가 서울 톨게이트에 들어서면 허무함에 헛웃음이 나왔다. 내가 여행을 가긴 갔던 건가.

달라질 용기가 없었던 것이다. 그러니 상황 하나하나를 예상해서 시간을 계산하고 동선을 짰던 것이다. 길에서 처하게 될 상황을 그려보며 불안과 난처함에 휩싸일 것이라 단정한 후 대비했다. 집에 있는 내가 조종하듯이 움직인 여행 중의 나는 꼭두각시에 불과했다. 달라질 자신에 대한 바람이 있다면 무작정 부딪쳐볼 용기를 갖는 것이 필요하다. 등에 짊어져야 할 것은 이전의 내가 아니라 용기다.

'계획대로, 익숙하게'가 나쁜 것은 아니다. 이런 편안함이 필요할 때도 물론 많다. 항상 용기로 무장하고 낯선 상황을 맞닥뜨려야 한다면, 생각만 해도 지친다. 여행도 마찬가지다. 그래서 갔던 곳에 다시 가 걸었던 길을 다시 걷고, 봤던 것을 또 보고, 했던 생각을 다시 한다.

하지만 편안함은 거저 얻어지는 것이 아니다. 인생은 그 자체로 고행이라고 하지만 그나마 덜 고단한 고행이 되는 길은 누가 뭐래도 나답게 사는 데 있을 것이다. 나답게 살아야 편안하다. 나답지 않은 상황에서는 남의 옷을 빌려 입은 것처럼 불편할 테니까. 그러니 무작정 문지방을 넘는 효과는 놀라울 수밖에 없다. 나답게 살려면 내가 어떤 사람인지 알아야 하는데 내가 나를 알게 되는 순간은 익숙한 상황에서 만날 수 없는 법이니까.

무작정, 예측불허의 상황을 만났을 때 본연의 내가 보이고 그렇게 찾은 나에 대한 정보를 쌓아가면 나와 어울리지 않는 불편한 상황으로 나도 모르게, 심지어는 웃으면서 뚜벅뚜벅 걸어들어가는 일을 막을 수 있다. 적어도 줄일 수는 있을 것이다. 그러니 무작정 떠난 여행에서 나를 알게 되는 일은 어쩌면 편안하게 사는 길의 열쇠일지도 모른다. 멀리 내다보지 말고, 계획하지 말고, 예상하지 말고 가볍게 무작정 문지방을 넘는 것이 나를 아는, 그래서 온전히 나로서 편안해지는 시작이 될 수 있다.

신일숙의 만화 《아르미안의 네 딸들》에서 중요 장면마다 나오는 문구가 떠오른다.

'미래는 언제나 예측불허, 그리하여 생은 그 의미를 갖는다.'

인생까지 들먹이는 건 너무 거창하다고? 아무러면 어떤가. 내 생각에 무작정이 가져오는 효과는 생각보다 더 거창한데.

etc.

사랑하는 사람의 얼굴을 보기 위해 무작정 기차를 타고, 퇴근하는 친구를 놀래주려고 무작정 친구의 회사 앞에 서 있고, 조카가 눈에 밟혀 무작정 학교 앞으로 찾아가고. 먼저 나서서 사람을 만나지 않는 내가 누군가가 너무 보고 싶어서 했던 일들이다. 무작정이니 가능했던 일들이었다. 나는 무작정이 되기까지 내 마음을 눈치채지 못한다. 하지만 무작정이 되기까지 나도 모르는 내 마음은 간절했을 것이다. 무작정은 눌러놓았던 속마음을 드러낼 핑계다. 그러니 "그냥 생각이 나서" 걸었다는 내 전화를 받는다면 그건 당신이 무척 보고 싶다는 뜻이다. 곧 "아저씨, 강릉!"을 외치게 될지도 모른다는 뜻이다.

3

계속 이대로 나답게

파랑새는 없지만 있다

크리스마스이브에 화려한 이웃집 파티를 훔쳐보며 부러워하는 틸틸과 미틸(흔히들 알고 있는 치르치르와 미치르는 일본어 번역본을 우리말로 재번역하면서 생긴 오류라고 한다. 이제야 이 친구들을 제대로 불러주게 되어 다행이지만 입에 붙은 치르치르와 미치르를 떼어내려니 오랜 친구들과 작별하는 기분이다) 앞에 나타난 요술쟁이 할머니는 자신의 아픈 딸을 위해 파랑새를 찾아달라고 부탁한다. 틸틸과 미틸은 파랑새를 찾기 위해 여러 나라를 여행하며 모험을 하지만 찾는 데는 실패한다. 그런데 집으로 돌아와보니 집 안의 새장 안에 있던 비둘기가 사실은 파랑새였다는 것을 알게 되는데! 동화《파랑새》의 줄거리다. 찾으려고 애를 써도 찾아지지 않던 '행복'이 멀리 있는 게 아니라 가까이에 있다는 것을 깨닫게 되는 스토리.

남매가 파랑새를 찾아서 다행이라고 생각했다. 깨달음을 얻으려면 이런 고난쯤은 겪어야지 싶어 고생을 시킨 요술쟁이 할머니의 존재는 잊어버렸다. 행복은 가까이 있다는 메시지에 내가 파랑새를 찾은 양 맞장구를 쳤다. 얼마 전까지는.

언젠가부터 이런 결말에 찜찜함이 남았다. 진짜 집에 있던 비둘기가 파랑새였을까. 틸틸과 미틸은 자기 집 비둘기가 파랑새인 것을 보고 진심으로 기뻤을까. 옆집에서 벌어지는 화려한 크리스마스 파티를 보며 초라함을 느낀 남매가 행복은 우리 집에 있었다는 것을 알고 정말 고개를 끄덕였을까. 그 고생을 했는데 알고 보니 파랑새는 집에 있었다니, 남매는 기쁘기보다는 허탈했을 것 같다. 아이들을 시험에 들게 한 할머니는 지독하게 의뭉스러운 노인네가 아닌가. 이런 생각을 하게 된 건 행복은 곁에 있다는 사실을 아직 인정하지 못해서인지, 아니면 순수한 틸틸과 미틸과 달리 내가 시니컬해서인지 잘 모르겠다.

하지만 《파랑새》가 행복에 대해 말하고 있다는 건 인정한다. 내가 생각하는 행복은 책의 결말이 아닌 중간에 있는데, 틸틸과 미틸의 모험을 도와주던 요정이 파랑새를 찾지 못해 절망하는 남매에게 들려주었던 말이 그것이다.

"파랑새 같은 건 원래 없었는지도 몰라요."

나는 이 말이 행복의 의미를 찾는 데 더 도움이 될 것 같다. 화려한 옆집의 파티를 보고 부러워하다 쓸쓸해진 마음을 회복시키려면 '그래, 파랑새는 우리 집 새장에 있었지'라고 생각하기보다 '원래 파랑새 같은 건 없어'라고 생각하는 쪽이 더 나은 방법이 아닐까.

파랑새가 원래 없는 거라면, 휘황찬란한 파티를 연 이웃은 사실 그게 끔찍하게 싫은 사람일 수도 있고, 파티에 참석한 사람 가운데 누구는 저 자리가 가시방석일 수도 있을 것이다. 파랑새가 원래 없는 거라면, 틸틸과 미틸은 파랑새를 찾기 위한 노력을 하기보다 '파티는 무슨, 크리스마스에는 집에서 귤이나 까먹으며 〈러브 액추얼리〉를 보는 게 최고지'라고 생각할 수 있을 것이다. 잡히지 않는 행복의 실체를 잡으려 감당을 넘어서는 노력을 쏟는 것보다 그저 행복에 무관심한 것이 행복의 사전적 의미인 '생활에서 기쁨과 만족감을 느껴 흐뭇한 상태'에 도달하는 더 쉬운 방법이 아닐까. 행복에 대한 무관심이 행복을 만든다는 것이 아이러니지만.

그럼 이런 주장을 펴는 나는 행복에 무관심하냐고? 그럴 리가. 나도 자주 틸틸과 미틸이 된다. 다른 집에서 열리는 파티를 보며 부러워하고, 막연함에 기대서 파랑새를 찾겠다고 고생을 하며, 그것이 헛고생은 아니었다는 듯 사실 파랑새는 우리 집에 있었다며 안도한다. 안도는 잠깐, 찾은 파랑새가 파랑새가 아닌 것 같은 의심이 들어 다시 새로운 파랑새를 찾아 나선다. 가만 보니 자주 도돌이표를 그리는 내가 남매에게 충고할 입장은 아닌 것 같기도 하다.

궁색한 변명일 수 있지만, 다행인 것은 이런 시간이 점점 줄어들고 있다는 것이다. 도돌이표가 준 선물이랄까. 틸틸과 미틸이 되어 겪은 시행착오 덕에 나에게 '생활에서 기쁨과 만족감을 느껴 흐뭇한 상태'가 어떤 모습인지 알아가고 있다. 다시 말해, 취향이 아닌 파티는 아무리 성대해도 가지 않을 테고, 어디에 있는지도 모르는 파랑새를 찾기보다 바로 지금 할 수 있고 하고 싶은 일을 하는 게 낫다는 것을 말이다. 도돌이표는 나를 알아가는 과정이다. 내가 언제 우울한지, 화나는지, 무기력한지, 공허한지, 참담한지, 역겨운지, 진저리나는지, 조마조마한지, 안절부절못하는지, 후련한지, 신나는지 알고, 이때 어떻게 해야 하는지 알아갈수록 파랑새는 관심 밖이 될 것이다.

원래 없는 거라고 생각하기로 한 파랑새가 찾지도 않았는데 스스로 날아오는 경우도 있다. 바로 무언가를 감상하고 있을 때. 그때 무심코 고개를 돌리면 파랑새가 내 옆에 살포시 앉아 있다. 언제 날아왔는지는 모른다. 알은척해도 날아가지 않는다. 감상에 빠져 자기에게 무관심한 내가 편안해서인지 파랑새는 오랫동안 조용히 머문다.

영화, 책, 드라마, 음악, 그림. 세상엔 감상하고 싶은 작품이 너무 많다. 온종일 감상해도 모자랄 정도다. 다시 태어난다면 무엇이 되고 싶은지 묻는다면, 꼭 다시 태어나야 하냐고 대답하겠지만, 그래도 다시 태어나야만 한다면 인간으로 태어나고 싶지는 않다. 인간이란 종으로 태어나 아무렇지도 않게 저지르고 있는 잘못을 반복하는 건 양심이 없는 일이란 생각이 든다. 그래도 살짝 아쉬운 마음이 드는 건 인간은 (인간 기준으로) 좋은 작품을 감상할 수 있기 때문이다. 감상만 아니었다면 단연코 인간으로 환생할 이유는 없는 것 같다.

감상할 것이 있다는 것은 짜릿하다. 좋아하는 감독의 다음 영화를 기다리고, 좋아하는 배우의 연기를 나노로 끊어서 보며, 책을 읽다가 만난 한 구절 때문에 하루를 먹먹한 채 보낸다. 내 마음을 위로해주는 노래를 듣고 힘을 내며, 내게 말을 거는 그림 앞에서 한참을 머무른다. 세상에는 아직 내가 보지 못한 작품들이 쌓여 있고 앞으로도 멋진 작품들은 계속 나올 것이다. 봐야 할 작품의 리스트를 만들어 언제 볼지 궁리하고, 곧 나올 작품을 손꼽아 기다린다. 감상의 즐거움은 끝이 없다.

문지방을 넘어 나서기만 해도 감상할 것이 또 얼마나 많은지. 하늘, 나무, 거리, 골목, 바다, 집, 꽃……. 멀리 가지 않아도 하루를 현미경으로 바라보면 보이지 않았던 것들이 보인다. 어제와는 다른 풍경이다. 그것들은 모두 작품이 된다.

파랑새는 없다. 그런데 파랑새는 있었다. 무슨 말이냐고?

"파랑새는 없다고 인정을 하고 나면 곁으로 날아옵니다."

파랑새는 없지만 있다는, 파랑새의 비밀을 알게 된 어른은 큰 보험을 든 것과 같다. 파랑새를 발견하게 된 사람은 이 뜻을 알 것이다. 왜 어떤 보험 못지않은지.

무쓸모대잔치

카페 '카잔차키스처럼'에서 '무쓸모대잔치'라는 모임이 열렸다. 자신이 쓸모없다고 생각하는 사람들이 모여 누가 누가 더 쓸모없는지를 겨루었다. 일등을 해도 상품은 없지만, 잠깐이라도 자신이 쓸모 있다는 행복을 맛볼 수 있으므로 아무도 불만을 갖지 않았다. 모임에 대한 홍보는 없었다. 대회 사흘 전부터 카페 벽에 붙은 게시판에 모임에 대한 공지를 붙여놓은 게 다였다.

으슥한 골목에 위치한 카페는 원래 손님이 적었던 터라 이 모임에 대해 아는 사람은 더더욱 없었다. 어쩌다가 게시판의 글을 본 사람들은 별 희한한 모임이 다 있다며 씩 웃고 말 뿐이었다. 하지만 카페 주인장은 이 모임이 열릴 것을 알고 있었다. 카페에 와서 자신이 쓸모없다고 푸념을 늘어놓는 세 명의 손님을 알고 있었기 때문이다. 주인장 생각처럼 모임에는 이 세 사람이 참석했다. 세 사람이 전부였다.

모임은 카페의 별실에서 열렸다. 크고 둥근 테이블만 덩그러니 놓여 있는 공간이었다. '대잔치'를 열기에는 무색한 공간이었지만 '무쓸모대잔치'라는 이름에는 어울리는 곳인 듯도 했다. 크고 둥근 테이블에 앉은 참석자들은 아무도 서로에게 실명을 묻지 않았다. 주인장은 모임의 진행을 위해서 세 사람에게 고스톱 반대 방향에 따라 무용(無用) 1호, 2호, 3호라는 별칭을 붙여주었다. 그리고 자신을 '조르바'라고 소개했다.

조르바는 무용 1, 2, 3호 앞에 커피를 한 잔씩 내려놓고, 테이블 가운데에 쿠키와 케이크를 놓았다. 무용 1, 2, 3호는 이 모임에 커피와 쿠키, 케이크는 어울리지 않는다고 생각했다. 조르바도 무쓸모라는 이름에 걸맞으려면 소주병이 뒹굴고 있어야 하지 않을까 잠깐 생각했지만, 거나하게 취해 신세 한탄을 하는 사람들이라면 이런 모임에 오지도 않았을 거라 여기며 커피가 맞다고 결론지었다.

"이렇게 무쓸모대잔치에 참석해주셔서 감사합니다. 이제부터 누가 누가 더 쓸모없는지 이야기를 들어보도록 하겠습니다. 누가 먼저 이야기해주실까요?"

조르바는 세 사람을 둘러보았다. 당연히 먼저 하겠다는 사람은 없었다. 조르바는 먼저 나서서 자기 이야기를 할 사람들이라면 이런 모임에 오지도 않았을 거라 생각하며 자신이 정하기로 했다.

"그럼 저를 중심으로 역시 고스톱 반대 방향으로 돌겠습니다. 자, 무용 1호님!"

모두 무용 1호를 쳐다보았다. 무용 1호는 자신에게 쏠린 시선이 부담스러운지 사람들을 마주 바라보지 못했다. 한참을 커피만 내려다보던 무용 1호는 커피를 한 모금 마시고 입맛을 다셨다. 무용 1호는 마음을 가라앉히려는 자신의 동작이 마음에 들었지만, 다른 사람들은 그의 모습이 굼뜬 굼벵이 같다고 생각했다.

"동의하지 않으시겠지만, 큼큼, 제가 제일 쓸모없는 인간일 겁니다. 저는 쓸모없는 것들만 배우러 다니다가 결국 쓸모없는 인간이 되어버렸거든요. 모두 제 탓이지요. 어떻게 된 게 제가 배우는 것들은 죄다 별 쓸모없는 것뿐일까요. 제가 사람들에게 늘 듣는 말이 있습니다. 그거 배워서 어디다 써먹을래? 그때 배운 걸로 뭐 했는데? 아주 귀에 인이 박일 정도로 들었다니까요. 그럼 왜 배웠느냐고요? 그러게 말입니다. 저는 왜 배우기 전에 생각을 하지 않는 걸까요? 이걸 배워서 돈 버는 데 이용해야지 같은 생각을요. 배우기 전에 하는 생각이란 게 고작 재미있을까, 라니 저는 철이라곤 엄마 배 속에 남겨두고 나온 인간인 것 같아요."

무용 1호 옆에 앉은 무용 2호가 목이 타는지 커피가 아닌 물컵을 집어들었다. 조르바는 무용 2호의 컵에 물을 따라주었다. 무용 2호는 시키지도 않았는데 무용 1호의 바통을 이어받았다.

"무용 1호님의 이야기는 잘 들었습니다. 하지만 절대 동의할 수 없는 말만 하시는군요. 그동안 쓸모가 없는 것만 배웠다고 하셨는데 그것들을 써먹은 적이 전혀 없다고 장담하실 수 있나요? 배우고 나서 바로 활용을 못했을 뿐이었던 건 아닌가요? 무용 1호님이 쓸모없는 것들만 배웠던 건 아닐 겁니다. 지금까지 배웠던 것들이 바탕이 돼서 무용 1호님에게 닥친 고비 고비를 어떻게든 넘어갈 수 있었을 거예요. 고비마다 배운 걸 써먹은 실체나 기억이 없어도 배운 것들이 모여 무용 1호님의 생각이 되었을 테니까요. 아니라면 제 손에 장을……. 여기까지 하겠습니다. 아시겠지요? 쓸모없는 인간은 무용 1호님이 아닙니다. 아마 제 이야기를 들으시면 확실히 아실 수 있을 거예요. 저야말로 쓸모없는 인간이구나 하는 것을요. 왜 그런지 바로 말씀드리죠."

무용 2호는 물을 한 모금 마시고 심호흡을 한 번 한 뒤 계속 말했다.

"저는 살면서 모든 선택을 실용과는 거리가 먼 쪽으로 한 사람입니다. 누가 봐도 쓸모가 있는 쪽은 이쪽인데 저는 늘 저쪽으로 간단 말이죠. 음. 애매해서 이해가 안 되시는구나. 일테면 이런 거죠. 돈이 되는 길은 A이고, 마음이 편한 길이 B라면 저는 늘 B로 갔다는 말입니다. 돈 이야기가 나오니 바로 이해가 되시나 보네요. 그럼 돈만 그러냐? 아니죠. 그렇다면 모든 선택이라고 할 수는 없겠지요. 앞으로 내게 도움이 될 사람은 A인데 그 사람이 어색하고 불편하다면 익숙한 B의 손을 잡는달까요. 도움이 되든 말든 편하니까요. 나를 좋아해줄 사람은 A인데, 절대 나를 좋아하지 않을 B의 뒤통수를 끝까지 바라본다거나……. 아, 이건 좀 아닌 것 같기도 하고. A는 눈에 보이는 것들인데 눈에 안 보이는 B가 중요하다며 A를 소홀히 하고 뜬구름만 잡다가 B는 물론이고 결국 눈에 보였던 A마저 희미해지는 꼴이 돼버리곤 한다니까요. 아, 또 이해가 안 되는 얼굴들이시네요. 그럼 역시 돈을 예로 들어보겠습니다. 돈이 없는 쪽과 시간이 없는 쪽 중에 저는 후자가 더 싫어서 가난해도 여유 있는 삶 쪽으로 걸었는데, 어느 날 보니 어째 돈도 없고 시간도 없는 삶을 살고 있더란 말입니다. 이쯤 되면 제가 하고 있는 선택들이 쓸모없는 저를 만든 거 아닙니까?"

무용 2호의 말이 끝나자 별실의 온도가 0.5도는 올라간 것 같았다. 붉어진 얼굴로 사람들을 쳐다보는 무용 2호에게 무용 3호가 찬물을 건넸다.

"무용 2호님, 진정하세요. 무용 2호님이 얼마나 쓸모없는 사람인지 잘 알겠습니다. 고생이 많으시네요. 그런데 무용 2호님께 한 가지 묻고 싶은 것이 있습니다. 그럼 앞으로는 어떤 선택을 할 때 누가 봐도 실용적인 쪽으로 결정하실 건가요?"

모두 무용 2호를 쳐다보았다. 무용 2호는 대답은 하지 않고 무용 3호가 건넨 찬물만 연거푸 들이켰다. 무용 2호의 대답을 기다리던 무용 3호가 말을 이었다.

"아마도 무용 2호님은 계속 실용과는 거리가 먼 쪽으로 선택하실 것 같네요. 아, 무용 2호님을 탓하는 건 아닙니다. 무용 2호님은 그럴 수밖에 없을 거라는 걸 잘 알거든요. 무용 2호님이 매번 그런 선택을 하는 이유는 뭘까요? 제 생각에는 무용 2호님은 선택을 하는 그 순간에 쓸모 있음과 없음을 따지기보다 그저 더 재미있는 것을 고르셨던 것이 아닐까 합니다. 무용 2호님은 그 상황에서 더 관심이 가고 재미있을 것 같은 일을 선택하고, 그것보다 더 재미있는 일이 나타나면 다시 그쪽으로 가신 거죠. 그 순간 더 좋아하는 사람을 바라본 것뿐인데 그 사람이 무용 2호님을 바라보지 않았다고 해서 무용 2호님이 선택을 잘못한 거라고 할 수는 없지 않을까요? 저는 이런 무용 2호님이야말로 남들이 제일 원하는 선택을 하신 것 같은데요. 무용 2호님처럼 사는 게 어쩌면 제일 잘 사는 길이 아닐까 합니다. 그 순간 더 좋아하는 것을 선택해온 삶이 쉬운 건 아니니까요. 무용 2호님이 예로 들었던 돈 같은, 눈에 보이는 것들만 선택했다 한들 그게 계속 곁에 있어줄까요? 무용 2호님은 눈에 보이지 않는 것들만 선택했다가 눈에 보이는 것들도 희미해졌다고 하셨는데, 그건 눈에 보이는 것들만 선택한 경우도 마찬가지일 겁니다. 모든 것이 언제나 내 곁에 선명하게 남아 있을 수는 없으니 말이죠. 그러니 무용 2호님처럼 마음 가는 쪽을 선택한 것이 더 남는 장사 아닐까요? 무용 2호님의 답답한 마음은 잘 알겠지만 아쉽게도 무용 2호님도 쓸모없는 사람은 아닌 것 같습니다."

무용 3호는 좌중을 둘러본 후 말을 이어갔다.

"가장 쓸모없는 사람은 아무래도 남은 제 차지인 것 같습니다. 음, 제가 정말 쓸모없는 사람인지, 쓸데없는 제 이야기를 이 자리에서 해도 되는지 생각이 많아지네요."

무용 3호는 무슨 생각을 하는지 한참을 침묵했다. 하지만 아무도 생각을 끊고 이야기를 재촉하지 않았다. 생각도 이어지는 말처럼 느껴져 모두 무용 3호의 생각에 동참하고 있는 기분이었다.

"네, 저는 이렇게 생각이 많은 사람입니다. 저는 어디를 가나, 무엇을 보나 생각이 많습니다. 생각이 꼬리에 꼬리를 물고 이어지죠. 생각은, 대부분 잡생각입니다. 중요한 생각이 10이라면 중요한 생각을 하다 뻗어 나간 생각들이 90이랄까요. 생각이 많다 보니 결정을 해야 할 때 시간이 오래 걸려서 좋은 기회를 놓치는 경우가 잦습니다. 신중을 기했다고 말하지만, 그냥 생각이 많아서였던 거죠. 생각이 많으니 생각하는 데 지쳐 정작 실행할 때는 진이 다 빠져버리기도 합니다. 생각은 혼자 하는 것이니 생각하느라 다른 사람들과 잘 어울리지도 않고요. 생각을 하려니 혼자 있게 되고 혼자 있다 보니 생각에 빠지는, 악순환이 되풀이되는 기분일 때가 종종 있을 정도입니다. 이렇게 잡생각이 머릿속을 채우고 있으니 그 머리의 소유자인 저야말로 쓸모없는 사람이 아닐까요? 무용 1호님은 쓸모없는 것만 배운다고 하셨고, 무용 2호님은 쓸모없는 쪽으로만 선택한다고 하셨는데 배우는 것과 선택하는 것은 모두 생각 후에 벌어지는 일들이니 잡생각이 많은 제가 빼도 박도 못하게 쓸모없는 인간 아니겠습니까. 모두 이의 없으시지요?"

무용 3호의 말이 끝났다. 그의 말처럼 아무도 이의를 달지 않았다. 무용 3호는 기쁜 것만은 아닌 모호한 표정을 지었다. 얼굴에서 쓸쓸한 미소가 보였다. 그때 무용 1호의 기침 소리가 들렸다.

"큼큼. 듣고 보니 무용 3호님이 쓸모없는 사람인 건 맞는 것 같네요. 그런데 말이죠, 이상한 게 있습니다. 큼큼. 무용 3호님은 저와 무용 2호님에게 저희들이 한 행동은 생각 후에 한 것이니 본인이 제일 쓸모없다 하셨지요? 그런데 아까 무용 2호님이 제게 쓸모없는 걸 배우는 건 정말 쓸모없다고 볼 수 없다고 했고, 무용 3호님은 무용 2호님에게 쓸모없는 쪽으로 간 것이 아니라 그 순간 더 좋아하는 쪽으로 결정했으니 그거야말로 쓸모 있는 거라 하셨잖아요. 그럼 무용 2호님과 제가 쓸모없는 인간이 아니면 우리들이 생각한 후에 한 일이 쓸모없는 일이 아니게 되니 그러저러한 생각이 많은 무용 3호님도 쓸모없는 인간은 아닌 거 아닌가요?"

주저하듯 천천히 이어지는 무용 1호의 이야기가 끝나자 얼마간 다시 침묵이 흘렀다. 누가 가장 쓸모없는 인간인지 가려야 하는데 가리기는커녕 모두 미로에 빠진 듯했다. 본인이 한 이야기나 상대가 한 이야기 모두 어디서부터 맞고 어디서부터 틀렸는지 가늠이 되지 않았다. 반은 맞고 반은 틀린 것 같은데 어떻게 이야기를 풀어야 할지 몰랐다. 생각이 많은 무용 3호조차도 머리가 어지러워 생각을 피하고 싶은 심정이었다. 그때 조르바가 침묵을 깼다.

"여러분의 이야기 모두 너무 재미있게 들었습니다. 저는 듣고만 있었으니 결과는 제가 내는 게 맞는 것 같네요. 자, 그럼 가장 쓸모없는 사람은 누구일까요? 두구두구두구……."

무용 1, 2, 3호는 입으로 드럼 소리를 흉내 내는 조르바가 시대에 뒤떨어진 사람이라고 생각했지만 아무도 태클을 걸지는 않았다. 시대에 뒤떨어지니 이런 모임도 여는 것이란 생각이 들었기 때문이다.

"무용 1, 2, 3호님 모두 쓸모없는 인간이 아닙니다. 서로가 서로에게 해주는 말들이 이렇게 유용한데 무쓸모라니요. 당치 않아요. 세 분 모두 너무 쓸모 있는 사람입니다. 세 분처럼 쓸모없는 것들이 주는 위안을 잘 아는 사람이 있을까 싶네요. 그리고 굳이 쓸모없는 사람을 정하자면 저 아닐까요? 단, 앞에 단서를 붙이겠습니다. '아무래도, 누가 뭐래도 상관없는' 무쓸모 인간이요. 저는 사람이 쓸모가 있든 없든 그게 무슨 상관인지 당최 모르겠거든요. 쓸모 있으면 쓸모 있는 대로 없으면 없는 대로 그냥 존재하면 되는 거니까요. 존재하는 거 자체가 얼마나 대단한데 쓸모와 무쓸모를 따지나 싶네요. 하하하하."

호탕하게 웃고 있는 조르바를 바라보며 무용 1, 2, 3호는 머쓱해졌다. 하지만 마음속으로 자신이야말로 쓸모없는 사람이라는 생각은 변함이 없었다. 다만, '그럼 어때?'라는 생각이 든 것은 그날의 수확이었다.

카페 '카잔차키스처럼' 별실에서 열린 무쓸모대잔치는 이렇게 끝났다. 무용 1, 2, 3호는 조르바가 선물로 준 모임의 기념품을 받아들고 카페를 나섰다. 각자 집에 와 상자를 열어보니 평범한 머그컵이 들어 있었다. 머그컵에는 니코스 카잔차키스의 묘비명이 새겨져 있었다.

'나는 원하는 게 없다. 나는 두려운 게 없다. 나는 자유다.'

All men are islands VS No man is an island

Q 'All men are islands'와 'No man is an island'• 중 어느 쪽이 맞다고 생각하시나요?

밥이 나오지도 떡이 나오지도 않는 질문이지만 나는 이 질문을 자주 하곤 한다. 누구에게 하냐고? 당연히 나에게다. 밥이 나오지도 떡이 나오지도 않을 뜬구름 잡는 질문을 사람들에게 던졌을 때의 반응을 모르지 않으니까. 그런 질문은 접어두고 '섬'에 가서 술이나 한잔하자고 하겠지('섬'이라는 이름의 술집은 전국 어디에나 있다).

이 생각을 종종 하는 것은 내가 혼자 있는 것을 좋아하고, 혼자 있기를 꽤 잘하는 사람이기 때문이다. 그러면 내 생각은 '사람은 모두 섬' 쪽이다 싶지만, 시원하게 답을 내리지 못하고 질문을 계

• 'No man is an island'는 영국 시인 존 던의 시 〈누구를 위하여 종은 울리나〉의 첫 구절이다. 〈어바웃 어 보이〉를 비롯해 여러 영화, 노래, 드라마에서 인용되었다.

속하는 걸 보면 생각이 바뀔 때가 제법 있다는 말이다.

〈어바웃 어 보이〉와 〈인투 더 와일드〉는 이런 생각에 불을 붙이는 영화다. 생각이 취미인 나 같은 사람은 생각의 불쏘시개가 있는 것이 반가운 법인데, 이 두 영화가 딱이다. 〈어바웃 어 보이〉의 윌(휴 그랜트)은 혼자서 지내는 불편함을 전혀 느끼지 못하고, 오히려 즐기는 인물이다. 윌은 생존을 위해서도 사람들과 연결될 필요를 느끼지 못한다(캐럴을 작곡한 아버지 덕분에 저작권료가 꾸준히 입금되는 삶을 살고 있다). 그런 윌에게 소년 마커스(니콜라스 홀트)가 나타나 그의 생활 속으로 자연스럽게 침투한다. 윌은 마커스에게 도움을 주고 마커스로부터 도움을 받으며 사람은 섬이지만, 섬들은 서로 연결되어 있다는 것을 알게 된다.

〈인투 더 와일드〉의 크리스토퍼(에밀 허시)는 자발적으로 혼자 섬이 되기로 결심한 경우다. 크리스토퍼는 부유한 가정에서 태어나 좋은 학교를 졸업하고 미래가 창창한 청년이지만 모든 것을 버리고 자연으로 들어간다. 인간적 교류는 물론이고 생존을 위한 모든 것, 예를 들면 얼마 안 남은 현금도 다 태워버리고 맨몸뚱이 하나만 남긴 채 세상과 완전히 단절한다. 그가 이런 선택을 한 것은 사회에 대한 환멸 때문이었다. 부모를 비롯한 세상 사람들은 자신의 이익만 추구하며 이기적인 관계를 맺고 있고, 소비를 위한 삶을 사는 소모적인 존재일 뿐이다. 그는 이런 사람들로부터 톨스토이나 잭 런던의 책으로 자주 도피했지만, 한계가 있었다. 세상에 대한 혐오가 극에 달한 크리스토퍼는 세상을 등지고 진정한 자유를 택한다.

하지만 결과는 생각과 달랐다. 크리스토퍼가 여행 중에 만난 사람들은 피가 섞이지 않았지만, 가족의 의미를 알게 해주고 자신의 상처를 돌아보게 해주었다. 크리스토퍼는 자신이 원하던 고립 속에서 사람에게 사람이 필요한 이유를 깨닫게 된다. 예상 밖의 죽음을 맞으면서 자유와 행복의 감정도 나눌 사람이 있어야 느낄 수 있음을 알게 된다.

윌과 크리스토퍼를 보면서 내가 그들인 양 생각되곤 했다. 그러면 나도 그들처럼 '아, 사람은 섬이 아니구나'라고 결론지으면 되는데 역시 이쪽도 찜찜한 구석이 있다. 갈팡질팡.

생각해보면 혼자 살면 생의 기쁨을 모른다는 얘기를 어렸을 때부터 들어왔던 것 같다. 기쁨을 모르는 건 귀여운 정도고 '친구가 없으면 헛산 거다'부터 '남편과 자식이 없으면 불쌍해진다'까지 혼자가 되면 결국 망하게 된다는 무서운 경고를 주입받았다. 아직까지는 맞는 말인지 모르겠다. 친구는 있으니 만약 친구가 없으면 어떨지는 잘 모르겠지만, 남편이나 자식이 없다고 해서 불쌍한 것은 확실히 아닌 것 같다. 더 늙어보면 다른 소리를 하려나. 아무튼 남편이나 자식 없이 마흔을 훌쩍 넘겼는데 아직 망하지는 않았으니까.

자위일까? 사람은 사회적 동물이라는 건 배워서 잘 알고 있다. 그러나 그건 생물학적인 생존을 위한 조건일 뿐이고 그게 아니라면 굳이 혼자가 아니어야 할 이유가 있을까 생각할 때가 많다. 더욱이 과학기술이 발전해서 이전에는 꼭 같이 해야 할 일들을 혼자 해도 되는 경우가 많고, 돈을 지불하면 서비스라는 이름으로 같이 할 인적·물적 자원들이 제공되는 세상이니 말이다. 외롭거나 심심하거나 하는 것은 개인의 정서적 차이이므로 혼자가 힘든 사람이 있는 반면에 나처럼 별문제가 되지 않는 사람이 있는 것이다. 오히려 '함께'가 더 힘든 사람도 있을 테고.

개인적인 성향이 강한 지인이 들려준 이야기가 있다. 그는 부하 직원들이 휴가를 쓰겠다고 하면 아무 말 없이 그러라고 하는 사람이었다. 얼핏 들으면 마음이 넓은 상사여서 그런 것 같지만 그가 털어놓은 이유는 따로 있었다. 그는 직원의 개인적인 사정을 알게 되어 자신이 그 감정을 공유하고 감당하기가 싫어서라고 했다. 나는 그 말을 듣고 이 사람은 정말 섬이구나 생각했다. 그리고 냉정하기보다 오히려 따뜻하기 때문에, 진심으로 감당하는 것이 무엇인지 아는 사람이라서 섬이 되었을 거라는 생각도 했다.

혼자인 사람이 오히려 개인주의적이지 않은 사람일 수도 있지 않을까. 누군가와 진심으로 함께하는 데 있어서의 힘듦도 아는 사람이라면 말이다. 함께 무언가를 하려면 진심이어야 하는데 매번 진심일 수는 없다. 그때마다 겪는 마음의 불편함 때문에 함께 하는 시간을 점점 줄이게 되고, 자신과 달리 상대가 진심이 아님을 알게 되었을 때 돌아오는 마음의 짐도 감당하기 힘들어 점점 혼자가 되는 것이다. 역지사지라고, 다른 사람에게 내 일로 진심을 강요하는 것이 싫으니 내 일은 나 혼자 감당하는 게 편한 것이다.

혼자인 사람은 정 많은 겁쟁이일 수도 있다. 내가 정 많은 겁쟁이인지는 모르겠지만, 나도 누군가와 마음을 주고받으며 내가 상대를 감당하고 상대에게 나를 감당하게 하는 것을 쉽게 하는 사람은 아닌 것 같다. 그럼 'All men are islands'는 몰라도 'I am an island' 정도로 결론지으면 될까?

그러고 싶지만, 고백하자면 나도 홀로 떠 있는 섬이 아니기를 바랄 때가 종종 있으니 '내가 섬이니, 이제 끝!' 이렇게 대충 결론지을 수는 없겠다. 나도 다른 사람들과 연결되어 있을 때 느껴지는 안도감을 알고 있다. 그런 마음은 위기의 순간에 느껴지기보다 잔잔한 일상을 보내는 중에 확 다가온다. 그저 그런 시시껄렁한 이야기를 나누고 있을 때, '하하'는 '하하'로 '킥킥'은 '킥킥'으로 받아치는 농담의 합이 맞을 때, 뒷담화인지 앞담화인지 상대가 누군지도 모르면서 무조건 내 편임이 느껴질 때 나는 나라는 섬이 다정한 다른 섬에 연결되어 있다는 생각을 하게 된다.

윌이 마커스를 비롯한 여러 사람들과 함께 크리스마스를 보내며 '즐겁다'라는 감정을 느낀 것처럼 아무 걸림돌 없이 시간을 함께 공유하고 있을 때 여럿이라 참 아늑하다는 생각이 들곤 한다. 어려움이 닥쳐 혼자 막막할 때 슈퍼맨처럼 나타나 손잡아주는 사람을 보며 연결되어 있음에 안심한다. 너무나 고맙게도 나는 세상을 바라보는 감수성이 맞고 내가 흘러가는 방향을 지지해주는 섬들 사이에 있다. 그들은 홀로 떠 있고 싶다고 자주 가버리는 나를 끌어당겨 옆에 있어준다. 그 섬들이 정답게 나를 둘러싸고 있으니 나는 나답게 혼자 떠 있을 수 있다.

나도 그들에게 잘 연결된 섬이 되어주고 싶다. 내가 되어주고 싶은 섬은 〈그래비티〉의 맷 코왈스키(조지 클루니) 같은 사람이다. 그는 지구와 모든 연결이 끊어지고 라이언 박사(산드라 블록)와 오직 줄 하나로만 이어진 채로 우주에 떠 있으면서도 그녀에게 끝까지 농담을 건넨다. 그는 절망과 위기의 순간에 끝까지 손을 놓지 않고 불안을 함께 떠안으며 여유를 갖게 해주는 사람이었다. 나도 그들의 옆에 다정하면서도 든든하게 있어주고 싶다. 그리고 그들이 한 행동을 평가하기보다 공감해주는 존재가 되고 싶다.

무엇보다 자신이 존중받고 있다는 느낌을 주고 싶다. 다른 섬에게 좋은 섬이 되는 일은 어려운 일이다. 힘들더라도 내게 울타리가 되어주는 섬들에게는 나 또한 용기가 되어주는 섬일 수 있도록 노력하고 싶다.

'All men are islands'와 'No man is an island' 중 어느 쪽이 맞는지는 여전히 잘 모르겠다. 한 가지 분명한 것은 혼자 잘 떠 있는 섬이 다른 섬들과 연결도 할 수 있다는 것이다. 혼자 떠 있을 수 없어 다른 섬들에 의존하기만 한다면 다른 섬들과 탄탄하게 맞물려 연결되지 못할 것이다. 그러니 홀로 섬이 되려 하든, 다른 섬들과 연결되려 하든 양쪽 다 '나 자신'으로 잘 살려는 용기가 필요하다. 씩씩해져야 한다.

자문자답을 하려다 동문서답이 되었다. 답도 못하는데다가 엉뚱한 답이나 하고 있으니 밥, 떡이 나오지 않는 질문이 맞긴 하네.

잉글리시맨 인 뉴욕

그 느낌을 또렷하게 기억한다. 내게 '마음'이 있다는 것을 알게 된 순간의 느낌. 내 마음은 나만의 것이고 다른 사람들은 내 마음을 모른다는 것을 알았을 때의 느낌 말이다. 신기했다. 나는 내 마음에게 말을 걸어보았다. 마음이 대답을 해주었다. 주위 누구도 나와 내 마음 사이에 오가는 대화를 알아채지 못했다. 순간 '마음'을 가진 사람은 나뿐인 것만 같았다. 걱정스러웠다. 내가 다른 사람들과 다른 존재라는 인식은 초등학교에 입학하기 전 어린아이가 감당하기에 마냥 좋은 감정은 아니었다. 나는 그때나 지금이나 특별한 존재가 되고 싶은 마음이 없는 사람이니. 당연하게도 마음은 내게만 있는 것은 아니었다. 지금까지 마음이 나에게만 있다고 생각한다면 당장 치료부터 해야 할 것이다. 하지만 여전히 신기하다. 모두에게 자기 마음이 있고 내 마음은 나 외에는 알지 못한다는 것이.

홍대 기찻길 사거리 횡단보도에서의 첫 만남 이후 내 마음과 함께 지낸 지 수십 년이 흘렀다. 원하든 원하지 않든 나는 나만의 마음을 가진, 다른 사람들과는 다른 존재다. 하지만 아직도 나는 자신에 대해 다 알지 못한다. 좋게 말하자면 알아가고 있는 중이다. 까도 까도 새로운 양파 같은 사람이라서가 아니다. 많은 시간 나는 나를 알려는 노력을 하지 않았던 게 이유일 것이다. 내 마음은 살피려 하지 않고 다른 사람의 마음을 아는 데 더 정성을 쏟았다. 남과 다른 내가 신기하고 걱정스러웠던 나는 남과 비슷해지려는 데 시간을 더 들였다.

내가 나를 모른 덕분에 겪은 실수와 낭패, 상처가 적지 않다. 돌아보면 다 공부다 싶지만 내가 나를 좀 더 알았으면 겪지 않았을 일들이라 아쉬움이 크다. 진작 다른 사람의 마음보다 내 마음에 더 집중했으면 일어나지 않았을 일들이었다.

친구로부터 빨간 가운을 선물 받고 그 가운과 어울리도록 의자, 책상 등 다른 가구들을 새것으로 구입하다 우울해져버렸다는 철학자 디드로의 일화가 있다. 하나의 상품을 구입하면 그 제품과 연관된 상품을 연속적으로 구입하게 된다는 '디드로 효과'는 소비현상을 설명하는 용어로 굳었지만, 나는 이 이야기를 들을 때마다 디드로가 자신의 마음을 잘 모르는 사람이라는 생각이 들었다. 내가 빨간 가운을 좋아하는지, 내게 빨간 가운이 필요한지, 빨간 가운 때문에 서재의 가구들을 다 바꾸는 것이 내가 정말 원하는 건지 알았더라면 가운의 노예가 되었다고 우울해하지는 않았을 텐데 말이다. 디드로처럼 자신의 마음을 정확히 모르면 돈, 시간, 사랑이 손가락 사이로 빠져나가는 것을 바라볼 수밖에 없다. 나 또한 그랬다.

이제는 안다. 제일 중요한 것은, 내 마음을 살피고 내가 누군지 알아 나답게 사는 것이다. 그래서 스팅Sting의 〈잉글리시맨 인 뉴욕Englishman in New York〉은 내게 보물 같은 노래다. 이 노래는 스팅이 쿠엔틴 크리스프라는 친구를 모델로 만들었다고 한다. 영국의 작가이자 배우였던 쿠엔틴 크리스프는 동성애에 대한 혐오가 심했던 1940~50년대에 커밍아웃을 한 후 일흔 살이 넘어 뉴욕으로 이주해 뉴욕의 영국인(이방인)이 되었다. 혐오를 받으면서도 자기가 게이란 걸 숨기지 않았고, 늙어 미국으로 이주해서도 자신이 영국인이란 걸 당당히 드러냈다. 스팅이 왜 이 노래를 만들었는지 알 것 같다. 어떤 상황에서도 자신답게 살았던 쿠엔틴 크리스프에 대한 존경이었으리라.

나는 노래 속 잉글리시맨이 들려주는 자신의 얘기를 좋아한다. 그는 커피의 나라에서 홍차를 달라 하고, 빵은 한쪽만 구운 걸 좋아한다고 얘기하는, 자신에 대해 정확히 아는 사람이다. 자기답게 살다가 사람들에게 무시나 조롱을 받고 결국 외톨이가 되었어도 늘 매너를 유지하고 타인에게 정중한 사람이다. 자신을 위협하는 적에게는 당당히 맞서야 하지만, 피할 수 있을 땐 피하는 것이 낫다는 것을 아는 현명한 사람이다.

뉴욕에 사는 잉글리시맨도 아니니 나는 나답게 사는 데 더 용감할 수 있다. 내가 잘 살기 위해 해야 할 일은 더 나답게 살기 위한 일들이어야 한다. 그렇게 나다운 것이 무언지 알아가다보면 더 나답게 살게 될 테고 미국에 살든, 서울에 살든, 어디에서 무엇을 하든 단단한 사람일 수 있을 것이다.

나는 소망한다. 나답게 살면서 언제든 '나를 망치러 온 나의 구원자'(영화 〈아가씨〉의 대사)가 나타났을 때 단번에 알아볼 수 있기를. 그 늪에 기쁘게 빠질 수 있기를.

그러니 계속 자유롭고 용감하게 살려면,

Be yourself(당신 생각대로 하세요)

no matter what they say.(누가 뭐라든 상관하지 말고.)

문지방을 넘어서

1판 1쇄 2019년 8월 16일 | 1판 2쇄 2019년 9월 10일

지은이 윤수경
펴낸이 윤혜준 | 편집장 구본근 | 고문 손달진 | 디자인 오필민디자인

펴낸곳 도서출판 폭스코너 | 출판등록 제2015-000059호(2015년 3월 11일)
주소 서울시 마포구 월드컵북로 400 문화콘텐츠센터 5층 15호(우 03925)
전화 02-3291-3397 | 팩스 02-3291-3338 | 이메일 foxcorner15@naver.com
페이스북 www.facebook.com/foxcorner15
블로그 https://blog.naver.com/foxcorner15

종이 일문지업(주) | 인쇄 수이북스 | 제본 국일문화사

ISBN 979-11-87514-25-1 03810

· 이 도서의 국립중앙도서관 출판예정도서목록(CIP)은 서지정보유통지원시스템 홈페이지(http://seoji.nl.go.kr)와 국가자료공동목록시스템(http://www.nl.go.kr/kolisnet)에서 이용하실 수 있습니다.(CIP제어번호 : CIP2019026765)